KB253367

Two
투 드래곤
1+1=1
Dragon

투 드래곤 1+1=1 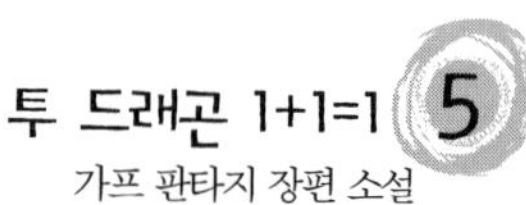 5
가프 판타지 장편 소설

초판 1쇄 찍은 날 § 2006년 6월 29일
초판 1쇄 펴낸 날 § 2006년 7월 10일

지은이 § 가프
펴낸이 § 서경석

편집장 § 문혜영
편집책임 § 유경화
편집 § 심재영

펴낸곳 § 도서출판 청어람
등록번호 § 제1081-1-89호
등록일자 § 1999. 5. 31
어람번호 § 제1-0718호

주소 § 경기도 부천시 원미구 심곡1동 350-1 남성B/D 3F (우) 420-011
전화 § 032-656-4452 팩스 § 032-656-4453
http://www.chungeoram.com
E-mail § eoram99@chollian.net

ⓒ 가프, 2006

ISBN 89-251-0194-7 04810
ISBN 89-5831-990-9 (세트)

※ 파본은 본사나 구입하신 서점에서 교환하여 드립니다.
※ 저자와 협의하여 인지를 붙이지 않습니다.

가프 판타지 장편 소설

5
완결

Two Dragon

투 드래곤

1+1=1

도서출판 책람

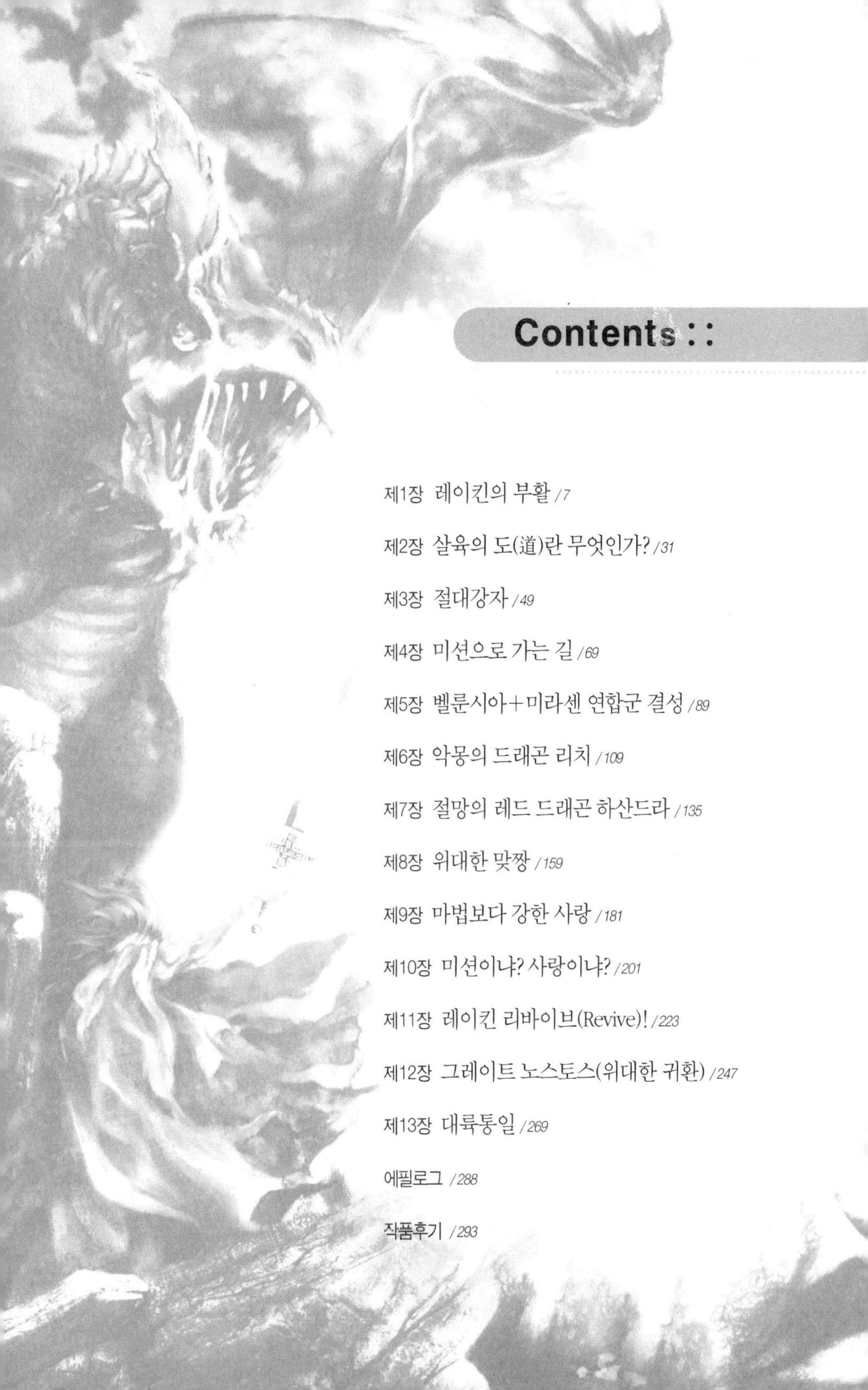

Contents : :

제 1 장

레이킨의 부활

─**사**랑하는 여자가 있다면 마나홀에 바쳐라. 그녀가 기꺼운 마음으로 그 피를 내어준다면 마나홀의 주인이 될 3분의 2를 이루는 것이다.

"그럼 나머지는?"

─그건 그대가 마나홀을 품을 능력이 있는가의 문제다. 나를 품지 못하면 그대가 죽을 것이다. 헛된 욕심이었다면 사랑하는 여자도, 그대도 다 죽는 것이지.

'하이비를 바쳐야 마나홀을 얻을 기회를 얻는다고?'

하이비를 바쳐야 한다고? 하이비를? 레이킨의 귓전에서 그 말이 어지럽게 윙윙거렸다.

레이킨은 신전의 지하에서 나왔다. 주어진 시간은 1시간. 그 시간이 지나면 마나홀은 자취를 감추게 되고 언제 다시 나타날지 알 수 없다고 했다. 망설이던 레이킨을 재촉한 것은 하이비였다. 그녀는 레이킨의 마음을 읽었다. 사랑하는 사람이라면 굳이 말하지 않아도 알 수 있다. 그게 사랑이다.

"기꺼이 하겠어요."

하이비는 주저없이 답했다. 심각한 결정을 하면서도 그녀의 눈은 생글생글 웃었다. 레이킨은 그게 더 마음이 아팠다.

"왜?"

"황태자님을 사랑하니까요."

"하이비가 죽는 일이야."

"인간은 언젠가는 죽어요. 아니, 모든 생명은. 그게 오늘이 된다고 해서 특별히 서러울 것은 없어요."

"……."

"가요. 시간이 없잖아요. 황태자님의 어깨에는 벨룬시아와 카드리엔의 운명이 걸려 있어요."

"하이비, 난……."

레이킨의 어깨가 파르르 떨렸다. 위대한 드래곤. 페루메시아의 어떤 드래곤을 붙잡고 물어보더라도 그들은 한결같이 답할 것이다. 인간의 운명쯤은 얼마든지 좌우할 수 있다고. 아니, 인간 전체의 운명까지도 말이다. 그런데 지금은 어떤가? 전체는커녕 한 인간의 운명도 구하지 못하는 처지에 놓였다. 레이킨은 드래곤으로서의 수치와 무기력을 느꼈다.

드래곤은 존재의 최상급이 아니다. 그저 하나의 존재에 불과해. 레이킨의 콧날이 시큰해 왔다.

"……."

카리온과 라니바는 아무 말도 하지 못했다. 그저 얼어붙어 있을 뿐이다. 레이킨이든 하이비든 어느 편에도 설 수 없는 지경이었다. 코벤시안과 헤른후트, 모켄리도 침묵을 지키기는 마찬가지였다.

"가요. 어서!"

하이비가 레이킨의 손을 억세게 잡아끌었다. 하이비는 알고 있다. 이럴 때는 희생자가 적극적이어야 한다. 레이킨에게는 양심이라는 거대한 벽이 장애물을 이루고 있으니까.

"하이비."

"황제 폐하, 그리고 황후마마. 부디 제 어머니를 부탁드립니다."

하이비가 꾸벅 작별 인사를 했다.

"하이비."

"제게 황태자비의 기회를 주신 것, 진심으로 감사드려요."

그 말을 끝으로 하이비는 지하신전으로 들어갔다.

"으아아!"

레이킨은 마나 덩어리로 신전의 육중한 문을 후려쳤다. 제어 불능의 광기가 치밀었다. 세상의 모든 것을 다 부숴도 시원치 않을 것 같은 분노의 들끓음이었다. 파르르, 통제할 수 없는 전율을 느끼며 레이킨은 입술을 깨물었다.

'바이폰! 용서하지 않는다. 신이 용서한다 해도 내가 너를 죽이고 말 거야.'

마침내 분노의 불길을 뚝뚝 흘리며 레이킨이 돌아섰다.

"아!"

"라니바!"

레이킨이 들어가자 라니바는 의식을 놓았다. 차마 눈뜨고 지켜보지 못할 일이었다.

―네가 저 인간을 사랑하는 여자냐?

다시 마나홀 앞에 섰을 때 마나홀이 메아리처럼 물었다.

"맞아요. 신께 맹세코!"

하이비는 비장하게 대답했다.

―인간에게 가장 발달된 곳이 바로 혀라지. 확인해 보겠다.

불꽃이 쑤욱 튀어나와 하이비의 심장을 더듬었다. 당장 하이비의 목에서 비명이 칼날처럼 튀어나왔다. 마나홀은 비명을 흡수해 버리고는 말을 이었다.

―맞구나. 마지막으로 할 말이 있으면 하여라.

"……."

"하이비! 그만두자. 다른 방법이 있을 거야."

레이킨은 다시 마음이 흔들렸다. 차마, 못할 짓이었다.

"황태자님, 마음을 굳게 먹어요. 나로 인해 황태자님이 원하는 것을 얻는다면 그 이상 바라는 것이 없어요. 나는 영원히 황태자님의 여자로 남을 테니까요."

"그런 건 소용없어. 존재란 죽으면 모든 것이 끝장이야."

"그렇지 않아요. 진정한 사랑은 죽어서 더 빛나는 법이래요."

"집어치워. 그딴 말의 성찬은 필요없어."

"황태자님, 세상을 넓게 보세요. 전쟁에서는 본의 아니게 사람이 죽게 됩니다. 황태자님도 그랬죠? 미라센들과 맞서면서 많은 사람을 죽게 했을 거예요. 그렇게 희생된 사람들도 그 가족이나 연인들에게는 더없이 소중한 사람이었습니다. 즉, 인간의 존재는 다 소중하다는 거지요."

"그게 지금 무슨 상관이야?"

"제 목숨이라도 그 이전에 죽어간 수많은 사람들처럼 하나의 죽음에 불과하다는 거죠. 대신 더 많은 사람들이 살 수 있잖아요? 그러니 이보다 가치있는 죽음은 없어요. 게다가……."

하이비는 입술을 깨물었다. 울지 마. 울지 마. 네가 울면 황태자님의 마음이 흔들려. 그녀의 뇌와 심장은 그렇게 명령하고 있었다.

"이건 황태자님을 위한 일이잖아요?"

"바보!"

"한 가지 소원이 있어요."

"……."

"마법사가 되기 이전의 진솔하고 순수한 모습. 그게 보고 싶어요. 세상에서 가장 멋지고 온화한 인간성을 가졌던 그 모습."

"그건……."

"알아요. 황태자님은 과거의 기억을 잊었다는 것. 그러니 그냥 고요히 웃어주시면 돼요. 조금은 부끄러움이 배인 소년 같은 미소로."

"이렇게?"

레이킨이 어색한 미소를 지었다. 평소라면 닭살이 오돌도돌 돋을 그런 미소였다.

"네. 바로 그 미소. 아이의 순진함이 가득한 그 미소가 제가 밤마다 그리던 모습이에요."

"내가 해줄 것이 고작 그것뿐이란 말이지?"

이 위대한 드래곤이. 실버 드래곤 안드레시아가? 레이킨의 가슴에 격정의 바람이 들끓었다.

─이제 되었다. 이걸 받아라. 나를 바라보며 네 스스로의 심장에 칼을 꽂으면 그 피가 내 둘레를 적실 것이다. 그런 다음에야 내 주인이 될 마지막 시험에 들게 될 것이다.

말과 함께 맹렬하게 불타는 파이어 소드 하나가 하이비의 손 앞에 나타났다.

"안 돼! 안 돼! 하이비!"

"사랑해, 레이킨. 정말 소중한 사람. 나는 네 품에서 죽기를 원했어.

그러니 내 소원은 하나뿐이야. 내가 죽거든 나를 카드리엔의 눈물의 호숫가에 묻어줘. 안녕!"

"안 돼에!!"

레이킨이 손을 내밀었지만 파이어 소드는 어느새 하이비의 심장을 뚫고 등 뒤로 삐져 나왔다.

촤아악!

동시에 강력한 혈풍이 마나홀을 둘러싼 불꽃을 향해 뻗어나갔다. 레이킨은 비틀거리는 몸을 가누지 못하고 그 자리에 무너졌다. 눈과 코, 입에서 한없이 액체가 흘러나왔다.

오오! 하이비! 드래곤으로 태어나 너 하나를 지키지 못하다니. 용서하라. 용서하라. 레이킨의 입 안에서 그 말들이 소용돌이를 쳤다.

피는 마지막 한 방울까지 나오고서야 멈췄다. 백지장으로 변한 하이비의 얼굴이 레이킨의 가슴을 찔러왔다. 그녀는 마치 속을 뺀 인형처럼 소리없이 넘어갔다.

'하이비.'

—굉장했다. 그대는 축복받은 인간이군. 이렇게 지순지고한 사랑은 지금껏 본 적이 없었으니.

"망할! 다음 시험은 무엇인가?"

레이킨은 두 눈을 부릅떴다. 이제 남은 것은 오기뿐이었다.

—간단해. 세 개로 나뉜 나를 삼키면 될 일이다. 그대 능력껏 삼키면 된다. 하나를 삼키는 만큼의 능력이 배가(倍加)될 것이고 필요하면 꺼내 그대가 원하는 사람에게 줄 수도 있다.

"그거 마음에 드는군."

레이킨은 가장 가까운 마나홀을 두 손에 끌어안았다. 낯선 불길함과 두려움이 일기도 했지만 하이비를 생각하며 단숨에 삼켜 버렸다. 그런 다음 쉴 틈도 없이 연거푸 남은 두 개를 삼켰다.

—이런 무모한. 세 개를 한꺼번에 삼키면 능력은 무한 증폭하지만 죽을 확률도 세 배로 늘어나는 거야.

마지막 마나홀이 목 안으로 넘어가며 소리쳤다.

"상관없어. 지금 내 눈에 보이는 건 아무것도 없으니… 까… 끄윽!"

레이킨은 하던 말을 맺지 못하고 그 자리에 거꾸러졌다. 몸 안에 용암이 채워진 것 같았다.

"하이비……."

레이킨의 입에서 거대한 연기의 줄기가 풀썩풀썩 새어 나왔다. 그의 몸은 더는 형용할 수 없는 새빨간 색으로 달아올랐다. 그리고 지상을 종말시킬 듯한 거대한 폭음이 레이킨의 몸에서 일어났다.

콰아아앙!

불이 났다. 혈관으로 타 들어가는 맹렬한 불길은 마치 기름이 타는 속도보다 무섭게 번져 갔다. 몸 안에 용암의 해일이 으르릉거린다. 녹아버린다. 의식까지 고스란히 용해되는 것 같은 고통은 말할 길이 없다. 처절하게 깨문 입술을 타고 피가 빗발치듯 흘러내렸다.

극악의 고통이 거기 있었다. 이런 고통이라면 육신이 드래곤이라고 해도 견딜 수 없을 것 같았다. 망각의 마법을 펼쳐 보려 하지만 불가능했다. 미세한 생명줄 하나까지 난도질하며 태워 버리는 통증은 거침없이 극한에 치달았다.

'아아아!'

비명조차 뒤틀렸다.

드래곤이라고 해서 고통에 대한 경험이 없는 것은 아니다. 해츨링들은 기초 과정을 습득하고 클래스 3에 입문할 때 육체 방어를 처음으로 접한다. 그 고통은 실로 엄청났다. 열 중 서넛은 그 고통을 이기지 못하고 입문이 유예될 정도로 강력하다. 그런 고통의 과정은 그로부터 두 개의 클래스를 넘어설 때마다 반복되며 증폭된다. 절정은 클래스 8 입문 과정이다. 몇몇 드래곤은 이 과정을 넘지 못하고 무늬만 클래스 나인으로 살아간다. 즉, 그들이 클래스 나인의 마법을 시전할 수는 있지만 위력은 클래스 7 정도에 그치는 것이다.

레이킨의 몸은 뭉텅뭉텅 끊겨져 나갔다. 다만 얼굴에는 미소가 피었다. 고통의 극한은 고통이 없는 상태처럼 보였다.

'죽여라. 원하는 만큼 나를 죽여라. 그런 다음에 나는 다시 살아날 것이다. 나를 위해 죽어간 하이비와 비열한 레드 드래곤 바이폰을 죽이기 위해. 그러기 위해!'

"으아아아아!!!"

공간을 찢을 듯한 비명을 토하며 레이킨은 넘어갔다. 하얗게 타버린 레이킨의 육체, 그 위로 지글거리는 푸른 불꽃들이 펑펑 유희를 토해냈다.

투화악!

빛의 바다가 거기에서 일어섰다. 일곱 개의 빛무리가 레이킨을 둘러싸고 차례차례 폭음을 일으켰다. 마지막 폭음이 일고 나자 레이킨의 모습은 흔적도 없이 사라졌다.

'소멸, 소멸, 소멸······.'

완전히 명멸해 가는 의식 속에서 레이킨이 웅얼거렸다.

라니비는 초조하게 신전을 서성거렸다. 레이킨과 하이비가 지하신전으로 들어간 지 벌써 일주일이 지났다. 신전을 흔드는 엄청난 폭음은 그녀의 애간장을 다 녹이고도 남았다. 카리온과 모켄리도 애가 타기는 마찬가지였다.

"이거 정말 큰일이라도 난 것 아닌가?"

"죄송합니다. 제가 들어가 보려고 했지만 지하신전이 허용하질 않고 있으니……."

모켄리의 음성은 무거웠다. 그는 이틀이 지난 후에 석문을 열고 안으로의 진입을 시도했다. 하지만 거대한 힘을 이룬 결계가 그의 길을 막았다. 대신관으로서 최후의 주문을 외웠지만 결계는 풀리지 않았다. 별수 없이 그는 돌아섰다. 나흘째 되는 날 또다시 시도했지만 결과는 마찬가지였다. 다크 오렌지 빛으로 가득한 지하신전은 괴이한 울림 소리만 낼뿐 누구의 진입도 허용치 않았다.

"하루만 더 기다려 보시죠. 그런 다음에도 아무런 징후가 없다면 그때는 제가 수호기사단을 이끌고 내려가겠습니다."

코벤시안이 무겁게 말했다.

"이런 낭패가!"

카리온의 안면근육이 무섭게 꿈틀거렸다.

태초에 빛이 모습을 드러낼 때
그 빛을 타고 온 고귀한 생명이 있었네.

아련한 노랫소리가 들려왔다. 드래곤이 영면에 들어갈 때 부르던 장송곡이었다. 죽음을 집전하는 화이트 드래곤 둘이 반투명 예복을 갖춰 입고 양쪽에 서 있었다. 익숙한 얼굴들이 보였다. 더러는 어울리지 않게 눈물까지 글썽거린다. 드래곤 로드 슈엘룬은 입을 굳게 다문 채 말이 없었다. 그의 눈만 더없이 퀭하게 보인다.

'죽어서 돌아온 불명예스러운 드래곤, 그 이름은 안드레시아.'

드래곤들의 눈동자는 그렇게 말하고 있었다. 화이트 드래곤이 영면의 궤를 열었다. 육중하지만 실은 종이 한 장의 무게도 되지 않는 신비한 궤는 드래곤들의 사후 보금자리다. 그건 안드레시아도 몇 번 봄으로써 알고 있었다.

한없이 가벼워진 안드레시아의 영혼은 일만 개의 환상의 계단을 지나 궤 앞에 섰다.

실버 드래곤 안드레시아, 여기 잠들다!

궤에 새겨진 룬 문자가 또렷하게 보였다. 두 화이트 드래곤이 경건하게 제문을 읽어 내려갔다.

"실버 드래곤 안드레시아. 드래곤의 품위를 버리고 인간의 삶을 동경함으로써 레드 드래곤 카이플로의 영광된 징치 앞에 목숨을 마감하다. 카이플로의 위대한 행위는 안드레시아의 죽음과 함께 영원한 경종으로 남게 될 일이니 페루메시아의 모든 드래곤은 드래곤의 품격을 드높인 카이플로를 다음 드래곤 로드로 결정하노라."

'무슨 헛소리야! 그놈은 로드가 되기 위해 신성한 미션을 더럽힌 악랄한 드래곤이라구!'

궤 앞에서 마지막 세상을 맴돌던 안드레시아가 발악을 했다. 하지만 그 목소리는 누구에게도 들리지 않았다. 드래곤들 틈에서 음산한 미소를 짓던 카이플로가 슬쩍 다가와 소울 소드를 뽑아 들었다.

"멍청한 놈. 너 따위에게는 드래곤의 궤도 어울리지 않는다. 한낱 떠돌이 혼이 되어 비천하게 떠돌아라!"

훙!

카이플로는 안드레시아의 혼을 동강내 버렸다.

“카이플로!”

“잘 가거라. 이제 너희 실버 일족은 끝장이다. 그동안 건방을 떤 죄를 물어 모두 작살내리라.”

“안 돼. 이 나쁜 놈.”

“쿡쿡쿡!”

카이플로가 다시 소드를 치켜들었다. 검신에 어리는 살기보다 카이플로의 미소가 더 싸늘하게 보였다.

“안 돼. 안 돼에!!”

‘으헉!’

콰아아!

순간, 빛의 바다가 펼쳐졌다.

“……..”

레이킨은 벼락처럼 눈을 떴다. 눈앞은 온통 오렌지 빛 천지였다. 코앞도 제대로 보이지 않았다. 맨 먼저 손가락을 움직여 보았다. 움직였다. 발가락도 움직였다. 손으로 얼굴을 만진다. 몸도 다리도 만져진다. 이 반가운 질량감. 그제야 레이킨은 오렌지색 안개를 풀썩 밀어내며 일어섰다. 손발 끝에서 저절로 오러가 튕겨 나갔다. 하엾이 가벼운 몸에 힌엾이 맑은 머리. 심장에서도 샘물의 향기가 나는 것 같았다.

“사라져라! 안개여!”

가볍게 시동어를 외우자 오렌지 안개는 순식간에 걷혔다.

“……?”

레이킨은 몇 번이고 눈을 깜박거렸다. 동공에 맺힌 것은 틀림없는 하이비였다.

“하이비! 살은 거야?”

“레이킨 황태자님!”

목소리가 새어 나왔다. 입술을 봉긋거리는 모습까지도 하이비가 맞았다. 레이킨은 눈을 비비며 고개를 흔들었다.

"나예요, 하이비."

"정말… 하이비?"

"네."

"하이비!"

레이킨은 단숨에 하이비를 안아 들고 빙빙 돌았다.

"어떻게 된 거야? 분명 죽었잖아?"

"나도 몰라요. 죽는 순간 메아리가 들렸어요. 너의 아름다운 사랑에 경의를 표한다. 만일 네가 목숨을 건 마법사가 살아난다면 네 생명도 돌려받게 될 것이다 하는."

"정말?"

"황태자님, 마나홀은요?"

"아마도 내 안에. 모든 것이 하이비 덕분이야."

"와아! 정말 잘됐어요. 저 좀 꼬집어보세요."

"왜?"

"왜는요? 꿈이면 어떡해요? 어서요."

"이렇게?"

"그게 뭐예요? 이렇게 해보세요."

"아야!"

하이비가 꼬집자 레이킨은 진저리를 치며 물러났다. 우와! 손 맛 맵네.

"이렇게 말이지?"

레이킨은 하이비가 한 그대로 볼 살을 잡아 제대로 비틀었다.

"아야! 볼 떨어지겠어요."

"미… 미안!"

“괜찮아요. 꿈이 아니네요. 현실이에요.”

하이비가 다시 안겨왔다. 레이킨은 하이비의 얼굴을 들고 가만히 키스했다. 이번 것은 정말 마음에서 우러나는 키스였다. 자신을 위해 기꺼이 목숨을 던진 이 여자. 누구라서 사랑하지 않을 수 있단 말인가?

“사랑해!”

레이킨은 하이비가 으스러지도록 꼭 껴안았다. 하이비 역시 레이킨의 품에서 사랑해요, 사랑해요 하고 수도 없이 되뇌었다. 고마워. 인간의 사랑이 이처럼 위대한 줄은 몰랐다. 언젠가는 나도 나의 모든 것을 바쳐 너의 신세를 갚을게. 하이비의 숨결 안에서 레이킨은 스스로 맹세를 했다.

“어서 나가요. 황제 폐하와 황후마마께서 기뻐하실 거예요.”

“그래야지. 하지만 밍밍하게 그냥 나갈 수는 없지.”

“그럼?”

“마나홀이 굉장하긴 한가 봐. 세 개 다 삼켰더니 온몸이 근질근질해. 마치 대륙이라도 다 박살 낼 것 같단 말이지. 멋진 포즈로 구경이나 하라구.”

레이킨은 슬쩍 호흡을 모았지만 그만 자지러졌다.

“케엑켁켁!”

“왜 그래요?”

“젠장! 엄청나군. 마나의 파워가 강력해서 너무 힘을 주면 큰일나겠어.”

“그래요? 난 또…….”

레이킨은 마나 운용을 몇 번이고 확인했다. 마나의 형성과 혈류의 속도가 폭발적이었다. 원래 인간의 몸에 피가 한 바퀴 도는 데 걸리는 시간은 46초 정도이다. 대마법사라면 그것을 반의반으로 줄일 수 있다. 그런데 지금 레이킨의 혈류 속도는 1초 내외였으니 엄청난 일이다. 스스로도 가늠할 수 없는 힘이 시동어를 따라 숨 가쁘게 느껴졌다. 이런 정도라면 클래스 1의 파이어 볼로도 클래스 5의 위력을 보일 것 같았다. 그럼 클래스 8—9를 오가는 레이킨은? 상상에 맡긴다.

"좋았어. 바이폰. 너는 이제 죽었다. 뚫어라. 에어 스쿠루!"

레이킨의 입을 떠난 시동어는 엄청난 마나와 함께 직선의 파동으로 솟구쳤다.

와와왕!

순식간에 하늘까지 닿는 구멍이 뚫렸다. 폭음은 그 다음에 일었다. 원래는 폭음이 먼저 일어야 한다. 하지만 워낙 마나의 힘이 센 까닭에 과정의 역전이 일어난 것이다.

'우!'

마법을 시전한 레이킨조차도 그 위력에 입을 벌리고 말을 잇지 못했다.

"황태자님!"

하이비가 가만히 어깨를 기대왔다. 레이킨은 그녀를 안고 단숨에 지상으로 솟구쳤다.

폭음을 듣고 신전 밖으로 뛰쳐나온 카리온 일행에게 보인 것은 찬란한 광구(光球)였다. 누구도 눈이 부서 제대로 보지 못했다. 놀란 수호기사단이 날아와 광구를 에워싸고 공격 진형을 갖췄다. 놀랍게도 광구는 카리온을 향해 움직였다.

"폐하를 수호하라!"

코벤시안이 먼저 검을 뽑아 들었다. 뒤이어 수호기사들이 완벽한 진을 형성하며 일제히 검을 뽑아 들었다.

"하하! 코벤시안 경. 경같이 멋진 기사와는 별로 싸우고 싶지 않은데."

광구에서 레이킨의 음성이 흘러나왔다. 더없이 맑고 낭랑한 음성이었다.

"레이킨?"

"맞습니다. 아버지, 그리고 어머니."

레이킨의 음성과 함께 광구는 소리도 없이 사라졌다. 그 안에서 모습을 드러낸 것은 싱싱한 혈색의 레이킨과 하이비였다.

"레이킨!"

"레이킨 황태자님!"

카리온과 라니바가 달려와 레이킨을 껴안았다. 뒷전에서 모켄리와 코벤시안, 수호기사들의 조용한 박수 소리가 울려 나왔다.

짝짝짝!

"일이 이렇게까지 되었으니 황태자의 혼인날을 잡았으면 한다. 대신관의 의견은 어떤가?"

대전에서 카리온이 모켄리에게 물었다. 아수라의 끝까지 닿았던 불안감은 명쾌하게 씻겨 나갔다. 어떻게 보면 모든 것이 하이비의 공이었다.

"당연한 일입니다. 신제를 올리고 신께서 허락하는 날을 받겠습니다."

모켄리는 기꺼이 대답했다. 곁에 배석한 코벤시안과 헤른후트도 기쁨을 감추지 못했다.

"마땅히 신의 축복이로다. 신께서는 늘 시련 뒤에 행복을 준다더니 카드리엔에서의 고난이 바로 대륙의 패권을 꿈꿀 조짐이었던 것 같다. 몇 번 고난을 겪었지만 황태자의 능력은 더욱 창대해졌다. 이제는 신의 힘이라는 마나홀까지 품었으니 누가 우리 벨룬시아를 넘볼 것인가?"

카리온의 목소리는 여전히 들떠 있다. 라니바 역시 하이비의 손을 잡고 좋아 어쩔 줄을 몰랐다.

이들은 한적한 알마 강에서 레이킨의 새로운 위력을 참관했다. 순식간에 거대한 기둥을 이루며 하늘로 역류하는 강물의 기적이 펼쳐졌다.

"오오! 신이시어."

카리온은 감격에 겨워 말을 잃었다.

"감축드립니다. 황제 폐하, 그리고 황태자님."

코벤시안과 헤른후트가 떨리는 목소리로 축하를 전했다.

레이킨의 장쾌한 마법, 그것은 마법이 아니라 차라리 천지개벽이었다.

하지만 레이킨은 피식 선웃음을 머금었다. 그건 단지 하나의 볼거리에 지나지 않았다. 마나홀이 가진 능력의 일부일 뿐이니까.

다시 지하신전으로 들어간 레이킨은 그의 조상 페키스의 행적을 더듬었다. 낙서를 좋아하는 페키스는 여기저기에 낙서를 남겨두었다. 그것으로 그의 기호와 관심, 습관 등을 알 수 있었다. 어릴 때의 습관은 중요하다. 그것으로 미루어보아 페키스는 강력한 마법을 이루었음이 짐작되었다. 한쪽 면이 뭉청 무너진 계곡의 벽에서 레이킨은 호감 어린 낙서를 만났다. 페키스가 화염 마법에 보이는 관심이었다. 사실 실버 드래곤들은 화염 마법을 선호하지 않는다. 불은 레드 드래곤들의 상징이다.

배우고 싶은 것.
1. 파이어 드래곤.
2. 인비저블(Invisible) 선더 파이어.
3. 고스트 메테오.

페키스의 희망도 고스란히 보였다. 몇 문자는 떨어져 나가거나 지워졌지만 유추해 보면 대략 이런 마법들이었다. 놀라웠다. 페키스가 적어둔 세 가지 마법은 클래스 나인에서도 잊혀진 최고의 마법들. 레이킨의 마법 스승 파이로칼이라고 해도 세 가지를 다 시전하지는 못할 것 같았다.

게다가 페키스는 인간을 좋아했던 것이 틀림없다. 그렇지 않고는 인간의 신전에 이렇게 많은 혼적을 남겼을 리가 만무했다.

"저 역시 하이비의 뜻을 존중하겠습니다. 그녀는 신전의 시험을 통과했고 제게 마나홀을 얻을 수 있는 결정적인 기여를 했습니다. 다른 분들도 이 사실을 잊어서는 안 될 것입니다."

오호! 내가 했지만 제법 멋진 말인걸. 자리가 인간을 말한다더니 점점 지적인 황태자로서의 품격에 접근하는 레이킨은 스스로가 대견스러웠다.

"그리고 저는 다시 이오카닉의 바이폰을 만나기 위해 돌아가겠습니다. 빚은 되도록 빨리 갚아야죠. 메디토스님도 구해야 하고 바이폰을 그대로 두면 또 다른 희생이 생길 것입니다."

"아쉽다만 하는 수 없지. 오늘만 여기서 쉬고 아침 일찍 떠나도록 하여라."

"네."

회의가 끝날 무렵 기사 하나가 전서구를 가지고 들어왔다. 카리온이 그것을 받아 읽고는 별것 아니라며 웃었다.

"둘은 나와 함께 가자."

라니바가 먼저 일어섰다. 레이킨과 하이비는 라니바를 따라갔다.

"오랜만에 단출하게나마 정찬을 하자꾸나. 그동안 얼마나 마음을 졸였는지 모른다."

"그러죠. 다만 겨울잠쥐는 빼주세요."

"알았다. 실은 나도 루에땅 백작의 퓨크 콜렉터를 해본 이후로 겨울잠쥐 요리에 대한 호감이 싹 사라졌단다. 잠시 자리를 만들어줄 테니 둘이 오붓하게 대화나 나누렴. 젊을 때는 단둘이 있고 싶은 게 사람의 마음이지.”

라니바가 돌아보며 찡긋 윙크를 했다.

“…….”

그랬다. 처음에는 한없이 어색하던 하이비와 단둘의 시간. 할 말이 없어 일부러 말을 만들어야 했지만 지금은 달랐다. 말이 없으면 어떤가? 그저 눈길이 마주치면 웃어주면 되었고, 어깨를 따사로이 안아주면 그만이었다. 마나홀을 얻은 이후로, 정확히 말하면 그녀가 레이킨을 위해 기꺼이 목숨을 던져 준 이후로 레이킨은 하이비에 대해 진정한 사랑이 싹트는 것을 느꼈다.

무엇이든 주고싶다. 줄 수 없는 것조차도. 사랑한다는 말도 자연스럽게 나왔다. 아니, 사랑한다는 말보다 더 소중한 말이 있으면 좋을 것 같기도 했다.

동시에 자꾸만 본래의 레이킨을 의식했다. 장난기라던가 자신도 모르게 배어나는 교만한 마음은 하이비 앞에서는 눈 녹듯 사라졌다. 살광이 넘치는 드래곤 피어의 눈길이 아니라 사랑에 빠진 인간의 시선이 거기 있었다.

‘기왕이면 하이비 곁에 있을 때만이라도 인간 레이킨이 될 수 있다면…….’

급기야 레이킨의 생각은 거기까지 닿고 있었다.

“사랑해!”

레이킨은 하이비의 귓불에 대고 달콤하게 속삭였다.

정찬을 마친 레이킨은 하이비와 함께 코벤시안의 초대를 받았다. 이야기꽃을 피우고 돌아온 것은 늦은 밤이었다. 레이킨은 황태자의 침실에

편히 누웠다. 긴장이 풀리면 인간은 깊은 잠에 빠진다. 레이킨도 마법을 쓰지 않는 한 예외는 아니었다. 마나홀을 얻기까지 얼마나 가슴 졸이던 시간이었는가? 레이킨은 모처럼 단잠에 빠졌다.

나이팅게일이 쪼로롱 유성우를 따라 멜로디를 뽑아내는 한밤에 누군가 커튼을 젖히고 들어섰다. 황금빛의 단창을 들고 들어선 그는 카리온이었다.

"……."

카리온은 잠든 레이킨을 물끄러미 바라보며 고개를 저었다. 혼란에 젖은 듯 그의 표정은 더없이 무거웠다. 카리온은 카드리엔의 타르곤이 보낸 전서구의 서찰 내용을 떠올렸다.

'설마 내 아들이?'

카리온은 맹렬히 부정했다. 타르곤이 기밀을 요하며 보낸 서찰은 레이킨에 대한 것이었다. 레이킨이 드래곤일지도 모른다는 말이었다. 타르곤의 우려는 레이킨에게 있지 않았다. 새로운 절대강자로 부상한 이오카닉의 바이폰. 더욱 큰 문제는 동시대에 두 드래곤이 나타났다는 사실이었다. 드래곤의 미션까지는 알 리 없는 타르곤이고 보면 드래곤의 출현이 대륙의 운명을 좌우하는 사건임에 틀림없었다.

'황태자가 드래곤인 것 같다고?'

카리온은 고요히 레이킨을 주시했다. 아무리 보아도 틀림없는 레이킨이었다. 하지만 품은 능력을 생각하면 수긍이 갔다. 하늘의 벼락을 맞은 이후로 완전히 낯선 사람이 되어버린 아들이었다. 게다가 대마스터급의 마법사라니? 지금까지의 일로 보아 자신들에게 해를 끼치지는 않겠지만 타르곤의 말이 헛된 것만은 아닌 것 같았다. 일단 확인이 필요했다.

'타르곤님이라고 다 옳을 수는 없어. 레이킨은 내 아들이다.'

레이킨의 심장은 아련한 힘이 막을 이루며 떠돌았다. 카리온은 그것을 바라보다 레이킨의 심장을 향해 황금 단창을 가져갔다.

화아악!

레이킨의 심장에서 맑은 오러가 폭포처럼 쏟아져 나왔다.

'이럴 수가? 레이킨은 분명 내 아들인데?'

카리온은 벽에 의지해 간신히 정신을 차렸다. 타르곤의 말이 옳았다. 신전에서 가져온 황금 단창에 반응하는 심장이라면, 그렇다면?

'드래곤이거나 드래곤의 정신이 깃든 것이다.'

카리온은 온몸에서 힘이 빠져나가는 것을 느꼈다.

다음날 아침 레이킨이 잠에서 깨었을 때 카리온이 눈에 들어왔다. 그는 황제답지 않게 문에 어깨를 살며시 기댄 자유분방한 모습이었다.

"잘 잤나? 내 아들이자 대마법사 레이킨."

카리온이 자애로운 미소를 지었다.

"언제부터 거기 계신 거예요?"

"걱정 마라. 아침 햇살처럼 불쑥 고개를 드는 네 열한 번째 손가락은 보지 않았으니."

카리온이 웃었다. 소탈한 미소였다. 황제의 위엄을 볼 수 없는 평범한 아버지의 미소였다.

"어떠냐? 늘 맞이하는 아침이지만 행복하지?"

카리온은 창밖을 보았다.

"할 말이 있으시군요."

"허허! 마법사들은 마음까지 읽는 것이냐?"

"……."

"한 가지 묻고 싶은 것이 있어서 왔다."

"말씀하시죠."

"너는 누구냐?"

별안간 카리온의 음성이 더없이 진지해졌다.

젠장! 뭘 묻는 거야? 설마 내 정체를 알고 있는 것은 아니겠지? 레이킨은 잠시 주저하다 대답한다.

"글로드웰 레이킨. 아버지의 아들이자 마법사죠."

"틀림없겠지?"

뭐야? 양심에 찔리게시리. 살짝 느낌이 이상한걸. 레이킨은 한 번 더 강조한다.

"틀림없습니다."

"좋아. 내 눈을 똑바로 바라보며 대답해다오. 너는 누구의 편이냐? 평화의 편이냐? 아니면 폭압의 편이냐?"

"물론 평화의 편입니다."

레이킨이 담담하게 대답했다. 그건 생각해 볼 필요도 없었다. 평화란 모든 존재가 원하는 이상향이니까.

"그 말을 신에게 맹세할 수 있느냐?"

"기꺼이!"

"됐다. 나의 아들."

카리온은 레이킨에게 다가와 뜨겁게 안았다.

"그런데 왜 그런 질문을?"

"꿈을 꾸었단다. 그 꿈속에서 네가 못된 드래곤이 되어 인간을 몰살시키려 했어. 현실이 아니라서 다행이다."

"내가 드래곤이라고 해도 인간을 몰살시키지는 않을 겁니다. 인간은 가치있는 존재니까요."

"고맙다. 아직 어린 나이에 마나홀까지 품었으니 너의 성정이 혹 교만으로 흐르지는 않을까 하는 아버지의 노파심이었다. 이제 됐어."

　카리온은 레이킨의 어깨를 힘차게 쳐주었다.

　밖으로 나온 카리온은 자신의 결정을 후회하지 않았다. 비록 레이킨에게 드래곤의 혼이 깃들어 있다고 해도 그는 자신의 아들이었다. 카리온은 밤새 레이킨의 머리맡에서 그 결정을 내린 것이다.

　아침 해가 솟자 레이킨은 홀로 일루전 호스에 올랐다. 키노가 있지만 가야 할 방향이 달랐다. 레이킨의 뇌리에는 바이폰의 오만한 미소가 번들거렸다. 그 미소를 박살 내고 메디토스를 구해야 한다.

　화아아아!

　일루전 호스는 찬란한 빛을 뿌리며 그 어느 때보다도 튼실하게 도약했다. 그것은 레이킨이 업그레이드되었다는 반증이었다.

　"조심하세요! 황태자님!"

　"먼저 가세요. 저도 카드리엔에 가 있을게요."

　하이비와 키노는 일루전 호스가 완전히 사라질 때까지 몇 번이고 소리쳤다.

　황궁의 집무실로 들어온 카리온은 타르곤이 보낸 서찰을 촛불에 태웠다. 그런 다음 답글을 쓰기 시작했다. 글은 아주 짧았다.

　신전의 황금 단창으로 시험해 보았지만 아무런 반응도 일지 않았습니다. 레이킨은 누가 뭐래도 내 아들임이 분명합니다.

　카리온은 전서구의 다리에 서찰을 매달아 창공으로 날려 보냈다.

제 2 장

살육의 도(道)란 무엇인가?

미라센의 현인 따시로마는 키 작은 뚱보였다. 구레나룻이 풍성한 게 후덕하게 보였다. 그는 한결같이 온화한 미소로 고정된 표정을 갖고 있었다.

반면 이오카닉의 아마로스는 깡마른 현자였다. 더는 마를 수 없는 육체. 아마로스는 바람만 불어도 휘청거릴 것이 뻔했다.

바이폰은 나름대로 실망을 했다. 적어도 인간의 현자라면 온몸에서 후광도 피어나고 다른 존재를 압도할 것 같은 기대감이 컸던 탓이다.

"……."

두 사람은 아무 말도 하지 않았다. 바이폰은 두 현인을 찾아온, 공치사에 열을 올리는 기사들에게 보석을 한 줌 집어 던졌다. 기사들은 하나라도 더 집으려고 아귀다툼을 벌였다.

'버러지 같은 놈들.'

가지고 꺼져라. 기껏해야 술과 여자를 품는 것 외에 할 것도 없는 것들. 바이폰은 그들을 비웃었다.

"그대들이 자칭 현자라는 인간들인가?"

"……."

현자들은 대꾸하지 않고 다소 긴장된 미소로 화답했다. 바이폰은 병사를 시켜 그들을 안으로 인도했다. 차도 한 잔씩 주었다. 황궁의 한쪽에 마련된 바이폰의 거처는 몇 개의 은밀한 내실로 이루어져 있었다. 바이폰은 마음 가는 대로의 자유를 추구했다. 그런 그에게는 딱 맞는 거처였다.

"나는 현자가 아니라네. 더구나 자칭이라는 말은 당치 않고."

미라센의 현자가 먼저 대답했다.

"그럼 그대도 현자가 아니라고 말하겠군."

이번에는 아마로스를 바라보았다. 그는 대답 대신 또 미소를 보였다.

"현자들의 목숨은 몇 개인지 궁금하군."

바이폰이 슬쩍 위협을 했다.

"모든 존재의 목숨은 하나일세. 모두 공평하게 소중하고."

말은 계속 따시로마가 했다.

"긴말은 필요없다. 내가 누구인 줄은 알겠지?"

바이폰의 몸에서 후끈 마나의 울림이 일었다. 두 현자는 그 압력에 밀려 휘청거렸다.

"이오카닉의 대공자. 피를 보지 않고는 잠들지 못한다는 원성 위에 야심의 꽃을 피운 사람이 아니신가?"

따시로마가 담담하게 답했다.

"피는 생명이야. 생명의 원천을 본다는 것은 즐거운 일이지. 그렇지 않나?"

"그리 느긋한 성격은 아니신 것 같으니 촌로를 잡아온 이유나 말하시게."

따시로마가 말하자 바이폰은 자신의 오른손을 파이어 소드로 변모시키며 밖을 향해 소리쳤다.

"문을 열어라!"

스르릉!

문이 열리자 세 명의 농노가 보였다. 모두 결박당한 채 무릎이 꿇린 상태였다.

"이제 그냥 죽이는 것은 시시하다. 살육의 진리를 깨우치고 싶다. 누가 내게 말해줄 테냐?"

"……."

두 현자는 침묵했다. 우려하던 일이 벌어진 것이다.

"한 번만 더 말하겠다. 살육의 진리. 그 길은 무엇인가? 설마 그것도 모르면서 현자의 칭호를 누린 것은 아니겠지?"

"그런 것은 모르겠군. 하지만 스스로 죽어보면 알 것도 같네만. 그 마법검으로 나를 먼저 베어주겠나?"

따시로마는 체념한 모양이었다. 차라리 죽는 길을 택한 것이다.

"원한다면!"

바이폰은 촌각의 주저도 없이 파이어 소드를 따시로마의 심장에 쑤셔 넣었다.

"끄억!"

짧은 신음과 함께 따시로마의 심장에서 연기가 화악 일어났다. 바이폰은 옆에 서 있는 아마로스를 주시했다. 그는 여전히 무표정했다. 파이어 소드를 뽑아내자 따시로마의 심장에서 작은 폭발이 일었다. 가슴에 휑하니 구멍이 뚫린 채 따시로마는 쓰러졌다.

"현자도 별것 아니구나. 끌어다 버려라!"

바이폰이 파이어 소드를 거두며 차갑게 명령했다.

"아마로스님!"

바이폰은 정중하게 고개를 돌렸다.

"……."

"적국의 현자야 상관없지만 당신까지 죽이고 싶지는 않군요."

"……."

"다들 생각이 짧은 거 아닙니까? 듣자니 나를 살육귀라 칭한다던데 내가 살육의 진리를 깨우치면 살육이 멈출 수도 있을 일 아닙니까?"

바이폰이 슬쩍 아마로스의 반응을 떠본다. 현자의 미간이 파르르 떨고 있었다.

"그대는 이미 살육의 도를 지나쳤다."

침묵하던 아마로스가 빛살 같은 음성을 토했다.

"……?"

"인생의 진리란 양으로 가늠되는 것이 아니다. 진정한 진리는 질로써 이루어지는 것."

"그래서요?"

"살육에 무슨 진리가 있겠냐마는 굳이 있다면 살육자와 피살육자가 서로 완전한 합치를 이룰 때가 가장 근접할 것이다."

"살육자와 피살육자의 합치?"

"그대의 진리를 위해 진실로 행복하게 죽어줄 사람들. 그렇지 않고 무작위로 선량한 사람을 베어서는 살육의 업만 쌓을 뿐일 테니."

"호오! 제법 그럴듯한 생각이로군. 다른 건 없나?"

"그것도 아니라면 그대에게 가장 소중한 존재를 죽여보면 알게 되겠지."

그것도 아니면 그대 스스로를 죽이거나. 아마로스는 차마 그 말은 입

밖으로 내지 못했다.

"안 돼. 그건 불가능해. 나에게 소중한 존재는 아무도 없으니까."

"……?"

아마로스는 아무도 몰래 한숨을 내쉬었다. 이 말의 의미는 무엇인가? 위로는 국왕으로부터 가깝게는 가족도 인정하지 않는다는 냉혈한의 그것이 아닌가? 아마로스 역시 대공자의 위대한 마법의 본질이 살육이라는 소식을 듣고 탄식했었다. 난폭한 힘은 정의가 아니다. 왜곡된 힘에 의해 일어난 제국은 반드시 망하는 것이 역사의 진실이었다. 그런데 막상 바이폰의 내심을 알고 보니 자신의 상상을 뛰어넘고 있었다. 그는 차라리 인간이 아니다. 살육의 화신, 바로 그것이었다.

반강제로 아마로스를 대동한 바이폰은 기사들과 함께 미라센 황궁의 감옥으로 갔다. 정복자들은 모든 죄인들을 끌어내 광장에 집결시켰다. 수백 명의 죄수들은 공포에 떨었다. 그들은 바이폰 앞에 서 있다는 사실만으로도 반 이상이 혼절해 있었다.

살육귀 바이폰!

누가 그를 모를 것인가? 성근 바람만 불어도 그걸 이유로 사람을 죽인다고 소문난 무자비한 마법사였다.

"너희들 중에 가족과 형제들이 함께 투옥된 사람이 있는가?"

기사가 나서서 위압적으로 소리쳤다.

"……."

"그런 자들이 있다면 앞으로 나서라. 어차피 죽을 목숨이지만 대공자께서 어여삐 여겨 한 사람만 죽는 것으로 나머지를 방면하시겠다고 한다."

죄인들이 웅성거리기 시작했다. 어차피 패전했으니 이래저래 죽을 목숨이었다. 죄인들은 가족과 형제, 혹은 절친한 동료의 손을 잡고 앞으로 나왔으니 그 수가 일백을 헤아렸다.

"좋다. 다만 조건이 있다. 아주 기꺼이 행복한 미소로 죽음을 맞이하는 것이다. 그 조건만 충족하면 그가 지명한 사람들은 분명히 석방시켜주겠다."

"정말입니까? 대공자의 이름으로 약속해 주시오!"

죄인들이 이구동성으로 말했다.

"약속한다!"

바이폰이 울림 소리로 대답했다. 뇌의 가장 깊은 곳까지 파고드는 음성이었다. 죄수들은 두려움에 어쩔 줄을 몰랐다.

"하겠소! 여기는 내 아내와 어머니요! 나를 죽이고 둘을 살려주시오!"

"내 아이들이오! 나를 죽이고 이 아이들은 풀어주시오!"

"나도!"

죄인들은 비장한 표정으로 나섰다.

"……."

바이폰은 살육의 진리를 위해 기꺼이 자원한 죄인들을 물끄러미 바라보았다. 죽음에도 등급이 있는 것인가? 목적을 위해 죽는 자들이라 그런지 확실히 그냥 무참하게 죽이던 때보다는 좋아 보였다. 바이폰은 약간의 기대를 가지고 스윽 황금 장식이 반짝이는 로브를 휘저었다.

파앗!

첫 번째 자원자의 몸은 세로로 두 쪽이 났다.

'실패.'

바이폰이 중얼거렸다. 자원자는 공포에 절은 표정으로 횡사해 버렸다. 그때부터 바이폰의 살육 축제는 시작되었다. 자원자들은 어떻게든 미소를 지으려 했지만 극악의 공포에서 초연할 수 없었다. 마지막 자원자까지 일그러진 표정으로 죽어버리자 바이폰의 분노가 끓어올랐다.

"역시 인간은 하등하구나!"

후끈 오러가 뿜어나가자 죄인들의 주변에 원형의 파이어 월이 일어났다. 뒤이어 선더 캐논이 지축을 흔들며 죄수들의 중심으로 쏟아져 내렸다.

"으아악!"

죄인들은 빠져나갈 구멍도 없이 우왕좌왕하다가 벼락을 맞고 쓰러졌다.

"시간을 낭비하게 한 대가다. 와하하핫!"

광기 어린 대소를 남기고 바이폰은 사라졌다.

'아아! 나의 죄로다. 너무 오래 산 죄. 살육조차 막을 지혜도 없으면서 현자의 칭호를 누린 죄.'

아마로스는 처참하게 떼죽음을 당한 미라센들 앞에 무릎을 꿇고 명복을 빌었다.

창공을 타고 산맥을 넘은 레이킨은 미라센의 황궁 외곽에 도착했다. 과연 황궁 라세니아의 표정은 변했다. 생기없는 사람들과 끈적한 죽음의 냄새가 느껴졌다. 그 외중에도 정복을 기념하기 위한 거대한 탑의 공사는 계속 진행 중이었다. 한 끼의 식사만을 제공받으며 노역에 동원된 미라센들에겐 지옥이 따로 없었다.

'일단 메디토스님을 구해야 한다.'

레이킨은 순서를 정했다. 그러자면 당장 호리병이 어디 있는지를 알아야 했다. 꼬마 목동으로 모습을 바꾼 레이킨은 기억을 더듬어 영면의 호리병을 떠올렸다. 그런 다음 장터에서 그것과 비슷한 호리병을 하나 구했다. 똑같지는 않았지만 그럭저럭 레이킨의 의도에 부합하는 호리병이었다.

　궁정으로 들어가던 레이킨은 황급히 몸을 숨겼다. 베르나데를 발견한 것이다. 그는 알파치안과 이야기를 나누며 궁정을 나서고 있었다. 레이킨은 잠자코 두 사람을 뒤따르기 시작했다.

　"큰일이네. 대공자의 성정이 점점 극단을 치닫고 있어."

　베르나데의 조심스러운 목소리가 들렸다. 레이킨은 그들의 대화를 잘 들을 수 있도록 드래곤 탐지를 시작했다. 이렇게 하면 마법 수준이 높은 베르나데라고 해도 쉽사리 눈치를 챌 리 없었다.

　"……?"

　잠시 후 베르나데가 주변을 돌아보았다. 뭔가 이상을 느끼는 모습이었다. 하지만 그는 드래곤의 탐지에 익숙하지 않아 고개만 갸웃거리며 길을 재촉했다.

　"저도 압니다. 대공자님의 일상은 정말 섬뜩하더군요."

　알파치안도 고개를 저었다.

　"거기다가 아첨에 능숙한 귀족들이 자신의 영달을 위해 대공자를 부추기고 있어. 이러다가 일이 어떻게 되는지 걱정이라네."

　"……."

　"힘이란 따지고 보면 적당한 균형이 가장 좋은 것 같더군. 전에 에르겐스와 내가 맞수일 때가 좋았네."

　"그러니 어쩝니까? 이제 세상은 대공자님의 것이고 누구도 바른말을 할 수 없습니다. 기괴하게도 살육을 미화하려는 광기에는 우리도 의견을 낼 수 없지 않습니까?"

　"걱정이로다. 그토록 염원하던 미라셴의 황도를 정복자로서 활보하면서도 마음이 편치 않으니."

　"이제 쉴 만큼 쉬었으니 벨룬시아까지 밀어붙이는 게 낫지 않겠습니까? 그렇게 되면 대공자님의 광기가 전장에 쏟아질 테니까요."

"그 이후에는? 대륙이 통일되면 그때부터는 오직 살육의 나날이 지속될 텐데?"

"……."

알파치안은 입을 다물었다. 할 말이 없었다.

"……?"

앞으로 걸어가던 베르나데가 한 번 더 고개를 돌렸다.

"왜 그러시죠?"

"뭔가 불손한 마나의 흐름이 느껴졌었는데… 신경과민인가?"

베르나데는 고개를 저었다.

'후우! 역시 인간의 마스터라 만만치는 않군.'

재빨리 나무 뒤로 몸을 숨긴 레이킨은 숨을 죽였다. 이제 와서 베르나데 따위가 두려운 것은 아니었지만 호리병을 찾아야 하다 보니 일을 그르치고 싶지 않았다.

두 사람의 대화로 미루어보아 바이폰의 전횡을 알 것 같았다. 망할 놈. 페루메시아에서 떠벌이던 일을 실제로 행하고 있는 거야. 권력과 여자와 보석을 움켜쥐고 쾌재를 부르겠군. 레이킨은 한 기사 앞에서 걸음을 멈췄다.

"넌 누구냐? 여긴 함부로 들어오면 안 돼."

기사가 레이킨의 길을 막아서며 겁을 주었다.

"바이폰 대공자님을 만나러 왔어요."

"대공자님을?"

"어디 계시죠?"

"대전 옆의 궁에 계시다만 너 같은 꼬마가 왜?"

"알 것 없어."

레이킨은 기사의 눈을 바라보며 몽환의 마법을 걸었다. 그런 다음 기사에게 호리병을 건네주었다.

"그걸 바이폰에게 전하라. 그냥 전하기만 하면 될 것이다."

명을 받은 기사는 몽롱한 눈으로 걸음을 옮겼다.

"이게 어디에서 났느냐?"

호리병을 건네 받은 바이폰은 기겁을 했다. 자신이 꼭꼭 숨겨둔 호리병이 기사의 손에 들려오다니?

"어디서 났냐니까?"

퍽!

바이폰의 추궁에도 아랑곳없이 호리병은 순식간에 폭음과 함께 사라져 버렸다.

"이런 멍청한 놈. 몽환의 마법에 걸렸지 않느냐?"

바이폰은 분노하여 기사를 허공으로 들어올렸다. 그런 다음 황궁의 벽에 사정없이 내동댕이쳤다. 목과 허리뼈가 부러지며 기사는 즉사를 했다.

바이폰은 즉시 밖으로 나와 사방을 살폈다. 특별한 느낌은 없었다.

'누구지? 이런 장난을 칠 인간이?'

바이폰은 머리를 굴렸지만 딱히 떠오르는 사람이 없었다.

'호리병이 잘 있는지 확인을 해야겠군.'

바이폰은 워프를 열고 순식간에 사라져 버렸다.

레드 드래곤의 던전에는 붉은 안개가 여전했다. 일전에 바이폰이 죽인 두 약초꾼들의 시체는 벌써 뼈밖에 남지 않았다. 사체 부근을 서성이던 두 마리의 독수리가 인기척에 놀라 푸드득 솟구쳤다. 바이폰은 한달음에 던전의 터로 옮겨왔다. 풍화된 던전의 제단은 여전히 깊은 침묵에 빠져 있었다.

'여기 그대로 있는데?

바이폰은 던전의 틈에서 영면의 호리병을 꺼내 들었다. 아무런 이상도 없었다. 그럼 아까 그 호리병은 뭐란 말인가? 우연이었나? 아니면 신경 과민? 아마 그런 것 같았다. 미션의 해결책에 골똘하다 보니 잠깐 착각을 했을 수도 있었다.

다시 호리병을 잘 은닉한 바이폰은 텔레포트를 써서 던전을 떠났다.

후우웅!

얼마 후 던전의 허공에 괴이한 울음이 울렸다. 던전의 풍화된 석축들이 가볍게 들썩거리기 시작했다. 숲이 숨을 죽이자 석축들이 일어섰다.

그워어 그워어.

석축들은 하나의 몬스터로 변해가고 있었다. 몬스터의 형상은 마치 날개 없는 드래곤을 닮았다. 그는 몸을 털며 기개를 뻗치려 했지만 어디선가 날아온 아이언 스트라이크가 더 빨랐다.

푸황!

강력한 충격을 받은 몬스터는 한쪽으로 기울었다. 그 뒤를 이어 자그마치 다섯 개의 아이언 캐논이 날아왔다. 몬스터는 목과 손발이 떨어져 나가며 뒹굴었다. 몬스터는 다시 결합하려 했지만 이번에는 원추형의 메테오가 날아와 머리를 박살 내버렸다.

"여기가 바로 레드들의 던전이었군."

싸늘한 음성과 함께 모습을 드러낸 것은 레이킨이었다. 그는 성큼성큼 걸어가 호리병이 보관된 제단의 벽을 보았다. 세 개의 적색 링에 둘러싸인 호리병이 눈에 들어왔다. 레이킨이 꺼내려 했지만 움직이지 않았다.

'하긴 개나 소나 꺼내가게 두진 않았겠지.'

레이킨의 두 손에 맑은 빛이 맺히기 시작했다. 빛은 호리병 주위를 찬란하게 물들였다. 불끈 힘을 주자 적색 링이 산산조각으로 끊겨 나갔다. 호리병은 얌전히 레이킨의 손으로 들어왔다.

'됐어! 이제 안전한 곳으로 가자.'

레이킨 역시 호리병을 들고 던전에서 멀어졌다. 메디토스를 꺼내는 동안에 어떤 방해도 받고 싶지 않았다.

'기억의 샘물이여, 열려라!'

레이킨은 정신을 가다듬고 마나를 집중했다. 영면의 호리병에 대한 해법이 있을 것이다. 하지만 기억이 나지 않았으므로 샘물의 힘이 필요했다. 손바닥 안에 샘물이 아른거리며 흐르기 시작했다. 어느 한 점에서 호리병의 모습이 스쳐 갔다. 있다. 레이킨은 호리병에 관련된 기록을 살폈다.

가둔 자의 피!

샘물은 결론을 보여주었다. 호리병을 사용한 자의 피로 호리병을 적셔야 갇힌 존재가 나올 수 있다는 이야기였다.

'피를 봐야 한다? 어차피 원하던 바였어.'

레이킨은 호리병을 소중하게 품에 넣었다.

라세니아의 황궁으로 돌아온 바이폰은 베르나데와 알파치안의 방문을 받았다. 정원 한쪽에는 귀족과 영주들에게서 들어온 어마어마한 선물들이 쌓여 있었다. 바이폰의 위상을 말해주는 모습이었다.

"카이플로!"

"……?"

별안간 귓전을 날카롭게 자극하는 전음이 날아왔다. 바이폰에게만 들리는 것이었다.

"소심하게 놀라긴."

"누구냐?"

"누굴까? 대륙에서 네 진짜 이름을 기억할 유일한 존재는?"

"레이킨?"

"아마도!"

"그럴 리가?"

바이폰은 전음이 들려오는 방향으로 빠르게 고개를 돌렸다.

"레드의 비장의 무기 코어 마법은 멋졌다. 하지만 별것 아니더군. 며칠 자고 나니 다 나았어."

"대체 어떤 놈이?"

바이폰은 강력한 탐지 마법을 동원했다. 그 반경이 100미터도 넘었지만 마법체의 모습은 파악되질 않았다.

"빚을 갚아야겠어. 비열한 레드들. 경건한 미션에 음모를 끼워 넣다니 용서하지 않을 것이다."

"진짜 레이킨이란 말이냐?"

"오너라. 여기는 너와 내가 첫 대면을 했던 라세니아의 남쪽 평원. 긴 둑이 불규칙하게 이어지는 곳이다."

전음은 그것으로 끊겼다.

"이게 어떻게 된 일이지? 레이킨이라니?"

"레이킨? 벨룬시아의 황태자 말입니까?"

"그렇다. 전음이 그놈을 자처하고 있어. 하지만 그것은 불가능한 일이다."

"그런데… 저도 아까 약간 이상한 느낌을 받았습니다."

“그래?”

“혹시 벨룬시안들의 치졸한 계략이 아닐까요?”

베르나데가 의견을 개진했다.

“죽으려고 환장을 했군. 그렇다면 기껏해야 하급 마법사나 기사들이 아니겠나?”

바이폰의 입가에 비웃음이 스쳐 갔다.

“벨룬시아의 마원과 달아난 루에땅은 그래도 위협이 되는 자들입니다. 그들의 검풍은 마스터 급의 마법사도 호락호락 넘보지는 못할 정도니까요.”

“기사들이 전음을 사용할 수 있단 말이냐?”

“그… 그건…….”

베르나데는 말문이 막혔다. 그것은 불가능한 일이었다.

“레이킨을 가둬둔 호리병은 확인했다. 아무런 이상이 없었어. 어쨌든 가서 확인해 봐야겠군.”

“저희도 동행하겠습니다.”

“그럴 필요 없다. 설령 레이킨이라고 해도 상관없지만 아니라면 떼를 지어 몰려갈 필요 없어.”

그 말과 동시에 바이폰은 사라졌다.

“대체 무슨 말입니까?”

대화를 듣고 있던 알파치안이 베르나데를 바라보았다.

“글쎄. 나도 듣지 못했다. 아마 대공자께서 해치운 레이킨의 전음이 들린 모양인데…….”

“벨룬시아의 레이킨이 살아 있다는 말입니까?”

“그럴 리는 없어. 아무래도 마원이나 루에땅의 장난이겠지. 어쨌든 우리도 가봐야 하지 않겠나?”

“그렇군요. 가시죠.”

알파치안이 답하자 베르나데는 바이폰의 궤적을 추적했다. 그런 다음 워프를 열었다.

제 3 장

절대강자

바이폰은 단숨에 남쪽 평원으로 날아왔다. 불규칙하게 이어진 긴 둑들은 약간 황량해 보였다.

"역시 허튼수작이었나?"

주변을 돌아본 바이폰이 혼자 중얼거렸다.

투화악!

순간, 바이폰의 발밑이 벼락처럼 갈라지며 창대한 빛의 궤적이 꼬리춤으로 숫구쳤다.

"……?"

바이폰은 재빨리 몸을 날리며 프로텍트 마법을 펼쳤다. 빛은 까마득한 허공에서 그대로 멈췄다.

"레이킨?"

믿기지 않지만 그랬다. 빛의 탑 꼭대기에 위엄있게 버티고 선 레이킨. 몇 번을 보아도 틀림없이 레이킨이었다.

“어, 어떻게?”

“궁금한가? 네 비장의 마법 도구인 영면의 호리병에서 빠져나왔다는 것이?”

“…….”

“당연하지. 나는 애당초 호리병에 들어가지 않았으니까.”

“뭐라고? 호리병은 분명 너를 빨아들였어.”

“그건 메디토스였다. 나를 따라온 마법사. 그가 나를 대신해 몸을 던졌던 거지.”

“그… 그럴 리가?”

“그는 이 안에 있다. 곧 꺼내줘야겠지.”

레이킨이 호리병을 꺼내 보이자 바이폰의 미간은 한없이 좁혀졌다.

“그걸? 그렇다면 던전까지?”

“아마!”

레이킨은 야심차게 웃어 보였다.

“믿을 수가 없군. 어쨌든 너는 죽었어야 마땅하다. 강변 전체를 초토화시켰으니까.”

“맞아. 하지만 페루메시아에서나 인간의 대륙에서나 나는 운이 좋거든. 그 덕분에 인간들의 염원인 마나홀을 얻어 부활했다.”

“운? 그리고 마나홀?”

바이폰은 코웃음을 쳤다.

“넌 멋진 마법 능력을 가졌지만 극단의 이기주의자였지. 페루메시아에서도 레드 일족을 제외하고는 다들 너를 재수없다고 하더군. 아마 여기서도 그럴걸?”

“천만에! 인간들은 나를 떠받들지 못해서 안달이다. 나는 여기서 군주의 예습을 즐기다 갈 것이다. 물론 그 경험으로 페루메시아에선 더 멋진 드래곤 로드가 되는 것이지."

"너는 결코 이루지 못해. 그 두 가지 희망사항 모두."

레이킨이 힘주어 말했다.

"건방진! 운 좋게 살아났다만 이번에는 피하지 못할 것이다."

바이폰의 몸이 후끈 달아올랐다. 하지만 마법은 레이킨이 더 빨랐다. 레이킨이 타고 있던 빛의 줄기가 갈래를 뻗으며 바이폰을 향해 날아갔다.

"이따위 삼류마법으로?"

바이폰은 파이어 윈드로 맞받았다.

파앙파앙!

요란한 폭음과 함께 두 마법은 허공에서 사라졌다.

"먹어랏! 루브라크래틱 애로우. 백화, 후방을 강조하노라!"

바이폰의 몸에서 붉은 광채가 터져 나왔다.

"공간이여, 나의 의지에 따르라. 스페이스 멜팅!"

레이킨의 몸에도 광채가 일었다. 당장이라도 은빛의 비늘이 튀어나올 듯한 강력한 오러의 물결 안에서 레이킨의 눈동자만이 싸늘하게 반짝였다.

"……?"

바이폰은 눈을 의심했다. 레이킨이 펼친 것은 실드도 프로텍트도 아니었다. 절대마법 루브라크래틱 애로우가 날아가는 공간 전체를 녹여 버린 것이다.

"우연이겠지. 아이언 골드 뱃. 네가 좋아하는 선물이닷!"

바이폰의 섬광은 수천의 마법 강철 박쥐로 변해 달려들었다. 하지만 레이킨은 빙긋 미소를 머금은 채 다시 한 번 스페이스 마법을 발현했다.

"스페이스 이레이즈(Space Erase)."

화아악!

조금 전보다 더욱 강력한 빛이 공간을 통째로 지워 버리며 일거에 마법 박쥐 떼를 몰살시켰다. 가공할 위력이었다.

"……?"

"놀라긴? 슬쩍 힘을 준 것뿐인데."

"슬쩍? 그저 그런 마법 능력의 네가?"

"그럼 제대로 한번 보여줄까? 실은 레드 일족만 비기가 있는 것은 아니야. 실버들의 비기도 알고는 있겠지?"

"실버 드래곤의 비기? 선더 헬?"

"아마도!"

레이킨은 마나를 걷어내며 빙긋 웃었다.

"미친놈. 그건 로드 슈엘룬이나 가능해. 너 따위가 흉내를 내다가는 골로 갈걸? 극한의 마나가 필요한 마법이니까."

"맞아. 그 마법은 미쳤을 때나 사용이 가능하다. 그런데 네가 나를 미치게 만들었거든."

"헛소리는 집어치우고 재앙의 검이나 먹어랏!"

바이폰의 머리 위에서 형성된 마력검이 쏜살처럼 날아왔다.

"재앙의 검이라? 역시 클래스 나인의 마법은 환상적이야. 그렇다면 크리스탈브리틀이다. 보이지 않는 힘의 아수라여. 재앙의 검에게 키스하라!"

후웅!

맑은 오러의 줄기가 재앙의 검에 엉기기 시작했다. 바이폰은 더욱 강한 마나를 실었다. 동시에 발현되는 마법우 마법사의 능력이 결과를 좌우한다. 재앙의 검이라면 당연히 레이킨이 막기에 버거움을 잘 아는 바이폰이었다.

쫘라락!

“……?”

바이폰은 자신의 눈을 의심했다. 레이킨의 몸을 직격한 재앙의 검. 하지만 가볍게 형성된 프로텍트마저 뚫지 못하고 유리처럼 산산조각이 나며 흩어져 내리는 것이 아닌가?

“별것 아니군. 그동안 인간 세상의 탐욕과 욕망을 누리느라 많이 약해졌나?”

“이놈이…….”

“흥분할 거 없어. 내게서 뭔가 느껴지지 않나? 너무나 강력한 포스가?”

레이킨이 불끈 힘을 주었다. 폭발적으로 뿜어져 나오는 오러의 폭풍이 튕겨 나왔다. 오롯한 섬광 안에서 도드라진 은빛 비늘들은 금세라도 튀어나올 듯이 흥흥거렸다.

“그게… 진정 마나홀의 힘이란 말이냐? 비천한 인간들의?”

“나도 인간을 그렇게 생각했지. 그런데 지금은 생각을 바꾸었어. 모든 인간이 다 그런 것은 아니지만 보편적으로 인간은 위대해. 그들 마음의 깊이는 만 년을 사는 우리와 견주어 조금도 처지지 않는다고.”

“정신 나간 소리. 위대한 존재는 오직 드래곤뿐이다. 적어도 내가 본 인간은 떼거지로 우글거리는 하등 몬스터에 불과해.”

“드래곤 중에도 그런 존재가 있긴 하지. 저급하고 비열한 레드들 말이다. 존재는 제 스스로의 그릇으로 다른 존재를 보는 법.”

“젠장! 네놈의 입에서 다시는 인간예찬이 나오지 않도록 해주마.”

바이폰은 삽시간에 사라졌다.

“……!”

레이킨도 재빨리 모습을 감췄다. 하지만 바이폰의 마법이 빨랐다. 하늘이 악몽처럼 화염의 바다를 이루며 무너지고 있었다.

'아래에도 있다.'

발밑이 후끈해지는 감각을 느끼며 레이킨은 버퍼 실드를 이루었다.

"평화의 힘이여, 불꽃의 혼 안에 성성하라. 투 호리즌 버퍼 실드!"

푸화아악!

마치 하늘과 땅이 서로 충돌하는 것처럼 엄청난 불꽃의 폭광이 일었다. 두 개의 지평을 이루며 형성된 세 겹의 실드 중에서 두 개가 터져 나갔다. 레이킨은 남은 한 겹의 실드를 스스로 뚫고 허공을 향해 치솟았다.

"기다리고 있었다. 파워 워드 킬!"

다시 날아오는 바이폰의 절대마법. 하지만 레이킨은 벌써 마법의 유효 범위를 훌쩍 벗어나 버렸다.

"그 정도로는 안 돼. 이번에는 코어 마법을 써보시지. 레드들이 긍지로 아는 그 마법 말이다."

"못할 것 없지. 성난 생명의 혼이여. 너의 분노로 멸하라. 메테오 스트라이크. 사방을 강조하노라!"

콰아아아!

시동어와 함께 엄청난 에너지가 허공에서 들끓었다.

바이폰이 승부를 걸었다. 자신의 모든 것을 실은 초절정 마나가 분명했다.

"그렇다면 맞승부다!"

레이킨 역시 불끈 호흡을 조절하고는 메테오로 맞승부를 띄웠다.

'어리석은 놈. 코어 마법은 레드의 트레이드 마크야. 다른 클래스 나인의 마법보다 더 거칠고 역동적인 마나를 요구하는 것이란 말이다.'

바이폰은 싸늘한 미소를 머금었다. 맞불을 놓다니, 그야말로 원하던 일이었다.

콰아아앙!

맹렬한 두 궁극 마법은 공간의 중앙에서 천지개벽의 폭음으로 충돌했다. 폭발적인 섬광과 함께 메테오 안에서 또 다른 화염구가 튀어나왔다. 그것들이 두 번째 폭발을 일으켰다. 거기가 승부처였으나 의기양양하던 바이폰의 인상이 굳어져 갔다. 당연히 레이킨 쪽으로 날아가야 할 코어들이 그 자리에서 박살나며 화염의 비로 변해 버린 것이다.

파앙!

황급히 실드를 이루며 화염의 잔해를 방어한 바이폰은 사색이 되었다.

'이럴 수가? 마나홀이란 것이 그렇게 대단하단 말인가? 나보다 약한 레이킨이 어느새 나 이상이 되었다.'

짜릿한 불안은 빠르게 현실이 되었다. 빛보다 빠르게 바이폰의 뒤로 옮겨온 레이킨이 템포랄 스태시스(Temporal Stasis)를 걸었다. 상대를 가사상태에 빠뜨리는 무시무시한 마법. 바이폰은 황급히 방어했지만 신체의 기능이 조금씩 무너짐을 느꼈다.

"코어 마법을 경험하는 영광을 주었으니 나도 실버 드래곤의 비기를 맛보여 주겠다. 전에는 파워가 모자라 엄두도 못 냈지만 지금은 충분히 가능하거든."

"레이킨."

바이폰은 기를 쓰며 가사상태에서 벗어나려고 몸부림을 쳤다.

"지옥의 아수라여. 실버가 염원하노니 너의 분노를 빛의 축제로! 선더 헬(Thunder Hell)!"

"……!"

시동어와 함께 하늘이 완벽한 어둠으로 변해 버렸다. 바이폰은 벌린 입을 다물지 못했다. 검은 구름 사이에서 포효하는 지옥의 몸부림이 느껴졌다. 거대한 형체를 그리며 내리 꽂히는 성채만 한 원추형의 벼락은 한 치의 오차도 없이 목표를 향했다. 그것은 레드의 최강 에인션트들도 두려움을 느낄 완벽한 것이었다.

와자자작!

반경 100여 미터를 두고 지옥의 벼락이 강림했다. 평원은 그 한 방으로 흔적도 없이 녹아버렸다.

'산 것인가?'

땅속은 아무런 징조도 없었다. 너덜너덜한 실드 안에서 바이폰이 안도의 숨을 내쉬려는 찰나, 1+1=1의 마법은 어이없게도 똑같은 방법으로 대지를 강타했다. 공중 2연타. 그것은 1+1=1의 변칙이었다.

"으아아악!"

비명, 비명. 바이폰은 실드가 터져 나가며 선더 헬의 위력에 튕겨 올랐다.

아아! 이럴 수가? 레이킨 따위에게 지다니? 저놈은 마법에 있어서는 늘 내 밥이었는데. 바이폰의 기억은 그 생각을 끝으로 끊겨 버렸다.

레이킨은 허공에 정지시킨 바이폰을 슬쩍 앞으로 당겼다. 바이폰의 몸은 이미 풀썩풀썩 연기가 배어 나오는 상처투성이였다. 헛폼을 잡던 스태프는 어디론가 사라졌고 황금 장식의 로브 또한 걸레가 되었다. 뒷쪽의 평원에는 거대한 전류의 몸부림이 극성을 떨고 있었다.

"어떠냐? 오만한 바이폰."

"……."

"기다려라. 일단 네 피가 필요하니."

"레이킨……."

레이킨은 자신의 손을 마법검으로 바꿔 바이폰을 겨눴다.

"안 돼. 네 미션을 잊었나?"

"내 미션?"

"그래. 관용. 넌 생명체를 죽이면 안 돼. 네 미션에 위배되는 일이다."

"……."

레이킨은 잠시 주저했다. 미션은 중요하다. 당장이라도 미션을 달성한다면 그레이트 노스토스가 되어 페루메시아로 귀환할 테니까.

'하지만!'

레이킨의 감정은 후끈 달아 있었다.

"잘 들어라. 너를 죽여 그레이트 노스토스가 되지 못한다 해도 나는 너를 죽이는 길을 택할 것이다."

사악한 레드들아. 레이킨은 그대로 마법검을 휘둘렀다. 숭덩하는 소리와 함께 바이폰의 팔목이 베어졌다. 레이킨은 품에서 호리병을 꺼내 피에 적셨다.

"죽이고 만다. 레이킨."

터져 나가는 피를 보며 바이폰은 이를 갈았다. 하지만 마음뿐이었다. 가사(假死)의 마법과 깊은 상처로 운신조차 자유롭지 않았다. 피에 완전히 물든 호리병은 붉은 오러에 감싸이기 시작했다. 오러는 점점 자욱해지더니 아련한 연기를 피워 올렸다.

"메디토스!"

연기는 공기를 받으며 메디토스의 형체로 돌아왔다. 잠든 상태지만 큰 이상은 없어 보였다.

"자! 이제 어떻게 요리해 줄까? 인간처럼 목을 베어 성벽에 걸어줄까? 아니면 이 호리병 안에 너를 집어넣어 줄……."

호리병을 들고 돌아보던 레이킨의 눈동자가 휘둥그레졌다. 바이폰이 사라져 버렸다. 황급히 탐지 마법어를 영창하는 찰나에 날카로운 살광이 들이닥쳤다.

파앗!

레이킨은 메디토스를 안고 치솟았다.

콰아앙!

레이킨이 서 있던 자리에 헬 파이어가 연거푸 떨어졌다.

'이럴 수가? 선더 헬을 맞고 바로 마법을 쓸 수 없을 텐데?'

불길 사이로 의문은 드러났다. 바이폰이 아니라 베르나데였다.

"누군가 했더니 이오카닉의 마스터셨군. 웬만하면 끼지 않는 게 좋아."

레이킨이 싸늘하게 말했다.

"놀랍군. 어떻게 이런 일이? 죽음의 마법에서 무사한 것만도 놀라운데 단시간에 대공자님을 능가할 수 있다니?"

"마나홀 덕분이지."

"마나홀?"

"사악한 바이폰을 징벌하라는 뜻으로 마나홀을 얻었다."

"그… 그럴 수가? 그건 그저 전설로 사라진 것인 줄 알았는데?"

"어쨌든 지금은 그대와 놀아줄 시간이 없으니 파트너를 깨워주겠다."

레이킨은 메디토스의 안으로 마나의 물결을 밀어 넣었다. 그런 다음 마나 포션 다섯 개를 먹였다.

"레이킨 황태자님."

메디토스가 스르르 일어섰다.

"잘 잤습니까? 자세한 설명은 나중에 하고, 깨어나자마자 안됐지만 베르나데를 좀 맡아주셔야겠습니다. 나는 바이폰을 찾아야 하거든요."

레이킨이 맹렬하게 포효하자 목에서 마나홀 하나가 넘어왔다. 거대한 힘으로 이글거리는 원초적인 마나의 소용돌이에 두 마법사는 넋을 잃고 말았다. 누구나 꿈꾸던 마나홀, 그게 눈앞에 있었다.

"좀 뜨끔할 겁니다. 하지만 내가 약간 순화시켰으니 참을 만하리라 봅니다.”

레이킨은 마나홀을 메디토스의 안으로 강력하게 밀어 넣었다.

“으아악!”

섬광에 휩싸인 메디토스가 비명과 함께 나뒹굴었다. 베르나데는 어쩔 줄을 몰랐다. 지금 무슨 일이 벌어지고 있단 말인가? 마나홀을 토한 레이킨과 그것을 삼키고 나뒹구는 메디토스.

몸부림이 멈춘 메디토스에게서 엄청난 오러가 흥흥거리며 번져 나왔다. 하얗게 물든 육체는 서서히 제자리로 돌아오고 있었다.

“그 정도면 베르나데 정도와는 놀아줄 만할 겁니다. 부탁드려요.”

레이킨은 메티토스를 바라보다 사라졌다. 바이폰을 찾아야 했다. 사방으로 강력한 탐지 마법을 펼쳤다. 보이지 않았다. 피를 흘리고 있을 텐데도 감쪽같이 사라졌다는 것은 바이폰 또한 필사적이라는 증거였다. 인근을 샅샅이 탐지한 레이킨은 황궁으로 날아갔다. 바이폰의 거처를 열었지만 눈에 들어온 것은 알몸으로 목욕 중인 서징뿐이었다.

“악!”

비명과 함께 레이킨은 고개를 돌렸다. 여자의 벗은 몸을 보면 왜 고개를 돌려야 하는 걸까?

“네놈은 누구냐?”

레이킨은 밖으로 나오다 정원에서 겔링 후작과 맞닥뜨렸다.

“레이킨. 벨룬시아의 황태자. 바이폰의 목숨을 거두러 왔다.”

“건방진! 이놈을 죽여라!”

겔링이 소리치자 호위 기사들과 병사들이 몰려들었다.

“불태워라. 에어 파이어!”

레이킨은 불꽃을 팅겨내며 기사들을 밀쳐 냈다. 십여 명이 날아갔다. 그사이 몰려든 병사들은 수백을 헤아렸다. 겔링은 일단 수의 우세를 믿는 표정이었다.

"활을 쏴라!"

쉴 새 없이 날아오는 화살들을 튕겨낸 레이킨은 하는 수 없이 에어 버블을 띄웠다.

"파이어!"

주먹을 불끈 쥐자 버블들은 화살로 변해 병사들에게 쏟아졌다. 황궁은 이내 비명과 불바다로 아수라를 이루었다. 뒤쪽에서 악을 쓰는 겔링에게도 화염탄을 날려주었다.

"으아악!"

화염탄을 정통으로 맞은 겔링이 회초리에 강타당한 개구리처럼 버둥거리며 허공으로 튀어 올랐다. 길이 뚫리자 레이킨은 황궁을 빠져나왔다. 병사들과 놀아줄 시간이 없었다. 어떻게든 바이폰을 찾아야 했다.

이번에는 레드 드래곤의 던전으로 날아갔다. 그곳에도 없었다.

'카이플로!'

레이킨은 던전의 대지에서 드래곤 보이스(Voice)로 말했다. 살아 있다면, 그리고 먼 곳이 아니라면 언제든 듣게 될 것이다. 드래곤 보이스는 오직 드래곤만이 들을 수 있는 것이므로.

'겨울잠쥐처럼 숨어 있지 말고 언제든 오라. 이제 너는 나를 피할 수도 넘을 수도 없다. 기꺼이 너를 맞이하겠다.'

드래곤 보이스는 숲과 대지를 향해 스며들었다. 아쉬웠지만 하는 수 없이 발길을 돌렸다. 메디토스의 안위가 염려되었기 때문이다.

두 마법사는 레이킨과 바이폰을 대신해 접전을 벌이고 있었다. 마나홀을 삼킨 메디토스는 베르나데에게 밀리지 않았다. 다만 클래스가 낮았으므로 마법 운용력이 낮아 우위를 점하지도 못했다.

'아쉽지만!'

레이킨은 베르나데에게 시선을 고정시켰다. 그 역시 살려두면 두고두고 위협이 될 존재였다. 레이킨은 절대 면역의 마법을 걸고는 공방을 주고받는 베르나데의 코앞에 불쑥 등장했다.

"……?"

놀란 베르나데가 황급히 물러서며 파이어 스트라이크를 뿜었지만 아무런 타격도 주지 못했다. 그 틈을 타고 레이킨은 궁극 마법 모던카이넨스 디스정크션을 걸었다. 완벽하게 시전된 마법은 베르나데를 하나의 범부로 만들었다. 마법 능력이 해제되어 버린 것이다.

"훌륭했다, 베르나데. 그 높은 성취에 경의를 표하여 살려주고 싶다만 바이폰이 또 어떤 술수로 그대의 마법을 회복시킬지 몰라 목숨을 거두어 간다."

"……."

"물러서시죠, 메디토스님."

레이킨의 비장한 어투를 들은 메디토스는 안전거리 밖으로 물러났다.

"빛의 아우라여, 나의 염원을 받으라. 루브라크래틱 애로우. 상하를 강조하노라!"

레이킨의 두 손에서 출발한 폭풍 같은 섬광이 절망의 화살을 이루며 베르나데의 몸통을 향해 들이쳤다.

콰아앙!

네 줄기의 폭음이 한 치의 자비도 없이 베르나데에게 쏟아졌다. 하얀 섬광을 느끼며 베르나데는 자신의 최후를 알았다. 도무지 빠져나갈 수 없는 공세였다.

'나의 조국 이오카닉이여!'

찰나의 순간에 많은 기억들이 명멸해 갔다. 누구든 죽음의 순간에 이르면 자신의 생의 무늬들이 스쳐 가는 것.

"아아악!"

베르나데는 긴 비명과 함께 폭사했다. 한때 에르겐스와 함께 대륙 마법의 중심을 이루었던 인간 마법사. 지금은 한 조각 파편으로 날아오른 그의 로브만이 베르나데의 흔적으로 쓸쓸하게 남았다.

"어떻게 된 겁니까?"

다가온 메디토스가 물었다.

"메디토스님 덕분에 구사일생으로 살아났지요. 그런 다음에 운 좋게도 마나홀을 얻었습니다. 그리고 보다시피 메디토스님을 구하러 달려온 것이죠. 물론 사악한 바이폰도 징벌해야 했고."

"바이폰은 달아난 것입니까?"

"그렇습니다. 황궁과 던전까지 뒤졌는데 보이지 않습니다. 아마 어디엔가 꼭꼭 처박혀서 이를 갈고 있겠지요."

"그럼 찾아야 합니다."

"그냥 두세요. 이 넓은 대륙을 뒤져 찾을 수도 없거니와 선더 헬을 맞았으니 마법의 힘도 감소되었을 겁니다. 그 성질에 어느 정도 회복되면 나를 찾아올 것이니 그때 상대해도 늦지 않습니다."

"천운이군요. 마나홀을 찾아내시다니."

"천운이 아니라 하이비의 덕분이었습니다. 그녀가 나와 메디토스님을 구한 거죠."

"하이비 아가씨?"

"네. 하이비의 사랑이 마나홀을 얻게 해주었어요."

"이제 바이폰은 마법을 못하게 되는 것입니까?"

"아마 중급 클래스는 가능할 겁니다. 하지만 클래스 8—9의 마법을 시도한다면 목숨을 깎아먹는 것과도 같겠죠."

"그런데 그 소중한 마나홀을 왜 제게 나눠 주신 겁니까?"

"처음부터 그럴 생각으로 무리를 했던 것입니다. 마땅히 그래야죠. 메디토스님이야말로 제 생명의 은인입니다. 처음에는 마법 회복을 도와주었고 이번에는 목숨을 살려주었죠. 비록 하나지만 그것만으로도 클래스 나인의 마법을 익힐 수 있을 겁니다."

"황태자님!"

메디토스는 감격에 겨워 무릎을 꿇었다.

달아난 바이폰은 서징의 본가에 있었다. 레이킨에게 베르나데의 마법이 떨어지는 순간, 바이폰은 목숨을 걸고 텔레포트를 감행했다. 다행히 그는 알파치안의 도움으로 황궁으로 돌아왔다. 피투성이가 된 바이폰은 대마법사가 아니라 고깃덩어리에 불과했다. 이제는 평범한 병사 하나도 당해내지 못할 듯이 만신창이가 되어버린 것이다.

뒤이어 달려온 레이킨이 황궁을 휩쓸고 가자 귀족들의 움직임은 전에 없이 싸늘해졌다. 레이킨에게 패배한 바이폰. 게다가 겔링마저 화상을 입고 중태에 빠졌다. 언제 마법이 회복될지 기약도 없는 그였기에 귀족들은 삼삼오오 쑥덕공론을 펼치며 냉담하게 사태를 관망했다. 하루아침에 겔링 후작의 거처에는 찬바람이 불었다. 아무도 바이폰을 돌보려 하지 않았다. 간이라도 빼줄 것 같던 귀족들은 오히려 슬금슬금 바이폰을 피했다. 그런 그에게 손을 내민 것은 오직 서징이었다. 그녀는 바이폰을 황궁 변두리의 집으로 은밀히 옮겨 간호해 주었다.

"하아하아!"

바이폰은 걸레가 된 몸으로 모진 신음을 토해냈다. 시야도 명쾌하지 않았다. 물체는 두 개로, 혹은 네 개로 보였고 사지는 여전히 불타듯 뜨거웠다.

치이익!

그의 이마에 올려진 차가운 물수건에서 증기가 피어났다.

'레이킨!'

바이폰은 무의식 속에서도 이를 갈았다. 뼈를 갈아 마셔도 시원치 않을 것 같았다. 그런데도 레이킨의 기세는 높고 강했다. 그가 손을 내밀자 바이폰은 으스러질 것만 같았다. 비명을 지르며 바이폰은 정신이 들었다.

"……."

눈을 뜨니 셔징 그녀였다. 바이폰은 믿기지 않았다. 다른 사람들은 코빼기도 보이지 않는데 그녀만은 처음부터 자신을 위해 기꺼이 치료를 도맡았다. 그뿐인가? 레이킨이 뛰어들어 왔을 때 바이폰을 구해준 것도 실은 셔징이었다. 그녀는 바이폰의 피를 씻기던 통 안에 황급히 뛰어들어 옷을 벗고 목욕하는 시늉을 함으로써 레이킨이 돌아서게 만들었다. 알몸의 여자를 보고 당황하지 않을 남자가 어디에 있단 말인가?

"왜?"

바이폰이 희미한 목소리로 물었다.

"왜 대공자님을 치료해 주냐고요?"

"……."

"살육을 일삼는 공자님이 밉지요. 그렇다고 해도 공자님의 생명도 소중한 것입니다. 이렇든 저렇든 제게는 주인이시니 돕는 것이 당연하다고 생각합니다."

"단지 그것뿐인가?"

"세상일에는 다 의미가 있지만 매사에 의미를 부여할 필요는 없어요."

"너는 여전히 알 수 없는 여자구나."

"타인을 완벽하게 알 수 있는 사람은 없어요."

“…….”

“이제 아시겠어요? 사람들이 공자님을 존경하는 것이 아니라는 걸? 사람들은 그저 공자님이 두려웠을 뿐입니다. 그 큰 힘 아래에서 안전하고 싶었을 뿐이죠. 비 오는 날 커다란 우산 밑에 있으면 비를 피할 수 있듯이.”

“…….”

“하지만 너무 섭섭해하지 마세요. 공자님이 힘을 찾으면 다시 몰려들 테니까요. 하지만 그런 사람들은 공자님의 인생에 별 도움이 되지 않습니다. 진심이 없으니까요.”

“베르나데는 어떻게 되었나?”

“죽었어요.”

“죽어?”

“평원에서 흔적만 남은 채로 발견되었대요. 그리고… 겔링 후작님도 벨룬시아의 마법사를 잡으려다 공격당해서 목숨이 위태로워요. 지금 분위기가 흉흉해졌어요. 어쩌면 점령군 모두가 곧 이오카닉으로 철군할지도 몰라요.”

서징은 연신 물수건을 갈아주었다.

“내 소지품은 다 어디에 있나?”

“저쪽에 모아두었습니다.”

“뒤져 보면 붉은 빛이 나는 물건이 있을 것이다. 찾아다오.”

바이폰은 마나 포션을 떠올렸다. 서징이 네 개를 찾아오자 그것을 입에 넣어달라고 청했다. 네 개를 차례로 삼키자 약간은 기력이 올라왔다.

'카이플로!'

순간, 아련한 소리가 들려왔다.

'드래곤 보이스? 그렇다면 레이킨?'

바이폰은 바짝 긴장하며 정신을 집중했다.

'겨울잠쥐처럼 숨어 있지 말고 언제든 오라. 이제 너는 나를 피할 수도 넘을 수도 없다. 기꺼이 너를 맞이하겠다.'

레이킨의 음성은 그것으로 그쳤다. 강력한 경고이자 비웃음이었다.

'레이킨 이놈! 다시 회복된다면 다 죽인다. 아부를 떨어대던 귀족 놈들까지도.'

바이폰은 치를 떨다가 의식을 잃었다.

제 4 장

미션으로 가는 길

루에땅이 이끄는 미라센의 병사들이 움직이기 시작한 것은 그로부터 3일 후였다. 바이폰이 패하고 베르나데가 죽었다는 소식을 접한 루에땅은 황제 따비칸의 황명으로 산맥 너머의 영지군을 모두 소집했다. 그 수는 일만이 채 못 되었지만 패망의 기로에 서 있던 것을 생각하면 고무적인 일이었다.

"루에땅 백작."

쎄뚜린 호수를 향해 동진하던 황제가 루에땅을 불렀다.

"하명하소서!"

"적병은 2만에 가깝다고 했지?"

"예. 그 이후로 소수의 병력이 더 충원된 것으로 압니다."

"그렇다면 마법사들이 없다고 해도 병력만으로 황궁을 탈환하기는 역부족이겠군."

"……."

“경이 이끌던 철혈기사단이라도 건재하다면 좋으련만…….”

“송구합니다.”

“어떤가? 내 생각에는…….”

황제는 말을 잠시 끊고 깊은 시름에 잠겼다. 루에땅은 그게 무엇을 의미하는지 짐작했다. 라세니아가 정복당하고 무수한 생명들이 바이폰에게 무참히 희생당하자 벨룬시아로의 망명을 고려하던 황제였다. 하지만 레이킨이 바이폰에게 당했다는 소식이 그것을 포기하게 만들었었다. 그런데 상황이 바뀌었다. 그러니 힘이 되어줄 만한 제국은 벨룬시아밖에 없는 것이다.

“벨룬시아에 고개를 숙이겠다는 말씀이군요?”

루에땅이 마음을 헤아려 먼저 말했다.

“벨룬시아의 황제 카리온은 후덕하고 합리적인 인물이라고 들었네. 황태자 레이킨도 바이폰 같은 살육귀는 아닌 것 같고. 그들의 속국이 되더라도 황궁을 탈환하고 이오카닉의 살귀들을 몰아낼 수만 있다면…….”

“폐하!”

“사자를 보내 지원을 청하라. 어차피 그들이 돕지 않는다면 우리의 힘으로 황궁을 탈환하기는 어려울 것이다. 공연히 남은 병사들마저 다 희생시킬 공산이 커.”

“…….”

루에땅은 할 말이 없었다. 강대한 제국 미라센에는 세 별이 있었다. 루에땅과 에르껜스, 그리고 북방의 별 알빠로 백작. 둘은 벌써 유명을 달리했고 루에땅도 철혈기사단을 궤멸당한 채 자신마저 커다란 데미지를 입음으로써 황금기를 마감했다. 제국 통일을 꿈꾸던 미라센이었으나 지금은 양쪽 국가에서 기침만 해도 몸살이 날 지경이다.

"저들의 요구가 만만치 않을 텐데요?"

"그렇다고 해도 내 생각은 변함이 없다. 하루빨리 황궁을 탈환하여 평민들을 지옥에서 해방시켜야지. 부상당했다는 바이폰이 능력을 회복하기라도 하면? 생각만 해도 끔찍하도다."

"알겠습니다."

루에땅은 그 길로 철혈기사 둘을 불러 마윈에게 전령으로 보냈다.

미라센의 황궁 라세니아의 움직임도 부산했다. 바이폰의 부상으로 전전긍긍하던 이오카닉의 국왕 켄트롤은 즉시 귀족회의를 소집했다.

"아무래도 철수를 고려하는 것이 좋을 것 같습니다."

"그렇습니다. 바이폰 대공자는 의식조차 없고 마스터 베르나데는 죽었습니다."

"레이킨이 건재한 이상 벨룬시아를 치는 것은 무리입니다."

귀족들은 두 기둥을 잃자 자신들의 안위를 생각하기에 바빴다.

"알파치안, 그대의 의견은 어떤가? 미라센들이 반격을 꾀하고 있다지 않은가?"

국왕이 알파치안을 바라보았다.

"적의 주력이 무너졌고 규모도 채 일만이 못 된다 하니 수성에는 문제가 없습니다. 조금 시간을 가지고 대공자께서 회복되기를 바라는 것이 옳은 듯합니다. 대공자께서 비록 레이킨에게 패했지만 존재만으로도 힘이 되는 것이니 미라센 정도가 함부로 나대지는 못할 것입니다."

"대공자께서 회복되기는 하는 것이오? 소문에는 시체와 다름없다고 하던데? 이럴 때 미라센과 벨룬시아가 연합해서 반격한다면 어떻게 지켜낸단 말이오?"

"누가 그따위 헛소리를 한단 말이오? 대공자께서는 꼭 일어날 것이오."

"그럼 대공자는 어디에 있는 것이오? 눈으로 확인을 시켜줘야 할 것 아니오?"

"사정상 그럴 수는 없소이다. 하지만 은밀한 곳에서 건강을 추스르고 있으니 오래 걸리지 않을 것이오!"

알파치안이 귀족을 향해 눈을 부라렸다. 오로지 자신들의 영달에만 급급한 귀족들. 어떻게 정복한 라세니아인데 그대로 내준단 말인가? 알파치안은 포기하고 싶지 않았다.

"이번 일로 귀족들의 정치력에 실망이 큽니다. 베르나데님의 장례만 해도 그렇습니다. 우리 이오카닉에 그만한 마법사가 있었습니까? 그런데 유골 몇 개만을 모아 달랑 그분의 고향으로 돌려보내다니. 장중한 국장이라도 치러야 했던 것 아닙니까?"

"이보시오, 알파치안. 지금 우리는 비상사태 아니오? 언제든 레이킨이 쳐들어오면 낭패라는 걸 아는 사람이 어찌 그런 일로 상심한 것이오. 현실을 직시해야죠."

"그러기에 드리는 말 아닙니까? 대영웅이신 베르나데께서 그런 예우밖에 받지 못한다면 어떤 기사와 병사가 목숨을 바쳐 적국과 맞서려 하겠습니까? 이는 전군의 사기와 직결되는 중차대한 일이었습니다."

"그만들 하라. 다 국왕인 내가 부덕한 소치니."

알파치안과 귀족들의 신경전은 국왕의 발언으로 멈췄다.

"아무튼 알파치안이 이곳의 총독으로 남고 우리는 일단 국왕 폐하를 모시고 수도 카오스로 돌아갑시다. 폐하의 안위가 무엇보다 중요하니까요."

귀족들은 끝내 이기적인 결론을 선택했다. 일단 안전거리에서 지켜보겠다는 속셈이었다.

"겔링 후작의 상태는?"

"역시 위중합니다. 치료사들이 사력을 다하고 있지만……."

알파치안의 목소리는 무거웠다. 지금이야말로 비상사태다. 비록 미라센의 황궁을 점령했다지만 그건 별로 이점이 되지 못했다. 더구나 레이킨이 건재하다. 절대무적의 바이폰을 물리친 레이킨. 이미 병사들은 레이킨의 이름만 들어도 경기를 일으킬 정도였다.

루에땅까지 점점 가까워지고 있다. 썩어도 준치라 했으니 전쟁에서 잔뼈가 굵은 야심가 루에땅이라면 쉽사리 넘보지는 못할 일이었다.

'천국에서 지옥으로 떨어졌다. 바이폰 대공자께서 레이킨에게 당하다니.'

알파치안의 두 주먹이 남몰래 부르르 떨었다.

레이킨은 카드리엔으로 돌아와 있었다. 메디토스를 구해서 함께 귀환하자 카드리엔의 형제들은 경악했다. 귀신이 아닌 다음에야 어찌 죽은 사람이 멀쩡하게 돌아온단 말인가? 의아해하는 사람들에게 마윈이 나서서 경위를 설명했다. 그러자 사람들은 환호를 지르며 기뻐 어쩔 줄을 몰라 했다. 더구나 레이킨과 메디토스가 마나홀을 삼켰다는 말까지 듣자 감격은 극에 달했다. 마나홀의 실체를 모르는 사람들은 그것이 천하제일이자 절대불사의 힘으로까지 생각했다.

그러니 든든함이란 말할 길이 없었다. 환호의 백미는 레이킨이 바이폰을 물리치고 베르나데를 죽였다는 내용이었다. 사람들은 서로를 얼싸안고 덩실덩실 춤을 추었다. 에르껜스에 이어 베르나데마저 격파한 진정한 마스터. 거기다 이오카닉의 신성 바이폰마저 깨뜨렸다니 그야말로 절대무적이 아닌가?

"용서하소서! 황태자 전하."

레이킨이 타르곤을 찾아가 무사귀환을 알리는 자리에서 타르곤은 별안간 무릎을 꿇었다.

"타르곤님."

"늙은 제가 요망한 생각으로 황태자님의 명예를 더럽혔습니다."

"명예라뇨? 일어나세요. 그리고 무슨 일인지 설명을……."

"제 짧은 학문을 과신하여 황태자님이 인간이 아니라는 착각을 했으니 그보다 불충한 일이 어디에 있겠습니까?"

"……?"

레이킨의 입가에서 웃음기가 확 사라졌다. 인간이 아니라니?

"저간의 일을 종합해 볼 때 저는 황태자 전하께서 드래곤이거나 그와 유사한 존재일 거라고 생각했습니다. 신의 축복을 시기하여 그리 생각했으니 그보다 어리석고 불충한 일이 또 있겠습니까?"

"드래곤?"

"용서하십시오."

"아… 아닙니다. 아무렴 어떻겠어요? 전 이만 나가보겠습니다."

레이킨은 대충 얼버무리고 돌아서 나왔다. 등줄기를 타고 식은땀이 흐르고 있었다.

젠장! 기가 막히네. 어떻게 알았지? 이제 보니 인간들은 정말 대단해. 레이킨은 고개를 절레절레 흔들었다.

"케겔겔! 그래도 나는 알지. 나는 알아."

리사의 음산한 음성이 가까워졌다. 그녀는 산발한 머리를 쓸어 올릴 생각도 없이 레이킨을 빤히 바라보았다. 레이킨은 머쓱한 웃음을 보였다. 리사는 꾸벅 인사를 하더니 그냥 발길을 돌렸다.

"1+1=1이다. 앞의 1은 무엇이고 뒤의 1은 무엇인가? 케겔겔."

"……."

"축복은 신의 것인가? 인간의 것인가? 아니면 사라진 드래곤의 것인가?"

리사는 휘적휘적 사라졌다. 레이킨은 한 번 더 어깨를 으쓱해 보였다. 인간의 광기에 대해 경외감이 느껴졌다. 저 나약한 인간들의 능력은 있는 듯이 없는 듯이 헤아리기 힘들었다. 그들은 아는 것인가? 모르는 것인가? 내가 드래곤이라는 사실을. 레이킨은 리사가 시야에서 사라질 때까지 눈을 감지 않았다.

"미라센의 전령입니다!"

성 쪽을 향해 걸을 때 병사의 외침이 들려왔다. 마원과 체로키도 달려나오고 있었다.

"황제 따비칸님의 친서입니다."

미라센의 철혈기사가 황급히 밀서를 내밀었다. 레이킨이 그것을 받아 읽어 내려갔다.

"뭐라는 겁니까? 미라센이 개박살났다는 소문이 흉흉하던데."

"황궁을 회복하고 싶다고 지원을 원한다는 내용이야. 원한다면 속국으로서의 조건도 받아들이겠다는군."

"히익! 속국이라굽쇼? 그럼 이제 미라센은 우리 벨룬시아의 속국이 되는 겁니깝쇼?"

"우리가 라세니아를 탈환해 준다면."

레이킨이 힘주어 말했다.

"니기미. 까짓 라세니아의 황궁이 문제겠습니깝쇼? 우리 황태자님이 지상 최고의 위대한 마법사가 되었다는데."

체로키는 두 주먹을 불끈 쥐고 몸서리를 쳤다.

"어떻게 할까요? 이 일은 황태자님께서 먼저 결정하셔야 할 일 같습니다. 황제 폐하의 허락을 구하기에는 황궁이 너무 멉니다."

마원이 레이킨을 바라보았다.

“가야지. 어차피 바이폰은 그곳 어디에 있을 테니 병사들이 설치고 다니면 발끈해서 나올지도 모르지. 이래저래 좋은 기회 아니겠어?”

레이킨은 결심했다.

“알겠습니다.”

“가서 그대들의 황제에게 전하라. 우리 벨룬시아는 평화를 위해 이오카닉의 응징에 동참하겠다고. 귀국의 지위와 예우에 대한 일은 차후 우리 황제 폐하의 윤허를 받아 결정한다고 하라.”

“감사합니다.”

두 철혈기사는 힘차게 대답하고 돌아갔다.

“짜아식들! 입이 찢어지는구나. 가서 기다려라. 이 체로키님이 벨룬시아의 기사 맛을 제대로 보여주실 테니.”

“께이리곤의 병사들에게 출병 준비를 명하고 인근 로케이벤과 고드리안 영지군의 총출병을 명하십시오. 그런 다음 황궁에 전갈을 보내 총력전을 지원해 달라고 하셔야 할 겁니다. 지금이야말로 대륙을 평정하고 평화의 시대를 열 기회입니다.”

지휘관들을 배석시킨 마원이 레이킨에게 신중하게 말했다. 초롱초롱 빛나는 기사들의 눈빛을 보며 레이킨의 혈관도 화끈 달아올랐다.

인간들의 힘은 다양하다. 그중에서도 비장미가 넘칠 때가 보기 좋았다. 작은 힘을 합쳐 큰 효과를 내는 것은 인간들이 스스로의 한계를 뛰어넘는 좋은 예였다.

전서구가 날고 전령들이 숨 가쁘게 말을 타고 달려나갔다. 돌아온 레이킨과 더욱 강력해진 메디토스. 카드리엔 영지에는 이번에야말로 뭔가 될 것 같다는 희망이 햇살처럼 뜨겁게 출렁거렸다.

병사들이 대오를 갖추고 원정길을 준비하느라 부산한 중에도 레이킨은 메디토스에게 최상급 마법의 운용을 전수해 주었다. 메디토스의 능력은 이제 클래스 나인을 넘볼 만했으니 인간 세상에 처음 내려왔을 때의 레이킨과 견줄 만했다. 다만 고급 마법 비기들의 운용에는 문제가 있었다. 베르나데 역시 눈물의 호수에서 최상위 클래스의 마법을 수련하면서 갖은 고난을 겪었다.

그는 진지하게 수련에 임했지만 생소한 주문으로 인한 실수는 피할 수 없었다. 주문은 조금만 뒤엉켜도 엉뚱한 마법 결과를 초래했다. 한 번은 메디토스가 메테오를 뒤집어썼다. 다행히 실드를 형성한 후에 시전한 것이라 부상은 입지 않았지만 등골이 오싹해진 것은 사실이었다.

레이킨은 터져 나오는 웃음을 참기 힘들었다. 남의 실수를 바라보는 것은 공연히 웃음이 나오는 일이다. 하지만 마법이란 어떤 상황에서도 익숙하게 펼칠 수 있어야 하는 것이니 메디토스가 스스로 극복할 문제였다.

"자! 오랜만에 만찬을 준비해 보았습니다. 맛있게 드시죠."

레이킨의 저택에서 만찬이 열렸다. 한집에 살면서도 식사조차 같이 할 시간이 없었던 그들. 이번에는 타르곤과 메디토스까지 초대한 그럴듯한 시간이었다.

"이봐! 고든. 설마 겨울잠쥐 요리가 포함된 것은 아니겠지?"

레이킨이 포크를 집어 들며 물었다.

"걱정 마십시오. 맛있는 겨울잠쥐 요리는 우리끼리 애피타이저로 먹었으니까요."

"젠장! 잘했다는 거야? 못했다는 거야?"

"아하하핫!"

레이킨이 볼멘소리를 하자 일동은 명랑한 웃음을 터뜨렸다.

"자! 다들 건배하시죠?"

　레이킨이 와인 잔을 치켜들었다. 일동은 자신들 앞에 준비된 잔을 집어 들었다.
　"히잉! 왜 나만 없어요?"
　식탁의 끝자리를 차지한 유노가 울상을 지었다.
　"너는 아직 어리잖아?"
　"형아! 나도 줘. 나도 황태자님과 건배하고 싶다구."
　"유노에게도 한 잔 줘. 한 잔에 어떻게 되진 않겠지?"
　레이킨이 요리사 고든을 바라보았다.
　"어떻게 되면 어때요? 대륙 최고의 두 분 마법사님과 대현자님이 계시니 제가 죽도록 놔두기야 하겠어요?"
　"유노는 요즘 활 솜씨가 많이 늘었대요."
　지켜보던 아리안느가 유노를 치켜세웠다.
　"쳇! 나도 이제 곧 드림 아처가 될 거예요. 라이호그를 폼나게 타고 다니는 드림 아처!"
　유노가 제법 어른스럽게 말했다.
　"어이구! 그러셔? 그래서 저번에는 라이호그에 올랐다가 단 두 걸음도 못 가서 라이호그 배설물에 처박히셨구만."
　"형아! 그땐 내가 봐준 거라니까."
　유노가 빼액 소리를 질렀다.
　"하하하핫!"
　레이킨 일행은 즐겁게 식사를 마쳤다. 함께 있어 더 아름다운 종족을 꼽으라면 그건 인간이 틀림없었다. 생각해 보자. 지금 라이호그와 오크, 혹은 고블린 같은 것들과 함께 모여 있다면? 으억! 그건 입맛 떨어지는 일에 틀림없었다.
　식사가 끝나고 다들 자기 자리로 돌아갔다. 후원에서는 유노가 야간

궁술 연습에 여념이 없다. 유노의 실력도 많이 늘었다. 이제 두 발 중의 하나 정도는 과녁에 정확히 박아 넣고 있었다. 그 역시 활의 영지 카드리엔의 일원인 것이다.

한바탕 왁자지껄한 공간이 고요해지자 레이킨에게 그리움과 고독이 밀려왔다. 나쁘지 않았다. 그 두 가지는 인간의 성찰에 있어 중요한 시간이다.

‘하이비!’

레이킨은 하늘에 성근 별을 보며 하이비를 떠올렸다. 세상에서 최고의 선은 무엇일까? 그것은 인간들이 영원한 진리라고 믿는 사랑이 틀림없었다. 인간이 되기 전에는 몰랐다. 그까짓 사랑, 그게 파이어 볼만 한 가치나 되겠어? 대개의 드래곤들은 그렇게 생각했고 레이킨도 예외는 아니었다.

지금은 다르다. 아리안느를 위한 키노의 사랑과 자신을 위해 주저없이 목숨을 내준 하이비. 그런 것들은 제아무리 드래곤이라고 해도 흉내도 못 낼 일들이었다.

‘내가 그녀를 위해 해줄 수 있는 일은 무엇일까?

가만히 생각에 잠겼다. 그 아름다운 사랑에 보답하는 일은…….

‘그녀가 가장 기뻐할 일을 해주는 것.’

그게 뭘까? 레이킨은 생각한다. 그리고 이내 결론에 도달한다.

‘진짜 레이킨을 돌려주는 것.’

이제는 레이킨도 하이비의 본심을 들여다볼 수 있다. 그녀의 눈만 보아도 뭘 원하는지 알 것 같았다. 하이비의 심장에는 뜨겁고 소중한 사랑이 담겨져 있다. 그 사랑의 실체는 인간 레이킨이었다.

‘후우!’

레이킨의 입에서 무거운 날숨이 새어 나왔다. 하이비가 사랑하는 것은 드래곤 안드레시아가 아니다. 그저 다정다감하고 지혜로웠다는 인간 레이킨일 뿐.

'하이비.'

레이킨이 별을 바라보자 하이비는 유성우가 되어 레이킨의 가슴에 내려앉았다. 할 수만 있다면 레이킨을 돌려주고 싶었다. 이미 영령들의 세계 깊은 곳으로 걸어갔을 레이킨을.

"행운이었다."

레이킨은 비로소 그 말을 읊조렸다. 엘프가 된들 이보다 더 많은 가치를 배울 수 있었을까? 인간이 되길 다행이다. 레이킨은 자신도 모르게 인간의 가치에 고개를 끄덕이고 있었다.

아침이 되자 지원군이 속속 웨이즐링 강을 건너왔다. 로케이벤과 고드리안에서 밤을 새워 달려온 벨룬시아의 병사들. 께이리곤을 방어하는 병사들과 카드리엔의 전투력을 합산하면 일만은 넘을 것 같았다. 거기에다 최강의 마법사 레이킨과 메디토스가 전열에 버티고 섰다. 기사들의 면면은 어떤가? 마윈을 필두로 체로키와 케스민에 마딕스와 키노가 있다. 킬리안도 있고 라이호그 드림 아처들의 수도 늘었다. 레이킨이 없다고 해도 대원정이 두렵지 않을 강군이었다.

"원정길에 청이 하나 있습니다."

도열한 병사들 앞에서 마윈이 레이킨에게 말했다.

"말하라."

"킬리안에게 다시 기사의 작위를 내려주시죠. 그만하면 충분히 속죄를 했으리라고 생각합니다."

"킬리안?"

레이킨은 일반 병사들 틈에 말없이 서 있는 킬리안을 보았다. 아리안느를 능욕한 로케이벤의 기사. 그러나 그 이후에는 백의종군하면서 수많은 전공을 세웠다.

"키노! 네 뜻은 어떠냐?"

레이킨은 키노를 돌아보았다.

"하하! 저는 찬성이죠. 과거의 일은 다 잊었는걸요. 무엇보다 아리안느가 용서한 일이고……."

"그렇다면 허락한다. 킬리안에게 기사의 작위를 내리고 예하 병사들의 지휘권을 부여한다."

"황태자님."

놀란 킬리안이 그 자리에서 무릎을 꿇었다.

"이번 원정길에도 활약을 기대한다."

"킬리안! 황태자님의 은혜에 보답하기 위해 목숨이 다하도록 분전할 것을 맹세합니다."

킬리안의 목소리는 젖어 있다. 젠장. 인간들의 단점. 가끔은 지나치게 감상적이란 말이야. 레이킨은 피식 웃음을 머금었다.

둥둥둥!

힘찬 북소리가 울리고 행군의 나팔 소리가 꼬리를 들면서 레이킨의 원정군은 보무당당하게 출발했다. 모든 카드리엔의 형제들이 나와서 그들의 안녕을 빌었다.

"아리안느!"

"사랑해, 키노. 꼭 무사히 돌아와."

"너도 잘 있어. 저번처럼 어디로 사라지지 말고."

"절대! 난 키노의 곁에서 죽을 거야."

"죽긴. 평화가 오면 그때 우리 결혼해서 행복하게 살자. 유노와 함께."

“웅!”

아리안느가 가만히 안겨왔다. 그녀의 머리에서 나는 데이지 꽃 향기가 좋았다.

“야! 키노. 솔로의 염장을 지르는 거야? 그쯤 하고 냉큼 달려오지 못해?”

병사들의 후미에서 체로키가 빼액 소리를 질렀다.

“그 덩치에 시기를 하는 거야?”

레이킨이 슬쩍 체로키를 나무랐다.

“쳇! 유유상종이라더니 황태자님도 임자 있다 이거죠? 이러니 솔로가 살 맛이 나냐굽쇼!”

행군이 시작되었다.

일만에 가까운 병사들의 사기는 하늘을 찔렀다. 선봉은 전의에 불타는 체로키와 케스민, 그리고 킬리안 기사가 이끌었다. 그들의 좌측으로 드림 아처들이 라이호그를 탄 채 포진해 있다. 이미 라이호그들과 한 몸을 이룬 어린 궁사들의 모습에서도 전의는 사납게 팅겨 나왔다.

“몸이 근질근질하누나!”

당장이라도 전투를 벌여야 직성이 풀리겠다는 듯 체로키는 몸살을 앓았다.

선봉을 달리는 기병단의 선두에 레이킨과 마윈, 메디토스 등이 포진했다. 철벽같이 듬직한 마윈의 머리가 소슬바람에 흩날렸다. 보기가 좋았다. 저 좋은 머릿결을 투구 안에 숨긴 채 그 오랜 시간을 지냈다니. 레이킨은 자신도 모르게 안타까운 생각이 들었다.

작은 베풂.

그것은 어떻게 큰 기쁨을 주는 것일까? 나누어서 커지는 것은 인간의 마음이 유일할 것이다. 드래곤의 마법도 나누면 약해진다. 남들의 것까지 소유해야 하는 이유였다.

킬리안을 살려준 것만 해도 그랬다. 만일 키노와의 결투에서 패배한 그날에 킬리안의 목을 쳐서 성루에 걸었더라면 어땠을까? 혹은 살려주었다고 해도 드래곤이라면 자신의 원수와 화합할 일은 없다. 영원히 시야에서 멀어지거나 아니면 힘을 길러 복수의 길을 모색한다. 다른 것은 인간뿐이었다. 원한을 용서로 깨끗이 비워낼 수도 있는 존재들. 그러니 중대한 결정에 있어 한 번 더 생각해 봐야 한다는 교훈을 알 것도 같았다.

키노를 돌아본다. 키노의 모습은 날로 늠름해져 가고 있다. 이제는 제법 청년티가 배어나기도 한다. 경험보다 더 좋은 스승은 없다는 인간의 격언이 떠올랐다. 카드리엔에서 쉬는 동안에도 레이킨은 틈틈이 서재에서 책을 읽었다. 드래곤의 능력이라면 더 빠른 시간에 더 많은 내용을 독파할 수 있다. 그럼에도 레이킨은 인간 레이킨처럼 천천히 읽었다. 쉽게 얻은 것은 쉽게 잃는다. 그 말에 공감했기 때문이다.

"마윈!"

레이킨이 잔잔한 음성으로 마윈을 불렀다.

"네, 황태자님."

"어차피 먼 길인데 가는 길에 잃어버린 나의 자아를 좀 찾아주지 않겠어?"

"황태자님의 자아요?"

"그래. 벼락을 맞기 이전의 공자 레이킨."

"황태자님도 과거가 그리운가요?"

메디토스가 슬쩍 끼어들었다.

"그러면 안 돼요?"

레이킨이 되묻는다.

“안 되죠. 과거란 늙은이들의 몫입니다. 젊을 때는 돌아보면 안 돼요.”

“과거를 지배하는 자가 미래를 지배하며 현재를 지배하는 자가 과거를 지배한다. 내가 찾은 멋진 명언인데 마음에 드시나요?”

“흐음. 할 말이 없군요. 세상엔 늘 예외라는 것이 있으니.”

메디토스가 웃으며 말꼬리를 흐렸다.

“레이킨 공자님은 사려 깊었죠. 남들의 입장을 잘 배려했습니다. 후덕한 황제가 될 기품이었습니다.”

“그게 다야?”

“원래 마음이란 말로 설명하기가 어렵습니다. 색깔로 나타내는 게 더 낫겠지요.”

“무슨 색깔?”

“마음을 편하게 하는 녹색. 아마 그럴 겁니다.”

“녹색. 평화의 상징이군.”

“그렇다죠.”

“그럼 지금은?”

“아마… 붉은색이 어울리겠죠. 강렬하게 이글거리는 붉은색.”

마원이 대답했다. 그 말은 옳았다. 안드레시아의 열정이라면 붉은색이 당연하다. 그러니 하이비가 느끼는 이질감이나 마음의 충격은 어땠을까? 너무나 사랑하는 사람이 어느 날 겉모습만 제외하고 돌변해 버린다면? 레이킨은 결론을 유보했다. 역시 쉬운 일이 아니었다.

“그럼 현재의 나와 과거의 나 중에서 누가 더 좋지?”

“전장의 기사는 현실적입니다. 그것으로 대신하겠습니다.”

마원의 대답은 슬쩍 핵심을 피해갔다.

"과거는 현실이 아니다?"

"……."

마윈은 미소로 대신했다. 레이킨도 더 묻지 않았다.

'죽은 레이킨의 영혼을 불러오는 길.'

리버스 타임. 퍼펙트 리커버리. 리바이브 라이프. 레이킨은 몇 가지 극한 마법을 뇌리에 떠올렸다. 신과 필적할 만한 능력을 가지고 있어야만 시전이 가능한 절정의 마법들이다. 죽은 사람을 살리는 것, 즉 시간을 거스르는 일은 그만치 어렵다. 가장 정갈하면서도 강력하고, 단 한 치의 오차도 없어야 한다. 그것은 마법의 실패와 더불어 자칫하다가는 시전자도 함께 돌아오지 못하고 공간의 미아가 되어버리기 때문이다.

'그만둬. 이미 많은 시간이 흘렀으니 그건 네 능력 밖의 일이야.'

레이킨은 고개를 저으며 말고삐를 바짝 당겼다.

제 5 장

벨룬시아+미라센
연합군 결성

셔징의 극진한 간호로 겨우 몸을 추스른 바이폰은 한밤에 알파치안의 방문을 받았다. 그는 부관인 켄류 기사만을 대동한 채 평복 차림으로 왔다. 라세니아에서도 빈민에 속하는 셔징의 집은 한적한 곳에 자리한 까닭에 사람들의 많은 관심을 받지 않았다. 그것은 인근 부락민들조차 그녀가 인질로 잡혀간 것이라고 믿고 있었기 때문이다.

셔징은 소문나지 않게 약초와 보약들을 사들였다. 바이폰의 마음을 사로잡아 부귀영화를 누릴 기회가 있었지만 스스로 사양했던 터라 옷차림은 다시 예전의 수수한 평상복으로 돌아와 있었다.

"자리를 비켜주겠나?"

알파치안이 묵직하게 말하자 셔징은 약재를 내려놓고 거실에서 나왔다.

"알파치안, 대공자님을 뵙습니다."

"상황은 어떤가?"

“정벌군의 절반을 남기고 국왕 폐하와 귀족들은 돌아갔습니다.”

“그랬군.”

“죄송합니다. 군의 통수권은 국왕에게 있고 그 영향은 귀족들이 미치는 것이니 저 혼자서는 어쩔 도리가 없었습니다.”

“망할!”

바이폰의 눈에서 살기가 배어 나왔다. 당장 살생부라도 만들고 싶은 심정이었다.

“정보에 의하면 지금 미라센의 패잔병들이 황궁 수복을 노리고 진군해 오고 있다고 합니다. 그 수는 약 일만을 헤아리는데 그것은 제가 방어해 보겠지만…….”

“또 뭐냐?”

“아무래도 레이킨과 마원이 합세할 모양입니다. 미라센의 황제가 원군을 요청했다는 소문이 파다합니다.”

“레이킨?”

바이폰의 미간이 급격하게 좁혀졌다. 생각만 해도 치가 떨리는 이름.

“그렇다고 해도 방비는 튼튼합니다. 나름대로 전략을 세워 실행 중이니 쉽지 않겠지만 이오카닉의 영광과 대공자님을 위해 싸우겠습니다.”

“알파치안.”

“네?”

“그대는 왜 달아나지 않았나? 모든 귀족들이 꽁무니를 뺀 지금까지.”

무심하지만 날카로운 질문이 날아들었다.

“…….”

“말하기 싫으면 하지 않아도 좋다.”

“기사에겐 명예라는 것이 있습니다. 이미 죽어버린 제 명예를 다시 살려준 것은 대공자님이십니다. 이미 맹세했거니와 제 남은 목숨의 주인은 대공자님이십니다."

"명예라? 아무튼 고맙다. 내가 이 위기를 벗어나면 그대의 명예가 대륙 최고에 이르게 하겠다."

"제 명예는 이 정도로도 족합니다. 그저 대공자님께서 하루빨리 마법을 회복하셔서 이오카닉의 영광을 재현해 주시기만 바랄 뿐입니다."

"걱정 마. 방법은 얼마든지 있으니까."

"믿고 있습니다."

알파치안은 그 한마디에 마음이 놓였다. 천하무적의 마법을 구사하던 바이폰이었다. 그런 그였지만 레이킨에게 패배한 직후의 모습은 평범한 마법사에 불과했다. 그런데 방법이 있다니? 그렇다면 지리멸멸한 귀족들의 코를 납작하게 할 수 있다. 잔뜩 겁을 집어먹은 병사들에게도 커다란 힘이 될 것이 분명했다.

"그럼 저는 대공자님을 믿고 돌아가 적을 맞이하겠습니다."

"아! 내 아버지 겔링 후작은?"

"안타깝게도 부상이 깊어 귀족들의 행렬에 딸려 보냈습니다. 편안하게 치료하시는 게 좋을 것 같아서요."

"잘했다. 가보도록!"

바이폰이 말을 맺었다. 알파치안은 정중하게 예를 갖추고는 뒤돌아섰다. 그 뒷모습에서 알 수 없는 신뢰가 묻어 나왔다.

'괜찮은 인간들도 더러 있군. 셔징이나 알파치안 같은.'

바이폰은 입술을 깨물었다.

숨결을 가다듬고 마나를 운용해 보았다. 숨이 벅차다. 클래스 4 정도의 마법 시전에도 온몸은 땀으로 젖었다. 바이폰은 클래스 7까지 끌어올리다가 숨이 막혀 그 자리에 쓰러졌다.

"대공자님!"

서징이 황급히 달려왔다.

"두어라. 비록 부상을 입었다고 하나 남의 도움을 받을 처지는 아니다."

바이폰은 싸늘하게 서징을 물리쳤다. 자신을 진심으로 대하는 오직 한 사람이라는 것을 알지만 그녀의 마음에 동화되기에는 자존심이 너무 컸다. 하찮은 손길에 드래곤의 신념을 버린다는 것은 있을 수 없다. 드래곤은 드래곤이고 인간은 인간이다. 인간 천만 명을 모아도 드래곤의 발가락만 한 가치도 없다. 바이폰의 뇌리에서 그런 생각은 결코 사라지지 않았다.

"어디를 가십니까? 날도 저물고 몸도 성치 않으면서."

"……."

바이폰은 가던 발길을 멈추고 말없이 돌아보았다.

"서징."

"……."

"착각하지 마라. 나는 신의 능력에 버금가는 존재야. 알겠나?"

바이폰은 싸늘하게 대답했다.

"……."

"나를 이렇게 만든 레이킨. 보이지 않는다면 몰라도 코앞에 다가오는데야 그냥 둘 수 없지. 그를 잡을 것이다."

"대공자님, 아직은 무리입니다."

"알아. 내가 잡는 것이 아니다."

"……."

"알 것 없어. 아주 재미있는 방법으로 잡을 테니까. 다만 현재의 내 몸 상태로 보아 조금 버거울 것은 같군. 하지만 상관없다."

"대공자님."

바이폰의 몸은 두어 번 흔들리더니 시야에서 멀어졌다. 그리고는 아예 사라졌다. 조금도 꺾이지 않은 오만함과 도도함. 그렇다고 해도 셔징의 눈에는 허덕이는 부상자로밖에 보이지 않았다.

'언젠간 세상을 밝은 눈으로 보시겠지.'

겨우 회복된 몸을 이끌고 바이폰이 도착한 곳은 바로 죽음의 황무지였다. 평소 같으면 간단하게 올 곳이었지만 바이폰의 고통은 컸다. 워프를 통과할 때마다 혈관에서 피가 분무기처럼 터져 나왔다. 목숨을 깎아먹는 일이라는 사실은 바이폰도 알고 있다. 하지만 죽지는 않을 것이다. 레이킨을 그냥 두고는.

황무지에 펼쳐진 결계도 간신히 피했다. 그나마 지난번에 한 번 겪어 보았기 때문에 가능했다. 그럴수록 적개심은 한없이 자라났다. 죽인다. 바이폰의 뇌리에는 그 단어가 소용돌이를 쳤다.

간신히 드래곤의 묘지에 닿았다. 숨을 고르고 발을 내딛자 해골들이 스르르 일어나기 시작했다.

"인간! 용케 여기까지 왔다만 더 이상 들어갈 수 없다."

해골들이 푸석한 음성으로 말했다.

"멍청한 놈들. 나는 드래곤이다."

"드래곤?"

"얼마 전에 보고 벌써 잊었단 말이냐? 너희들의 우두머리인 드레이크의 해골을 불러라. 어서!"

해골들이 삐걱거리며 망설이는 동안 그들의 뒤에서 한기가 일었다.

"나를 찾는 자 누구인가?"

"나다. 지난번에 명령했을 텐데. 나 이외의 어떤 드래곤도 허용하지 말라고."

“아!”

“화급한 볼일이 있어 왔으니 길을 내주어라.”

바이폰은 사력을 다해 드래곤 피어를 뿜었다. 그제야 해골들은 주춤주춤 뒷걸음질치기 시작했다.

“알겠습니다.”

우두머리가 고개를 조아리자 해골들은 순식간에 사라졌다. 안개만이 빈자리에 너울거릴 뿐이었다.

“멍청한 놈들 같으니.”

바이폰은 거칠게 침을 뱉으며 안으로 들어갔다. 걸음을 옮길 때마다 피가 꿀럭꿀럭 배어 나왔다. 치유와 회복의 마법을 영창해 보지만 쉽게 아물지 않았다. 무리한 마법을 연속해서 사용한 대가였다. 드래곤들의 뼈가 시야에 들어왔다. 마음이 놓였다. 당장이라도 레이킨을 박살 낼 것 같은 만족감이 느껴졌다.

‘어떤 것을 선택할까?

바이폰은 거대한 산을 이룬 드래곤들의 뼈를 주시했다. 뼈를 보면 어떤 드래곤인지 알 수 있다. 블랙인지, 레드인지, 아니면 밥맛없는 실버인지.

‘좋아. 기왕이면!

바이폰은 한 드래곤의 뼈를 바라보며 음흉하게 미소 지었다.

드래곤 묘지에서 가장 높은 곳으로 올라간 바이폰은 사방을 관찰했다. 바이폰에게는 강력한 외부의 마나가 필요했다. 그 자신이 부상으로 인해 제약받는 만큼의 위력을 보충해 줄. 드래곤 묘지라면 평범한 분포의 마나가 아닐 거라고 생각했다. 적어도 이곳이 드래곤 묘지로 선택받기 위해서는 일단 충분한 마나의 기류가 필요했을 것이다.

바이폰의 판단은 옳았다. 기묘한 형세를 이룬 숲과 바위에서 그 답이

나왔다. 허공에서 내려다본 드래곤의 묘지는 몇 개의 거대한 룬 문자를 이루고 있었다. 레이킨은 그중에서 마나의 숲을 찾아냈다. 그리 큰 나무들은 아니었지만 그 숲에서는 맑은 마나가 새어 나와 드래곤 묘지로 날아가고 있었다. 바이폰은 마나의 흐름이 가장 왕성한 곳에 자리를 잡았다.

'후읍!'

바이폰은 내부의 마나를 교류시켰다. 안과 밖의 마나가 섞이면서 몸에 생기가 돌았다. 그렇다고 해서 상처가 온전히 버티는 것은 아니었다. 마나의 양을 늘릴 때마다 인체의 구멍을 통해 피가 울컥울컥 섞여 나왔다.

'이대로 죽는다고 해도!'

바이폰은 이를 물었다.

'레이킨.'

바이폰은 레이킨의 형상을 그리며 순간적으로 온몸의 마나를 한 지점에 조준시켰다. 거대한 드래곤의 뼈가 들어왔다. 바이폰은 등 뒤에서 밀려오는 마나의 힘을 자신의 것과 결합시켰다. 눈과 코, 귀와 입에서 혈류가 튀어나왔지만 개의치 않았다.

'최고의 염원으로 최고의 작품을 만들리라!'

바이폰은 사력을 다해 죽은 드래곤에게 마나의 불꽃을 퍼부었다.

후우웅!

마나의 폭광을 받은 드래곤의 뼈에 섬광의 회오리가 일기 시작했다. 피를 토하면서 바이폰은 하나의 주문을 외웠다. 금지된 주문이었기에 바이폰의 가슴도 떨렸다. 지금 사용하는 마법은 드래곤에게 걸어서는 안 되는 마법이었다. 그 어떤 순간에도. 하지만 그따위 금기가 바이폰의 통한을 막을 수는 없었다. 보이는 것은 없다. 레이킨을 죽일 수 있는 수단만이 필요했다. 온몸이 녹아버릴 것 같은 통증의 끝에서 이윽고 드래곤의 뼛조각이 엷은 경련을 보이기 시작했다.

'움직인다!'

바이폰은 스스로도 벌린 입을 다물지 못했다. 이미 피투성이가 된 그
는 자신의 상처에 치유 마법을 걸 생각도 잊은 채 눈앞의 광경에 넋을 놓
았다.

크워워어!

'아아!'

바이폰의 입가에 두려움과 기쁨이 동시에 스쳐 갔다. 거대한 드래곤의
뼈는 차곡차곡 결합을 마쳤다. 그리고 생명을 얻은 듯 꿈틀거리더니 이
윽고 하늘을 향해 가뿐하게 날아올랐다.

"어서 오시오, 레이킨 황태자."

쎄뚜린 강을 건너자 미라센의 진영에서 황제 따비칸이 영접을 나왔다.
레이킨은 말에서 내려 예를 갖추었다.

"저런! 대마법사 메디토스님과 마윈 영주께서도 어려운 걸음을 하셨
소이다."

황제는 겸양의 음성으로 말했다. 인간은 환경을 따라가는 것이다. 얼
마 전까지만 해도 벨룬시아를 넘보던 그였지만 이오카닉과 벨룬시아에
게 돌아가면서 데미지를 입은 지금은 소국의 황제처럼 초라할 뿐이었다.

"와주셔서 고맙습니다."

황제의 뒤에서 루에땅 백작이 인사를 건네왔다. 철혈기사단과 함께 있
을 때는 웅혼한 기상이 절로 배어 나왔지만 그 역시 이제는 노병의 고단
힌 모습만이 짚었다.

"전군, 대오를 갖추고 휴식을 취하라!"

"휴식을 취하라!"

마원의 명을 받은 기사들이 병사들을 향해 소리쳤다.

"적의 현황은 어떻습니까?"

마원이 작전지도를 바라보며 물었다. 황제를 호위하는 기사 둘이 물러서고 루에땅이 앞으로 나섰다.

"이오카닉의 침략군 주력은 아직 라세니아에 포진하고 있는 것으로 파악되었습니다. 그들은 아마 우리 황국인들을 볼모로 삼아 저항할 것으로 보입니다. 어제부터 평민들을 황궁 성벽 안으로 결집시키고 있다고 합니다."

"평민들을 결집? 그들을 병사로 투입하는 것인가?"

듣고 있던 레이킨이 물었다. 루에땅은 어두운 표정으로 설명을 이었다.

"그것은 표면적이고 실제 속셈은 그들을 인간 방패로 사용할 것으로 보입니다. 특히 노약자를 전면에 내세우면 공략하기가 한층 힘들어질 테니까요."

"그렇군."

사악한 인간들. 레이킨은 아랫입술을 깨물었다. 인간의 목숨은 똑같은 가치라던 하이비의 말이 스쳐 갔다. 인간들은 두 가지 잣대를 가지고 있다. 자신이 아는 인간인가 아닌가? 후자에 속할 때 그들은 냉정하게 행동한다. 살기 위해서라면 죽이는 것도 서슴지 않는다.

"그래서 레이킨 황태자를 기다리고 있었소."

황제 따비칸이 무겁게 입을 열었다. 레이킨이 해결책을 내주기를 기다리는 것이다.

"복잡하게 생각할 것 없습니다. 기사들이 전략으로 전쟁을 치른다면 마법사는 상황에 따라 움직입니다. 지리도 익숙하니 그리 어려울 것은 없다고 봅니다."

레이킨이 대수롭지 않게 말하자 황제의 표정에 안도의 빛이 스쳐 갔다.

"일단 산을 넘어야죠?"

레이킨은 땅거미가 내리는 산맥으로 시선을 돌렸다.

알파치안이 이끄는 이오카닉의 점령군과 벨룬시아―미라센의 연합군이 대치를 시작한 것은 그로부터 꼬박 하루가 지난 후였다. 대병력이 산을 넘는 데는 많은 시간이 필요했다. 게다가 지형상 매복을 우려해 꼼꼼한 정찰이 필요했다.

정찰의 임무는 라이호그 드림 아처단이 수행했다. 미라센의 드림 아처 기병단과 발을 맞춘 그들은 순식간에 척후의 임무를 수행하고 돌아왔다.

"적의 매복은 없습니다. 만일의 상황에 대비하여 요소마다 라이호그 기병단과 드림 아처들을 10명씩 짝을 지어 경계를 서게 했습니다."

드림 아처단의 대장인 세시노가 달려와 보고를 했다.

"진군!"

진격령이 떨어졌다. 연합군은 노도처럼 산을 넘었다. 하지만 복병은 있었다. 알파치안의 복병들은 음습한 숲이 아니라 평지가 시작되는 대지의 평원에 덫을 놓고 기다렸다.

"아악!"

선봉을 질주하던 라이호그 드림 아처 하나가 꺼지는 대지 속으로 빨려 들어갔다.

"덫이다! 멈춰라!"

마윈이 불호령을 내렸지만 달리던 말이 한순간에 설 수는 없었다. 기병들은 속절없이 파인 구덩이를 향해 무너졌다.

"보호의 축복으로! 플로어팅(Floating)."

레이킨은 상당수 기병들을 끌어 올려 안전거리로 내려놓았다. 하지만 일부 기병들은 구덩이 안에서 죽창과 쇠꼬챙이에 찔려 죽고 말았다.

촤라락!

동시에 대지에 은폐한 적들이 은폐물을 걷어내며 화살을 날렸다.

"으아악!"

"침착하라! 방패 전면, 방패!"

마원이 소리치자 병사들은 일사불란하게 방패로 화살의 예봉을 피했다.

"개자식들이 쫀쫀하게 숨어서 공격하다니. 내가 눈깔을 뽑아버리겠다. 가자. 기병!"

울컥한 체로키가 울프를 뽑아 들었다.

"안 돼! 그냥 두어라."

마원이 나서 기병을 제지했다.

"왜 그러십니깝쇼? 당장 쓸어버리겠습니다요!"

체로키가 씩씩거리며 물었다.

"마원 영주의 말이 맞다. 적들은 군데군데 함정을 파고 우리가 흥분할 때를 기다리는 거야. 그러니 잠시만 기다리라구."

메디토스가 대답했다. 레이킨은 고개만을 끄덕여 주었다. 레이킨과 메디토스는 수평으로 전개되는 함정을 파악했다. 모두 여덟 군데였다. 그대로 진군하면 피해가 상당할 규모였다.

"불태워라. 파이어 월!"

메디토스가 두 손을 들어 함정마다 넓은 띠의 파이어 월을 퍼부었다. 그러자 은폐물들이 고스란히 모습을 드러냈다.

"퇴각! 발각되었다!"

그제야 적병들이 은폐물을 털고 일어나 후퇴하기 시작했다.

"우리도 인사는 해야겠지?"

레이킨은 적의 후미에 선더 네트를 퍼부었다.

"아아악!"

이오카닉의 복병들은 커다란 희생을 치르고 소수만이 라세니아의 궁정으로 달아났다.

"이제 가도 되겠군."

레이킨이 마윈을 바라보며 눈을 찡긋했다. 연합군의 진군이 다시 시작되었다.

"황제 폐하시다!"

연합군의 문장과 군기를 확인한 촌락의 농부와 목동들이 달려와 환호했다. 따비칸은 손을 흔들어 그들의 고단함을 위로해 주었다.

"공격 채비를 갖춰라."

어둠이 내리고 궁정의 성벽이 가까워지자 진두지휘를 맡은 마윈이 추상같은 명령을 내렸다. 병사들은 횃불을 밝히고 발을 구르며 전의를 불태웠다. 곳곳에서 투석기와 투화기가 세워졌다. 이동식 나무탑도 조립이 끝났다. 파성추 역시 날카로운 위용을 뽐내며 대오의 선두에서 진격령을 기다렸다. 창검과 화살촉을 닦는 병사들의 모습은 저마다 사기가 팽팽했다.

"황궁 수비는 이 두 곳이 가장 취약합니다. 저들도 파악하고 있을 겁니다. 따라서 두 곳의 취약지를 공략하는 척하면서 제3의 취약지인 이 남쪽의 성문을 돌파하는 것이 효과적이라고 봅니다."

루에땅이 의견을 개진했다. 그들의 성이니 가장 합리적인 대안으로 보였다.

"황태자님."

마윈은 레이킨을 바라보았다.

"좋은 전략이군. 하지만 내 생각에는 황궁의 정문으로 들어갔으면 해. 남의 성도 아니고 미라센들의 성이야. 게다가 그들의 황제께서도 계시니 자기 집에 들어가는데 쪽문을 사용할 이유는 없겠지?"

"나쁘지 않군요. 그렇다면 의견을 개진하셨으니 뭔가 대안이 있겠죠?"

"나참! 마원은 너무 눈치가 빠르단 말이야."

레이킨은 혀를 찬 후에 설명을 시작했다.

"일단 개전이 되면 적의 수뇌부는 어디에서 움직일까?"

"물론 황궁 정문의 성루에서겠죠?"

대다수의 기사들이 이구동성으로 대답했다. 당연하다. 누구든 적의 수뇌부는 황궁의 정문에서 적을 맞을 것이다. 이젠 레이킨도 아는 사실이다.

"그렇다면 그곳에 알파치안인지 하는 기사가 있을 거야. 운이 좋다면 바이폰이 빌빌거리면서 악을 쓸지도 모르지."

"정면 돌파?"

"그래. 변죽을 울려 관심을 분산시키면서 유유하게 정면을 공략하겠다. 바로 우리의 주특기이기도 하지."

레이킨은 미라센을 침공하던 때를 회상했다. 치열한 교전 중에 무공이 뛰어난 몇 명을 성문 안으로 옮길 수 있다면 그 이점은 말로 설명할 필요가 없었다.

"누가 나를 따르겠나?"

레이킨이 지휘부를 이룬 기사들을 바라보았다.

"키노가 갑니다."

"크악! 체로키를 빼먹으면 3년간 재수가 없을 겁니다요."

"킬리안도 보내주십시오."

"케스민 기사. 경험이 필요합니다."

"아! 그만, 그만. 내가 텔레포트로 옮길 수 있는 인원은 한정되어 있거든. 게다가 쪽팔리게 여러 번 왔다 갔다 하면서 옮기고 싶지는 않고. 세 명만 데려갈 테니 알아서 순번을 정해."

"젠장! 그럼 고참순으로 합시다. 아니면 나이순으로 하던지."

체로키가 가슴을 치며 목청을 높였다.

"그런 법이 어디 있어요? 나이가 무슨 벼슬이에요? 시간만 지나면 저절로 먹는 건데?"

"뭐야? 야! 키노. 네가 인생의 참맛을 알아? 게다가 넌 여자도 있잖아? 깝죽거리다가 화살이라도 고추에 맞으면 어쩔래? 아리안느가 밤마다 너를 볶아먹을걸?"

"걱정 말아요. 고추는 위험에 처하면 스스로 몸 안으로 들어간다고요."

키노가 지지 않고 맞받았다.

"이건 곤란한데. 나도 꼭 참여하고 싶은데 말이야."

케스민이 어깨를 으쓱해 보였다.

"레이킨 황태자님, 이의있습니다. 그 세 명 중에 한 명은 제가 되어야 한다고 생각합니다."

소란을 지켜보던 루에땅까지 합세했다.

"왜?"

"라세니아는 미라센들의 황궁입니다. 마땅히 저희 진영에서도 한 명은 참여시켜 주셔야 한다고 봅니다. 우리의 황궁을 찾는 일인데 구경만 할 수는 없습니다."

"마원, 어떻게 생각해?"

레이킨은 마원에게서 답을 구했다.

"이러다가 우리끼리 싸움이라도 일어나겠군요. 이렇게 되면 실력으로 정할 수밖에 없습니다."

"실력?"

"희망자는 다들 모여라. 그리고 린페, 병사들을 데려가서 늙은 호박을 찾아와라."

"알겠습니다."

길잡이 노병 린페가 네 동료를 이끌고 횃불을 따라 사라졌다.

"호박? 그건 뭘하려굽쇼? 설마 누가 호박씨를 더 많이 까나 보려는 건 아니겝죠? 그런 건 연애 경험이 없는 나 같은 놈에게는 불리하다굽쇼."

체로키가 공연한 항변을 했다.

"걱정 마라. 누가 전장에서 그런 한가한 일을 벌이겠나?"

마윈은 체로키를 토닥거렸다. 남은 기사들은 모두 마윈의 속내가 궁금해 미칠 지경이었지만 린페가 호박을 들고 올 때까지 참아야만 했다.

"아주 간단하다. 각자 내가 던지는 이 호박을 4등분으로 자르면 돼. 가장 반듯하게 자른 사람이 황태자님과 함께 간다."

"푸하핫! 그런 거라면 식은 죽 먹깁죠."

체로키가 자신만만하게 소리쳤다.

"단, 두 눈을 가리고."

"……!"

"시작한다. 린페, 참여 기사들의 눈을 가려라."

"옙!"

그래도 희망자는 많았다. 10여 명의 기사가 눈을 가린 채 자신의 차례를 기다렸다. 심사관은 레이킨과 메디토스였다. 밤하늘의 별보다 많은 병사들의 시선이 진귀한 구경거리에 쏠려왔다.

"체로키! 나이순으로 시작할까?"

"쳇! 마음대로 하십쇼. 그런다고 이 체로키가 쫄 것 같습니깝쇼?"

체로키는 거침없이 검을 뽑아 들었다.

"간다!"

촤라락!

체로키의 검풍은 물체를 향해 정확하게 날아갔다. 호박은 가지런히 네 조각이 되어 땅에 뒹굴었다.

"우와! 눈을 감고 저렇게?"

병사들의 입에서 탄성이 터져 나왔다. 뒤를 이어 킬리안이 들어섰고, 마딕스도 만만치 않은 검풍을 뿜었다. 병사들의 눈을 휘둥그렇게 만든 것은 다름 아닌 케스민이었다. 그는 허공에 숫구친 호박을 따라 날아오르더니 푸른 섬광을 퍼부었다.

"흐억! 호박을 8조각으로 잘랐어!"

병사들은 벌린 입을 다물지 못했다.

"키노! 네 차례다."

마윈은 그 말과 함께 머리통보다 큰 늙은 호박을 허공으로 던졌다. 키노는 소리를 따라 튀어 올랐다.

파아앗!

키노 역시 정확하게 호박의 중심을 자르고 내려왔지만 마음은 불안했다. 경쟁자가 너무 많은 것이다.

"나도 참여할 것이오."

대오의 끝에 서 있던 루에땅이 나섰다. 레이킨이 고개를 끄덕이자 마윈은 그를 향해서도 호박을 던져 주었다. 루에땅의 허리춤에서 은빛 별 무리가 쏟아져 니왔다. 당대의 명검 톡시리안, 그것의 출검을 바라보는 것만으로도 엄청난 위압이었다.

츄리릿!

검은 언제 칼집을 나왔다가 들어간 것일까? 증거로 남은 것은 오직 은 빛의 오러뿐이었다.

"와아아!"

병사들에게서 일제히 환호가 쏟아져 나왔다. 그들은 출중한 기량을 가 진 기사들이 믿음직스러웠다. 사기가 하늘을 찌름은 말할 것도 없었다.

"영주가 노린 것이 이것이었나? 사기 진작?"

"같은 시간이라면 유용하게 쓰는 것이 좋습니다."

잘린 호박을 심사하며 레이킨과 마윈은 나지막히 속삭였다. 작은 일 하나에도 전략의 깊이가 다른 마윈이다. 레이킨도 내심 흡족했다.

"합격자를 발표하겠다."

꿀꺽!

마윈이 나서자 기사들의 목으로 마른침이 넘어갔다.

"우선 루에땅 백작을 일차로 뽑았다. 그의 말은 타당하다."

"고맙소, 마윈 영주."

루에땅이 가볍게 화답했다.

"합격자는 킬리안!"

"우왓!"

킬리안이 제자리에서 풀쩍 뛰어올랐다.

"키노!"

"와아아!"

키노는 두 주먹을 불끈 쥐고 환호성을 질렀다.

"젠장! 이건 사기라굽쇼. 나도 정확하게 잘랐습니다요. 게다가 케스민 은 8조각이나 냈는데 왜 빠진 겁니까요?"

체로키가 씩씩거리며 이의를 제기했다.

"체로키, 그대는 너무 힘을 써서 호박이 아예 작살이 났더군. 그리고 케스민 기사의 실력은 인정하지만 규칙을 어겼다. 그래서 불합격이야.”

“말도 안 됩니다요. 다시 해요. 세게 친 게 뭐 그리 잘못한 거냐굽쇼?”

체로키는 수긍하지 못한다는 태세였다.

“그만 해. 대신 체로키가 갈 방법이 하나 있다.”

보다 못한 레이킨이 찡긋 윙크를 하면서 말했다.

“예에? 있다굽쇼? 그게 뭔뎁쇼?”

“여기 메디토스님이 그동안의 친분을 고려해 체로키를 옮겨줄지도 모르겠다. 몸무게가 초과되지 않는다면 말이야.”

“…….”

체로키의 웃음이 수직으로 끊겼다. 자신의 몸을 슬쩍 내려본 체로키는 좋아할 일인지 슬퍼할 일인지 분간이 안 되는 모습이었다.

“그럼 당장 살을 빼면 되겠네.”

키노가 체로키의 뱃살을 치며 소리쳤다.

제 6 장

악몽의 드래곤 리치

밤샘 대치는 하늘의 별이 가장 초롱거리는 새벽녘에 깨졌다. 키노가 이끄는 라이호그 드림 아처들이 레이킨에게서 받은 붉은 마나 링을 화살에 묶어 적진에 퍼부었다. 그것이 신호였다. 네 개의 대오로 나뉜 기병과 보병들은 일제히 함성을 지르며 진군을 시작했다.

"위협 공격이다. 성루의 평민들을 주의하라."

마원은 거듭 강조했다. 알파치안의 미라센들은 성루 위에 노약자를 잔뜩 포진시켰다. 해볼 테면 해봐라. 치졸하지만, 그들로서는 현명한 결정이었다.

"적은 함부로 준동하지 못한다. 레이킨도 마찬가지다. 두려워 말고 싸워라."

알파치안이 화살을 날리며 소리쳤다.

왕궁의 좌우에서 라이호그 기병들과 드림 아처들이 날아들었다. 특히 드림 아처들의 라이호그는 가벼운 주인을 태운 까닭에 한없이 민첩했다.

이오카닉의 병사들은 라이호그들이 발톱을 번쩍거릴 때마다 십여 명씩 비명과 함께 목숨을 잃었다. 그들의 위에는 백발백중의 드림 아처들이 있었던 것이다.

"부드럽게 감싸라. 작은 환상의 숨결들이여. 딥 포그."

성에 가까워지면서 레이킨과 메디토스는 동시에 같은 마법을 발현했다. 진영의 양편에 자리한 레이킨과 메디토스. 마상의 그들에게서 후광이 빛을 토했다.

"안개입니다! 한 치 앞이 보이지 않습니다!"

성루의 병사들이 공포에 젖어 소리쳤다.

"동요하지 마라. 우리에게는 인질이 있다. 그냥 무조건 적의 중심을 향해 화살을 날려!"

알파치안은 기사와 병사들을 독려했다. 황궁의 반을 책임진 켄류 기사도 병사들을 다그쳤다.

촤라락!

화살은 안개 속으로 잘도 빨려 들어갔다. 하지만 비명 소리가 나지 않았다. 알파치안은 슬슬 불안해지기 시작했다. 누구든 시야가 확보되어야 한다. 그가 비록 절정 기량의 기사지만 시야를 차단당하고서는 불안을 떨쳐 낼 재간이 없었다.

"자! 선물이다. 불의 통곡이여, 너의 몸부림에 영광을. 메테오!"

"소리없는 아우성이여. 소닉 바이브레이션!"

레이킨과 메디토스의 마법이 약간의 시간을 두고 영창되었다.

콰아앙!

푸화악!

황궁 안, 미라센의 보병 집결지에 거대한 운석 덩어리가 악몽처럼 쏟아져 내렸다.

"으아악!"

악몽은 거기서 그치지 않았다. 메디토스의 진동이 허공에 떠오른 병사들의 몸을 가차없이 박살 내버린 것.

"마법 따위는… 으헉!"

소리치던 알파치안은 안개 속에서 날아오는 열다섯 개의 화살에 기겁을 하며 오러 블레이드를 뽑았다. 안개의 바다에서 열다섯 마리의 라이호그가 허공으로 치솟았다. 그 등에 올라탄 드림 아처들은 도약할 때마다 화살을 날렸다. 열다섯의 화살은 매번 열다섯의 목숨을 앗아갔다. 활의 영지 카드리엔, 그곳의 영명한 소년 전사만으로 구성된 라이호그 드림 아처들의 기량은 이미 물이 올라 있었다.

"측면 두 곳의 성문이 공격을 받고 있습니다."

미라센의 기사들이 다급히 말했다.

"이동식 나무탑이 가까이 옵니다."

다른 기사들 역시 안개 사이로 어른거리는 나무탑을 보며 외쳤다. 보이지 않는 적은 어느새 성벽에 가까웠다.

"막아라! 예비 병력을 나누어 투입해! 여차하면 인질들을 도륙해서 접근을 막아라!"

알파치안은 악을 쓰며 명령했다.

'아아, 바이폰 대공자님. 그리고 베르나데님.'

그의 뇌리에 아쉬움이 폭풍처럼 스쳐 갔다. 최소한 두 사람 중에 하나만 있더라도 이렇게 허덕이지는 않을 일이 아닌가?

"지금이다. 메디토스님, 준비되었죠?"

"언제는 하명만 하십시오, 황태자님."

"키노. 킬리안. 루에땅!"

"우리도 준비되었습니다!"

셋이 레이킨의 곁으로 모여들었다.

"먼저 갑니다."

후웅!

안개 속에서 섬광 하나가 출렁거리자 네 사람은 일시에 사라졌다.

"우리 차례군. 살은 많이 뺐나?"

메디토스가 조급증에 빠진 체로키를 돌아보았다.

"젠장! 장작불 앞에서 땀을 얼마나 뺐던지 다리가 다 후들거립니다요. 만일 저를 성안으로 못 보내주면 마법사님을 평생 저주할 거라굽쇼!"

"오호! 그건 안 되지. 하지만 나도 워프는 익숙하지 못하거든. 하여간 해보자구."

후웅!

"……?"

눈이 빠져라 휘둥그레지는 체로키. 하지만 빛과 함께 사라진 것은 메디토스뿐이었다.

"으아악! 말도 안 돼. 멍청한 메디토스님. 죽여 버릴 거예요!"

체로키는 성벽이 무너져라 발을 구르며 악을 썼다.

"이것 봐라. 한번 슬쩍 반응을 떠본 건데 진짜 인간성이 아니네. 아무래도 혼자 가야겠어."

다시 모습을 드러낸 메디토스가 미간을 찡그리며 워프를 열기 시작했다.

"제… 제발. 제 성질이 더러운 것은 산천초목이 다 아는 일이잖아요. 제발 데려가 줍쇼."

다급한 체로키는 메디토스이 허리를 껴안았다.

"징그러워. 알았으니까 떨어지란 말이야!"

"크헤헤! 진작 그러실 것이지."

레이킨과 키노, 킬리안과 루에땅은 성문 뒤편의 공간으로 나타났다. 바로 대기 중인 기병의 무리 가운데였다. 난데없는 적의 등장으로 놀란 기병들은 눈만 동그랗게 뜬 채 어쩔 줄을 몰랐다.

"에어로 붐!"

투황!

간단했다. 레이킨은 주변의 공기를 폭사시켜 커다란 원형의 공간을 확보했다.

"마법사다! 마법사가 들어왔다!"

기병들이 소리치며 달려들었다.

"그냥 마법사가 아니고 황태자 마법사님."

키노가 솟구쳐 기병의 목을 친 후에 말을 탈취해 올라탔다.

"에어로 붐, 붐, 붐!"

일제히 달려드는 기병을 향해 세 개의 거대한 공기 파동이 격랑을 이루며 터졌다.

"으아악!"

"키노, 넌 왼쪽을 맡아라. 나는 오른쪽이다."

"그러죠, 킬리안님."

키노와 킬리안은 허덕이는 기병의 좌우를 폭발적으로 들이쳤다.

"그렇다면 나는 후면을 공략하지."

루에땅도 천천히 톡시리안을 뽑아 들었다.

그사이 레이킨은 육중한 성문을 어스 퀘이크로 흔든 뒤에 강력한 에어 캐논을 연타했다.

콰앙!

뜻밖의 공격을 받은 성문 수비 병사들은 비명과 함께 날아가고 성문도 반쯤 내려앉았다.

“성문이 기우뚱거린다. 파성추 돌격!”

“와아아!”

마윈이 명하자 파성추를 밀고 가던 병사들에게서 벌 떼 같은 함성이
일었다.

'다음 할 일은?'

레이킨은 성루에서 악을 쓰던 알파치안을 떠올렸다. 순간 요란한 체로
키의 비명이 귀에 들어왔다. 그가 별안간 접전의 중심에서 모습을 드러
내었다.

“망할 놈의 키노! 누구한테 검을 겨누는 거야?”

“쳇! 접전 중인 곳에 갑자기 나타나면 어떡해요? 스친 것만으로도 고
마운 줄 아세요.”

“그건 내 잘못이 아니야. 메디토스님 잘못이지.”

“뭐 내가 말했을 텐데? 워프는 나도 익숙하지 않다고. 정 불만이면 다
시 성 밖으로 데려다 줄까?”

“아, 아닙니다요. 젠장. 장가를 못 가도 워프를 배우던지 해야지.”

체로키는 씩씩거리며 달려드는 두 기병을 해치웠다.

“궁수! 마법사들을 향해 쏴라! 쏴!”

레이킨 일행을 발견한 알파치안이 성루에서 소리쳤다. 이내 수백 발의
화살이 날아왔지만 레이킨은 팔짱을 낀 채 구경했다. 메디토스의 실드
마법이 펼쳐지고 있었다.

“메디토스님, 여기서 기사들을 지원하세요. 저는 알파치안을 잡겠습
니다.”

레이킨은 텔레포트와 함께 성루로 옮겨갔다

“다가오지 마. 다가오면 이 여자와 아이들을 죽이겠다!”

몇 병사들이 겁에 질려 소리쳤다. 그들의 창검은 인질을 겨누었지만

모두 맥없이 바닥에 떨어졌다. 레이킨이 그들에게 무기력의 마법을 걸었다. 레이킨은 겨우 숨만 붙어 있는 병사들을 밀치고 알파치안을 향해 다가갔다.

"죽엇!"

두 기사가 달려들었지만 레이킨이 빨랐다. 레이킨의 두 팔은 어느새 기다란 매직 소드가 되어 있었고 기사들의 빈틈으로 가지런히 파고들었다.

"크억!"

"이놈!"

보다 못한 알파치안이 벼락처럼 솟구쳤다. 그 역시 대륙 절정의 기사였다. 그러니 근접전에서는 승산이 있다고 생각했다. 마법사라면, 시동어를 외칠 여유가 없다면 평범한 인간에 지나지 않는 것이다.

캉!

회심의 미소로 달려들던 알파치안은 커다란 충격에 튕겨 나갔다.

"어… 어떻게?"

겨우 중심을 잡은 그는 이해할 수 없다는 표정을 지었다.

"뭐, 궁금하면 한 번 더 시도해 보던가."

레이킨이 냉소를 머금자 알파치안은 발끈하며 다시 달려들었다.

"그렇다면 네트 오러 블레이드다. 이건 막지 못할걸."

알파치안의 검이 여섯 개의 섬광을 뿜었다. 적을 여섯 동강으로 자르는 회심의 일격이었다.

카캉!

하지만 결과는 마찬가지였다. 알파치안은 자신이 끌어올린 공력만큼 더 멀리 튕겨 나갔다.

"참 아둔하구나. 나 레이킨이 사악한 바이폰에게 당한 후에 그를 물리

쳤다면 뭔가 느끼는 것이 있어야지. 겨우 오러 블레이드 따위로 내 실드를 뚫겠다고?'

레이킨의 목소리에서 드래곤 피어가 뿜어져 나왔다.

'으헉!

알파치안은 몸을 움츠렸다. 바이폰에게서 느끼던 그 위엄보다 높은 절망감이었다.

"아직도 모르겠다면 한번 수고를 해주지. 묶어라. 홀드 퍼슨."

레이킨은 대수롭지 않게 마법을 날렸다. 고작 클래스 3 정도에 속하는 하위마법. 하지만 그 시전자가 레이킨이기에 위력은 사뭇 달랐다. 알파치안 정도의 기사라면 당연히 탈출할 수 있는 마법이지만 그에게는 마치 클래스 7—8짜리의 속박과도 같았다.

"레이킨!"

알파치안은 몸부림을 치며 치를 떨었다.

"내게 할 말이 있나?"

"바이폰 대공자님은 건재하시다. 언제든 그대를 해치울 것이다."

"반가운 말이군. 실은 나도 바이폰을 찾아야 하거든. 그가 어디에 숨어 있는지 알려주면 네 목숨은 살려주지."

"마치 모든 것이 끝난 것처럼 말하는데 사실 우리는 시작이야."

"시작?"

알파치안의 음산한 미소에 레이킨은 뭔가 있다는 느낌을 받았다.

"저기 황궁의 광장을 보시지."

"……!"

황궁의 광장. 그 넓은 곳으로 시선을 돌리던 레이킨은 숨이 멎어오는 것을 느꼈다. 거대한 무쇠솥에서 펄펄 끓는 기름들, 그리고 그 아래 반쯤 혼절한 공포로 울먹이는 노약자들이 눈에 들어왔다. 그 수는 성루에 세

위둔 것만큼이나 많았다.

"이런 사악한!"

"이건 전쟁이야. 누굴 봐줄 형편이 아니지. 그렇지 않나?"

"……."

"알았으면 당장 이 마법을 해제하시지. 그렇지 않으면 기름솥이 저 가련한 미라센들의 비명마저 녹이며 흔적도 없이 생명을 쓸어버릴 테니까."

알파치안의 기세가 오르고 있었다. 어림잡아도 300—400여 명의 인질들이었다. 그들에게서 배어 나오는 공포는 극한에 달해 있었다.

"잔머리를 굴려도 소용없어. 아무리 강력한 마법사라고 해도 저 거리까지 마법이 미치지는 못하겠지? 아니, 다 죽이려고 하면 가능하겠지만."

고뇌하는 레이킨의 눈빛과는 달리 알파치안의 눈빛은 더없이 반짝거렸다.

하지만 알파치안은 간과하고 있었다. 바로 메디토스라는 존재를. 그 또한 마나홀 하나를 삼킨 축복받은 대마법사였다. 다만 레이킨의 그늘에 가렸긴 해도 이전이라면 최고의 마법사로 칭송받을 능력을 가진 것이다.

"메디토스님, 전편으로 똑바로 날아가세요. 작은 성곽 너머에 위태로운 상황이 펼쳐지고 있습니다. 어서요."

레이킨은 다급하게 전음을 날렸다.

"자! 어서 이 마법을 풀어라."

알파치안이 힘주어 말했다.

"못하겠다면?"

한 발 더 다가서며 씨익 웃어 보이는 레이킨. 할 테면 해봐. 누가 이기는지. 하는 표정이었다.

“하는 수 없지.”

알파치안은 결심을 한 듯 성루의 타종대를 바라보았다. 신호를 받은 병사 둘이 황동의 종을 타종하기 시작했다.

뎅뎅뎅!

젠장. 저게 신호였군. 진작 없애 버리는 건데. 레이킨은 아쉬운 마음이 들었지만 이제 메디토스를 믿는 수밖에 없었다.

“아아아악!”

기름솥이 기울어지자 비명이 폭풍처럼 밀려 나왔다. 기우뚱 흔들린 기름솥에서 일부 기름이 튀면서 인질들을 적셨다. 솥은 한 번 더 출렁이더니 몸 안의 기름을 토해내기 시작했다.

‘메디토스!’

일말의 불안감이 레이킨의 가슴을 쓸며 지나갔다. 전음을 듣지 못한 것인가? 하는 불안감이었다.

“위험해요, 황태자님!”

넋을 잃고 바라보는 레이킨을 노리는 적병 셋이 라이호그 드림 아처들의 화살에 꿰여 쓰러졌다. 그사이 솥은 기어이 흰 연기를 뿜으며 악몽처럼 기름을 전부 퍼부었다.

“…….”

극한의 공포에 몰린 인질들은 서로 억세게 끌어안을 뿐 오히려 비명조차 지르지 못했다.

‘메디토스. 제발…….’

기름의 중심에 인질의 머리가 거의 닿았을 무렵, 인질들은 눈을 감았다. 그리고는 강력한 충격을 느끼며 쓰러졌다.

“메디토스!”

“하하! 이거 나잇값은 한 건가요? 겨우 돌덩이로 바꾸었네.”

메디토스의 전음이 들려왔다. 절체절명의 순간에 기름은 돌덩이로 변해 쏟아져 내렸다. 몇 명의 인질이 다치거나 죽었지만 아쉬운 대로 위기를 넘긴 것이다.

"헤이. 좀 섭섭하겠군."

레이킨의 시선이 알파치안에게 향했다. 안광이 더없이 섬뜩하게 빛났다. 그것이 무엇을 의미하는지는 굳이 설명이 필요없었다.

"으으……."

"감히 나에게 수작을 부리다니. 각오는 되어 있겠지?"

레이킨의 두 손에서 마나의 불길이 푸르게 끓어올랐다.

"으아앗!"

레이킨의 일갈과 함께 두 개의 궤적이 벼락처럼 뻗어나갔다.

콰아앙!

두 번, 네 번, 여섯 번. 성을 공략하던 마원과 라이호그 드림 아처들은 성루에서 일어나는 일에 아연실색했다. 첫 공격에서 죽었을 알파치안이었다. 하지만 분노한 레이킨의 마법은 알파치안의 형체가 사라질 때까지 무지막지하게 쏟아졌다.

"……."

주변에 포진해 있던 미라센의 병사들은 공포에 질려 창검을 놓았다. 다른 곳의 병사들도 그랬다. 주체할 수 없는 분노로 타오른 레이킨의 절정 마법. 이제 알파치안마저 흔적도 없이 사라진 지금에 누가 감히 대항할 엄두를 낸단 말인가?

"무슨 짓이냐? 우리는 이오카닉의 영광을 위해 죽는다! 바이폰 대공자님이 곧 오실 것이니 창검을 잡고 대항하라! 어기는 자는 군율로 다스릴 것이다!"

알파치안의 수석기사 켄류가 창검을 버리는 병사들의 목을 치며 악을 썼지만 대세는 기울었다. 여기저기서 병사들이 창검 내려놓는 금속성 소리가 뒤를 이었다.

"이 망할……."

켄류는 치를 떨었지만 그것이 세상의 마지막 전율이었다. 성을 공략하던 마원의 화살이 날아와 그의 목을 꿰어버렸다.

"와아아!"

켄류가 성루에서 바닥으로 추락하자 진군하던 병사들의 함성이 터졌다.

"적의 지휘부가 궤멸되었다. 진군!"

마원의 추상같은 명령과 함께 북과 나팔 소리가 꼬리를 사납게 들며 사기를 올렸다. 간헐적인 저지를 받으며 밀려드는 벨룬시아와 미라센의 연합군은 이내 성루를 장악했다. 성안의 결과도 마찬가지였다. 레이킨과 메디토스의 지원을 등에 업고 분전하는 키노와 체로키, 킬리안과 루에땅의 활약은 눈부셨다. 그들 뒤로 바짝 조여드는 벨룬시아의 기병단과 허공을 휘젓는 라이호그 드림 아처들의 모습이 보였다. 승부는 이미 기운지 오래였다.

"적의 문장과 깃발을 끌어내려라!"

황궁에 입성한 황제 따비칸이 소리쳤다. 미라센의 병사들은 감격에 겨워 적의 상징을 끌어내렸다.

"와아아!"

미라센의 병사들이 목 메이게 환호했다. 그들은 서로 끌어안고 황궁수복의 감격을 나누었다. 그 소리를 듣고 숨을 죽이던 미라센들이 뛰어나왔다. 누구라 할 것 없이 서로 껴안고 발을 구르는 기쁨이 고스란히 레이킨에게 전해졌다.

인간이 아름다운 또 하나의 풍경. 이런 기쁨의 표현은 드래곤은 할 수 없다. 다른 종족도 마찬가지다. 오크나 고블린이, 혹은 오우거가 이런 광경을 연출할 수 있단 말인가? 아아, 인간. 레이킨은 미라센들이 만든 감격의 바다에 흠씬 젖어버렸다.

"……."

하지만 감격의 시간은 오래가지 못했다. 음산한, 아주 음산한 무엇이 라세니아의 창공에 살기를 드리우기 시작했다.

"으헉!"

'설마 드래곤 피어?'

가장 긴장한 것은 레이킨이었다. 다른 사람들이야 막연한 공포에 불과하다지만 레이킨은 그 공포의 실체를 더듬을 수 있었다. 다만 이것은 레이킨이 아는 드래곤 피어와도 아주 달랐다. 바이폰이 만든 것도 아니고 그렇다고 다른 진짜 드래곤에게서 느끼는 것과도 다른 생경한 느낌이었다.

'대체 뭐냐?'

모골이 송연해질 정도로 한기를 뿜어내는 유사 드래곤 피어 앞에 레이킨은 할 말을 잃었다. 감격을 누리던 모든 사람들의 시선도 허공에 집중되었다.

"황태자님."

수많은 시선들이 레이킨에게 집중되었다. 메디토스도, 마윈도, 키노와 체로키의 눈길까지 레이킨을 향했지만 레이킨은 그저 입술을 가리며 '쉿' 하는 표정으로 의식을 가다듬을 뿐이었다.

'안드레시아!'

사나운 살기 안에서 드래곤 보이스가 흘러나왔다. 레이킨은 청각을 곤두세웠다.

‘승리의 찬가를 부르기는 아직 이르다. 이제부터 너에게 악몽이 펼쳐질 테니까.’

‘카이플로?’

‘그래. 네 이름을 아는 존재가 나밖에 더 있으랴?’

바이폰의 음성에는 냉소가 섞여 있었다. 레이킨은 드래곤 보이스 너머로 탐지 마법을 날렸다.

‘대체 뭐냐? 이 주체할 수 없는 불안과 음산함?’

레이킨은 진저리를 쳤다. 바이폰의 힘이라기엔 아주 색달랐다.

‘자! 나의 선물이다. 이것으로 네놈을 끝장내 주겠다.’

바이폰의 목소리는 그것으로 끊겼다. 끝장이라니? 오냐. 어디 모습을 나타내기만 해라. 무슨 꿍꿍이인지는 몰라도 그 사악한 머리를 말끔히 청소해 주마. 레이킨은 온몸에 후끈 전의를 불태웠다.

콰아아아!

사악한 검은 폭풍이 레이킨의 진영을 향해 갈기를 세웠다.

“으아악!”

이내 병사들과 평민들 사이에서 비명이 흘러나왔다.

‘카이플로! 치사하게 겉돌지 말고 모습을 드러내라. 무엇이든 상대해 주겠다.’

레이킨은 허공을 향해 위협 마법을 날렸다. 폭음과 함께 찬란한 파이어 블래스트가 위용을 자랑하며 장쾌하게 터졌다.

“저… 저게 뭐냐?”

숙인 고개를 들던 체로키가 경악스런 외침을 쏟아냈다. 마원과 메디토스, 키노의 시선이 하늘로 향했다.

‘아아!’

메디토스 역시 숨이 막히는 것만 같았다. 검은 광채가 폭발처럼 밀려

나는 허공에 뭔가 강력한 실체가 형성되기 시작했다.

'설마?'

검은 광채가 빛과 섞여 몸부림칠 때 레이킨 역시 신음을 토해냈다.

크워어!

"……."

하늘의 어둠이 사라지고 은빛의 광채로 가득 찼을 때 레이킨은 의식에 벼락을 맞은 것만 같았다. 허공의 한 면을 가득 채우며 등장한 존재는 드래곤 리치였다. 그것도 레이킨의 직계 선조 드래곤인 페키스.

페키스는 뼈만 남은 몸으로 독성을 털어내며 하늘이 무너져라 포효를 시작했다. 보는 것만으로도 악몽 그 자체였다.

'말도 안 돼!'

레이킨은 휘청거리며 한 발 물러섰다. 신도 금지한 영생의 잠을 깨우는 불법이 자행된 것이다.

'카이플로! 이 저주를 받아도 부족할 놈! 감히 최후의 금기마저 깨다니!'

'왜? 겁이 나나? 하긴 네 조상을 상대로 싸우려면 그렇겠지. 하지만 누구도 레드 족의 행보를 막지는 못할 것이다. 이 금기의 마법 또한 하산드라님께서 만일을 위해 전수해 준 것이니.'

'하산드라?'

'가라! 나의 리치여! 레이킨인지 안드레시아인지의 생명을 봉하라!'

바이폰의 발악 같은 명령이 드래곤 리치의 등을 떠밀었다.

"마윈 영주! 듣고 있나?"

레이킨은 드래곤 리치를 바라보면서 외쳤다.

"하명하십시오."

"병사들을 즉시 안전거리로 물려라. 드림 아처들도 출격시키지 마라.

저 악몽은 드래곤 리치다. 인간의 힘으로는 감당할 수 없어.”

레이킨의 명령에는 비장미가 서려 있었다. 드래곤 리치라면 레이킨의 실력으로도 장담하기 어려운 상대가 틀림없었다. 정확한 것인지는 몰라도 리치는 생전의 마법 능력을 고스란히 간직하고 있다. 그렇다면 상대는 바이폰보다 강하다고 인정할 수밖에 없었다.

“병사들은 안전거리로 후퇴시키겠지만 저희는 황태자님을 돕겠습니다.”

“메디토스와 마윈 영주, 체로키와 키노 정도는 허락한다. 조용히 은신하면서 나의 명을 기다려라. 하지만 절대 무리하지 마라.”

레이킨은 짧게 화답했다.

후끈, 하늘이 용광로처럼 달아오르며 섬광이 형성되기 시작했다. 누클리어 블래스트가 분명했다.

“아이언 더블 멤브레인! 사악한 힘으로부터 보호하라!”

레이킨이 먼저 실드를 형성했다. 아니나 다를까? 거대한 뇌전의 덩어리가 절망처럼 날아와 레이킨의 하늘을 통타했다.

“와아앗!”

마윈의 일행은 비명을 지르며 밀려났다. 후폭풍만으로도 성벽의 일부가 무너져 내리는 가공할 위력이었다.

“축복의 힘으로 감싸라! 버퍼 실드여!”

메디토스가 즉시 후면 실드를 발현했다. 그제야 마윈 일행은 좀 견딜만했다.

“황태자님은?”

마윈이 고개를 돌렸다.

“드래곤 리치와 맞서고 있어요!”

키노가 소리쳤다. 키노의 손에 들린 검신이 웅웅 몸살을 앓고 있다.

하지만 뛰쳐나가기에는 아직 일렀다.

"저놈이 지옥에서라도 온 겁니깝쇼? 진짜 드래곤의 뼈다귀가 아닙니깝쇼?"

체로키 역시 흥분을 가라앉히지 못했다. 그것은 공포와 흥분이 뒤섞인 감정이었다.

"나로서도 알지 못한다. 세상은 넓다더니 그동안 우리는 우물 안에서 살았구나. 마나홀에 드래곤 리치라니……."

메디토스의 음성 또한 떨렸다. 클래스 나인이 끝인 줄 알았다. 그것조차 닿을 수 없는 무량무대의 길인 줄만 알았다. 그런데 말년에 이르러 레이킨을 보았다. 바이폰도 보았다. 레이킨 덕분이지만 마나홀까지 얻었다. 거기에 드래곤 리치라니? 메디토스는 강해진 자신에게서 비로소 나약함을 보았다. 강한 것. 그것은 오직 상대적인 개념일 뿐이었다. 클래스 나인에 이른다 해도 그보다 더 강한 존재가 나타나면 아무런 소용이 없는 것이다.

'당신은……'

폭음이 가라앉자 레이킨은 드래곤 리치 앞에 버티고 섰다. 뼈만 앙상한 리치였지만 어쩐지 실버 드래곤의 형체가 느껴졌다. 그것은 동족의 교감이었다.

'크으으!'

리치 또한 고개를 갸웃거렸다. 뼈가 닿는 소리가 우드득 들리면서 뼛가루가 하얗게 떨어져 나왔다. 그 악취는 대단했다. 더구나 연기처럼 흩날리는 독소들은 평범한 사람의 상처나 입으로 들어가면 치명상을 줄 정도로 강한 것이었다.

'죽음의 황무지에서 당신을 보았습니다. 나는 실버 드래곤 안드레시아입니다. 지금은 금지된 또 하나의 대륙 페루메시아에서 온 당신의 후

손입니다. 내 아버지는 드래곤 로드 슈엘룬입니다.'

드래곤 보이스로 말하는 레이킨의 온몸에서 은빛 광채가 뿜어 나왔다. 광채가 너무 눈부셔 사람들은 빛밖에 보지 못했다. 하지만 레이킨의 몸에서는 은빛 비늘이 성성하게 도드라져 보였다. 드래곤 리치에게 동족임을 각인시키는 과정이었다.

'실—버—드—래—곤?'

리치의 목소리는 마치 녹슨 금속의 음성처럼 거칠고 팍팍하게 들렸다.

'네. 당신은 페키스가 분명하죠? 벨룬시아의 지하신전에서 당신이 남긴 흔적들을 보았습니다. 제게 도움도 되었고요.'

'소용없는 일. 리치는 그것을 깨운 자의 의지에 따를 뿐이다. 살고 싶다면……'

리치는 잠시 숨을 끊었다가 말을 이었다.

'도망쳐라.'

리치의 목소리는 여전히 무미건조했다.

'나는 드래곤 로드의 아들이에요. 비겁하게 등을 보이지는 않습니다. 내가 염려하는 것은 선조와 피 튀기는 혈전을 벌이고 싶지 않다는 거죠.'

'소—용—없—어.'

끄워어어어!

리치는 앙상한 날개를 퍼득이며 끝없는 괴성을 질러댔다. 거대한 음파를 형성한 외침은 파동이 되어 주변의 모든 것을 날려 버렸다. 숲이 작살나고, 야산이 풍화되어 날아갔다. 그것은 한편으로 레이킨에 대한 경고이기도 했다.

'틀렸다. 역시 리치에게는 자유의지가 없는 것이 틀림없어. 고약한 바이폰!'

레이킨은 텅 빈 허공을 탐지했다. 미약하지만 바이폰의 자취가 느껴졌다. 어디선가 몸을 은신한 채 이 광경을 즐기고 있는 것이 틀림없었다.

쿠우우우우!

리치는 불행하게도 레이킨에게 틈을 주지 않았다. 호흡을 걷어내는 듯한 파동이 일어난 후에 거대한 마나의 기둥이 하늘에서 리치에게 쏟아졌다.

'뭐지? 무엇이든 절정 마법이 틀림없다.'

레이킨은 정신을 바짝 차렸다. 페키스라면 클래스 나인의 모든 마법을 통달한 드래곤이었다. 비록 리치라서 약간의 능력 저하가 있다고 해도 마나홀을 품지 않았다면 일단 피하는 것이 상책이다. 하지만 마나홀의 창대한 힘은 레이킨을 위축시키지 않았다.

'스스로를 시험도 해볼 겸 맞서보겠다.'

레이킨은 마나의 강도와 파괴력을 최대한으로 끌어올렸다. 무엇이든 실체가 드러나면 정면으로 맞설 요량이었다.

"……?"

하늘에서 리치가 뼈의 날개를 활짝 펴는 동시에 레이킨의 모든 모공이 사납게 닫혀왔다. 그제야 지하의 신전에서 보았던 페키스의 소망이 떠올랐다.

'망할! 고스트 메테오?'

의식이 흔들리는 순간, 레이킨은 벼락처럼 수직으로 솟구쳤다.

콰아앙!

폭음과 함께 레이킨이 서 있던 공간에 거대한 화염의 해일이 밀어닥쳤다. 보이지 않던 고스트 메테오가 작렬의 순간에야 그 실체를 드러낸 것이었다.

"와아앗!"

마윈과 키노, 체로키와 케스민은 폭음에 밀려 날아갔다. 메디토스만이 사력을 다한 베리어의 형성으로 가까스로 자리를 지켰을 뿐이었다.

‘고스트 메테오. 대단하군요.’

레이킨은 허공에 서서 말했다. 맞은편에서 뼈의 날개를 퍼득이는 리치가 보였다. 리치는 느리게 고개를 흔들더니 다시 날개를 추켜세웠다. 또 다른 공격을 하겠다는 신호였다.

“……?”

이번에도 레이킨 위의 하늘에서 따가운 살광이 느껴졌다. 공간은 마치 누군가 쥐어짜는 듯이 흔들렸고 여기저기의 하늘에서 섬광이 극성을 이루기 시작했다.

‘인비저블 선더 파이어다!’

뇌전과 붉은 마나의 파닥임을 보며 레이킨은 생각했다. 과연 페키스 님. 기어이 자신의 꿈을 다 이루고 죽었군. 레이킨은 페키스가 신전에 남긴 낙서를 생각하며 재빨리 반격을 시도했다.

“벼락의 징벌이여. 사악한 힘에 맞서라. 라이트닝 퍼니쉬먼트!”

레이킨은 섬광이 형성된 하늘에 대고 정면으로 맞섰다. 곧이어 레이킨의 몸에서 터져 나온 장쾌한 섬광이 세 개의 거대한 기둥을 이루며 튀어나갔다.

콰아앙! 콰아앙! 콰아앙!

‘……!’

레이킨의 머리 위에서 충돌한 뇌전들은 마치 최후의 날인 양 악몽의 상황을 연출했다. 사람들은 숨이 막힐 것 같았다. 세상의 종말이 거기 있었다.

‘멋지군요, 선조님. 덕분에 두 개의 마법을 배웠습니다. 고스트 메테오와 인비저블 선더 파이어!’

레이킨은 가볍게 미소 지었다. 진땀이 흐르긴 하지만 그럭저럭 견딜

만했다. 더구나 공격받은 마법의 마나 흐름을 파악했다. 조금만 주의를 기울이면 따라 할 만한 것도 같았다.

'이번에는 제 차례입니다. 너무 괘씸하게 생각지 마십시오.'

레이킨은 통보와 함께 불끈 호흡을 들이마셨다. 레이킨의 뇌리에는 전방위 마법이 스쳐 갔다. 허공에 떠 있는 상대라면 드래곤의 전방위 마법이야말로 최고의 효과를 볼 수 있었다.

'먼저!'

느리게 퍼덕이는 리치를 향해 날아간 것은 빅바이스 크라싱 핸드(Bigby's Crushing Hand)였다. 단숨에 형성된 거대한 저주의 손은 리치의 날개뼈를 거머쥐었다.

"하늘의 눈부심이여! 나의 영광으로 울부짖어라! 그레이트 선더 파이어!"

백화! 전후상하를 강조한 레이킨의 마법은 가공스러웠다. 그 어느 때보다 창창한 마나를 출렁이며 발현된 마법이었다. 그것 또한 하늘의 한 면을 붕괴시킬 만큼 엄청난 괴력으로 리치를 동시에 강타했다.

콰자자작!

"우압! 황태자님이 한 방 먹였어!"

지상에서 바라보던 체로키가 주먹을 휘두르며 쾌재를 불렀다.

"리치가 작살났어요!"

키노 역시 완전히 분해되어 떨어지는 리치를 보며 흥분을 감추지 못했다. 하지만 허공의 레이킨은 신중하게 결과를 지켜보고 있었다. 태산이라도 박살났을 위력이지만 상대는 리치였다.

'……!'

주시하던 레이킨의 미간이 일그러졌다. 대지에 떨어진 리치의 뼛조각들이 움직이기 시작한 것이다.

"젠장! 저 망할 놈의 뼈다귀들이 움직이잖앗!"

체로키가 소리쳤다.

뼈는 마치 누군가 조각하듯 하나둘 일어나더니 자기 자리를 찾아 달라붙기 시작했다. 오래지 않아 리치는 자신의 모습을 되찾고는 유유히 날개를 꿈틀거렸다. 리치의 주변으로 마나가 쏠리기 시작했다. 반격을 꿈꾸는 것이다.

"마원! 양편에서 리치의 날개를 잘라라!"

"기다리던 차입니다. 가자, 키노! 체로키와 케스민은 왼쪽 날개를 맡아라."

"젠장! 저것도 날개입니깝쇼? 왼쪽 뼈다귀라는 게 맞을 것 같은데……."

체로키가 울프를 거머쥐며 소리쳤다.

"와아앗!"

마원의 공세가 가장 빨랐다. 다른 기사들이 막 날개에 도착하는가 싶었지만 마원의 검은 이미 장쾌한 오러 블레이드를 뿜고 있었다.

"스트레이트 하드 블레이드!"

"키노가 왔다!"

마원의 검풍에 이어 키노의 검풍도 리치의 날개를 들이쳤다. 약간의 시간 차를 두고 체로키과 케스민의 공격도 왼쪽 날개를 강타했다. 막 날아오르려던 리치는 날개가 무너지자 균형을 잃고 기우뚱거렸다. 마원과 키노 등은 재빨리 리치에서 멀어졌다.

"그럴 줄 알았다. 소멸의 힘이여. 너의 극성을 떨쳐라. 앱솔루트 멜딩!"

레이킨은 기다렸다는 듯이 절대 용해의 마법을 날렸다.

화아악!

눈부신 섬광이 리치의 몸에서 일었다. 잠시 눈을 가린 키노는 팔뚝 사이로 시야를 확보한 채 리치를 주시했다. 사라져라. 마물이여. 그런 비원을 되새기면서. 하지만 제아무리 단단한 금강석이라도 녹일 절정 마법이었지만 리치의 뼈는 사나운 연기만을 뿜어낸 채 아무런 반응을 보이지 않았다.

'아아!'

바라보던 키노의 얼굴에 현기증이 스쳐 갔다. 차마 형용조차 어려운 절대마법들이 들이치지만 드래곤 리치는 별다른 충격을 받지 않은 것 같았다.

"젠장! 개뼈다귀 같은 놈!"

체로키 역시 분을 참지 못하고 허공을 후려쳤다.

'역시 리치를 다시 죽일 수는 없는 일인가?'

레이킨은 가만히 고개를 저었다. 하긴 이미 죽은 몸의 드래곤 리치였다. 그렇다면 리치를 잠재우는 길은 그의 잠을 깨운 원천을 찾아 봉쇄하는 길밖에 없었다.

"메디토스님!"

레이킨은 시선을 리치에게 향한 채 메디토스에게 전음을 날렸다.

"하명하소서, 황태자님!"

메디토스가 즉시 응답했다.

"부근에 바이폰 공자가 있을 겁니다. 찾아내세요. 그를 찾아야만 리치를 잠재울 수 있습니다. 언데드이기 때문에 제아무리 강력한 마법으로 죽인다고 해도 다시 살아날 테니까요."

"알겠습니다."

레이킨의 명을 받은 메디토스는 즉시 공간을 구획으로 잘라 탐지를 시작했다.

제 7 장

절망의 레드 드래곤
하산드라

'바이폰! 내 말이 들리겠지?

레이킨은 슬쩍 바이폰을 유도했다.

…….

바이폰은 대답하지 않았다. 그 역시 레이킨의 속내를 알고 있었다. 아직 부상이 깊은 그였으니 레이킨의 잔꾀에 말려들고 싶은 생각은 없었다.

'바이폰! 이건 너와 나의 일이다. 네 잘난 자존심은 다 어디로 갔지? 당장 모습을 드러내고 나와 붙자. 언제든 맞붙어줄 의향이 있으니.'

여전히 응답이 없다. 그렇다면 다른 방법이 필요했다.

'모양이 나지는 않지만…….'

레이킨은 결론을 내렸다. 레이킨이 잠시 골똘하는 사이 리치는 고요히 날갯짓을 퍼득거렸다. 당장에 허공이 해일처럼 일렁이기 시작했다.

"황태자님! 위험해요!"

강력한 살기를 감지한 키노가 벽력처럼 고함을 질렀다. 레이킨은 재빨리 반응했지만 리치의 마법이 더 빨랐다.

스페이스 폴딩(Space Folding).

그것은 차마 신들의 영역이었다. 믿기지 않게도 공간이 접히며 레이킨을 감싸 안았다. 완전히 거미줄에 포박된 먹이처럼 레이킨은 꼼짝도 할 수 없었다. 텔레포트도, 육체 이탈도 일어나지 않았다. 그제야 바이폰의 음성이 칼칼하게 들려왔다.

'잘했다, 드래곤 리치. 그놈을 흔적도 없이 뭉개 버려!'

크워어어!

승리를 확신한 드래곤 리치가 하늘이 무너져라 포효를 울렸다.

"생명의 원천이여! 너의 뜨거움으로 강림하라. 헬 파이어!"

위기를 직감한 메디토스가 리치를 향해 절정 마법을 뿜었다. 클래스 8에 해당하는 어마어마한 위력의 불덩이가 리치의 몸통에 정확하게 작렬했다.

"맞았……."

주먹을 불끈 쥐고 소리치던 키노의 함성은 거기서 막혀 버렸다. 리치가 불덩이를 팅겨내며 건재함을 알린 것이다.

"피햇!"

메디토스는 비명과 함께 몸을 날렸다. 당장 분노한 리치에게서 선더 스톰이 날아왔다.

콰아앙!

우레와 같은 폭음이 메디토스와 마원 일행의 주변에 일었다. 키노와 체로키, 케스민은 폭음에 실려 허공에 붕 떠올랐다.

크으으.

리치는 흡족한 듯 레이킨을 향해 시선을 돌렸다. 레이킨의 눈빛은 맹렬하게 반짝거렸지만 몸은 자유롭지 않았다. 게다가 몸을 가둔 스페이스 폴딩이 사정없이 압박을 가해왔다. 맹렬한 마나 팽창으로 맞서보지만 쉽게 풀려날 길이 없었다.

‘가엾은 안드레시아. 잘 가거라. 페루메시아로 돌아가면 네 아버지 슈엘룬에게 네가 어떻게 죽었는지 기억의 샘물에 담았다가 보여주마. 물론 그때면 슈엘룬도 너와 비슷한 신세가 되겠지만.’

‘바이폰! 이놈!’

레이킨은 피가 거꾸로 흐를 것만 같았다. 하지만 안타깝게도 리치는 결정타를 이미 발현한 후였다.

‘고스트 메테오다!’

레이킨은 절정 마법의 정체를 알았지만 몸은 무기력하기만 했다. 지상의 인간들이 눈에 들어왔다. 겨우 몸을 추스르는 메디토스와 이제 겨우 몸을 꿈틀거리는 키노와 체로키. 눈을 감았다 뜨자 불길의 뜨거움이 목까지 치고 들어왔다.

‘승부수!’

레이킨은 고스트 메테오가 직격하기 전에 눈을 똑바로 떴다. 좌우에서 날아온 두 개의 고스트 메테오는 충돌하는 순간에야 그 모습을 드러냈다. 그 위력은 마치 두 개의 작은 별이 우주에서 부딪치는 형국에 뒤지지 않았다.

콰아아앙!

불꽃이, 어마어마한 불꽃이 해일을 이루며 하늘에서 쏟아져 내렸다.

‘황태자님.’

몸을 추스른 메디토스는 숨조차 제대로 쉬지 못했다. 이걸 어떻게 받아들여야 한단 말인가? 마법사들에게 있어 궁극의 꿈이었던 마나홀을 품고서도 드래곤 리치에게 박살이 난 레이킨. 잠시 넋이 나갔던 메디토스는 정신을 수습하며 최후의 일격을 날렸다.

"나의 영광이여. 함께 가자. 이 세상의 끝까지. 메테오 스윔!"

메디토스는 마지막 한 올의 마나까지 집중시켰다. 레이킨을 무너뜨린 리치였다.

퍼엉! 퍼엉! 퍼엉!

"……!"

메디토스의 마법은 정확하게 리치를 가격했다. 연이어 쏟아진 네 개의 화염구에 맞은 리치는 폭음과 함께 우수수 바닥에 떨어졌다. 그것뿐이었다. 연기가 잦아들면서 리치는 다시 유유히 형체를 이루었다. 휘청거리는 메디토스에게 리치의 반격이 날아왔다. 메디토스의 것보다 더욱 강력한 메테오였다.

"크헉!"

절대 방어를 영창하던 메디토스는 연타로 날아드는 메테오를 끝까지 방어하지는 못했다. 결국 실드의 한쪽이 터지면서 하염없이 솟구쳤다.

'안드레시아!'

검게 그을린 채 꿈틀거리는 레이킨에게 바이폰의 말이 들려왔다. 고개를 드니 그 모습도 시야에 들어왔다. 바로 리치의 머리 위였다.

'바이폰.'

'이것으로 승리는 나의 것이 되었다.'

'……'

'영광으로 생각하라. 장차 드래곤 로드가 될 나에게 최후를 맞는 것을.'

'……'

'나의 리치여, 안드레시아의 숨통을 끊어라!'

바이폰은 차갑게 리치에게 명했다.

리치는 승자의 날갯짓으로 좀 더 높이 떠올랐다. 순간, 레이킨은 더할 수 없는 속도감으로 바이폰을 향해 도약했다.

'……?'

바이폰은 재빨리 몸을 감췄지만 탐지 마법을 최대한으로 가동한 레이킨의 시야에서 벗어날 수 없었다.

'이놈. 이제 보니 속임수?'

그제야 바이폰은 레이킨의 노림수를 알았다. 리치에게 진짜로 당한 것이라면 저토록 빠르게 기동할 수 없는 일이었다.

'그래. 너같이 잔머리를 쓰는 놈이라면 적어도 내가 만신창이가 되어 승리를 확신해야 모습을 드러낼 것으로 알았다. 그래서 실드의 강약을 조절했지. 아주 적당히 다친 것으로 보이게 말이야.'

'이 망할!'

다급한 바이폰이 두 손을 파이어 소드로 만들어 레이킨의 목을 노렸지만 이지 그 정도의 하급마법에 당할 수준의 레이킨이 아니었다.

'템포랄 스태시스. 얌전하게 쉬고 있도록!'

레이킨은 바이폰에게 가사상태의 마법을 걸었다. 바이폰은 재빨리 방어 마법을 떠올렸지만 낮은 기력 탓에 마법 구동이 일어나지 않았다.

'……!'

동시에 레이킨에게 결정타를 준비하던 드래곤 리치의 자세도 허공에서 굳어버렸다.

"황태자님!"

정신을 차린 키노가 허공을 가리키며 소리쳤다.

'이제 괜찮을 거다, 키노.'

레이킨은 그제야 이마의 땀을 씻어냈다. 드래곤 리치 페키스의 몸은 서서히 빛을 잃어가기 시작했다. 그것은 리치로서의 마법 효력이 끝났음을 알리는 신호탄이었다.

리치는 이내 뼈와 먼지로 쏟아져 내렸다. 잠시 시간이 지나도록 재결합은 일어나지 않았다. 레이킨은 사람들의 접근을 막았다. 리치로서의 생명을 다했다지만 여전히 독성은 존재했다. 무엇보다 중요한 것은 바이폰과의 정리였다. 이것은 드래곤 간의 일이었다. 그리고 그가 레드 일족을 배후로 두고 벌인 일이므로 아직 매듭지을 수 없는 사건이었다.

"바이폰!"

레이킨은 전음을 버리고 바이폰의 의식을 살짝 열어주었다. 바이폰은 재빨리 몸을 움직이려 했지만 그에게 허용된 것은 혀와 의식뿐이었다.

"이놈… 죽인다."

"죽여? 나야말로 너를 죽이기 위해 절치부심하며 오늘을 기다렸다."

레이킨의 말과 함께 오른손이 섬광에 빛나며 선더 소드로 변해갔다. 이글거리는 뇌전을 바라본 바이폰은 그제야 사색이 되며 움찔거렸다.

"이것은 네가 자초한 일이다. 게다가 그 죄는 죽어 마땅한 것이고."

"안 돼. 넌 나를 죽일 수 없어. 네 미션은 죽이는 것이 아니라 살리는 것이다."

"미션. 중요하지. 하지만 나는 이곳에 와서 그보다 더 소중한 것을 배웠다."

"소중한 것? 겨우 인간들 따위에게서?"

"그래. 진리는 어디에나 있다. 우리가 하찮은 미물로 생각했던 인간들에게도."

"허튼소리."

바이폰은 레이킨을 비웃었다.

"너 같은 놈이 인간미와 사랑의 고결함을 알 리 없지."

"인간미와 사랑?"

바이폰 역시 그 말에 살짝 흔들리기는 했다. 셔징과 알파치안이 떠올랐다. 끝까지 신의를 보여준 두 사람… 하지만 바이폰의 시선은 이내 차갑게 변했다.

"안드레시아! 용서해 줘. 내가 잘못했어. 우리 함께 미션을 이루고 돌아가자."

바이폰은 애원하기 시작했다.

"애당초에는 그러고 싶었다. 하지만 너는 이미 돌아오지 못할 강을 건넜어."

"안드레시아."

"그러니 같은 드래곤에게 죽는 것을 영광으로 알아라."

"이, 이노옴!!!"

바이폰은 자신의 몸을 늘려 재빨리 레이킨의 몸을 휘감았다.

"사악한? 설마 오토 붐?"

레이킨이 치를 떨었다. 이론상에만 존재하는 동반 폭사, 그것을 바이폰이 시도한 것이다.

"못할 것도 없지. 내 미션은 Kill이야. 그러니 너를 죽이면 나는 구원을 받을지도 모르니까."

"오냐! 그렇게 나온다면 처절하게 죽여주마!"

후욱!

레이킨의 선더 소드가 바람을 갈랐다.

"……?"

바이폰의 몸통은 허상이었다. 질량감이 느껴지지 않았다. 동반 폭사를 하는 척하면서 텔레포트로 옮겨간 것이다. 레이킨은 황급히 투시의 마법을 펼쳤다.

'보인다.'

레이킨은 다행히 바이폰의 궤적을 발견했다. 그 궤적은 혼신의 힘을 다해 레드 드래곤의 무너진 던전을 향해 날아가고 있었다.

"마윈! 현장을 정리하라."

레이킨은 한마디만을 남기고 빛이 되어 솟구쳤다. 이제는 한순간도 바이폰을 방치할 수 없었다. 이미 고결한 존재인 드래곤이 아니었다. 그는 그저 하나의 살육귀에 불과했다.

레이킨을 실어온 빛이 던전의 하늘에 도착했을 때 던전의 폐허에서는 이상한 일이 일어나고 있었다. 레이킨은 나쁜 예감이 들었다. 바이폰이 이상한 의식을 진행하고 있었던 것이다.

'매직 게이트?

레이킨은 눈을 의심했다. 바이폰의 마법이 형성하는 것은 페루메시아의 그것에 비해 조악하긴 했지만 분명 매직 게이트였다.

"발악치고는 슬프군. 매직 게이트가 한두 드래곤의 힘으로 형성되거나 파괴되는 거라고 생각하나?"

"……?"

바이폰이 놀라 돌아보았다.

"넌 이거나 먹엇!"

바이폰이 던전 입구에 붉은 마나의 빛을 뿌렸다. 그러자 바닥의 석축들이 괴이한 신음과 함께 일어서기 시작했다.

"가련하구나. 저따위 몬스터가 나를 당할 수 있다고 생각하나?"

레이킨은 팔짱을 끼고 바이폰을 주시했다. 그는 필사적으로 매직 게이트 형성에 매달렸다.

후웅!

몬스터의 주먹이 레이킨의 뺨을 가르며 스쳐 갔다. 레이킨은 에어 핸드를 형성하여 몬스터를 집어 던졌다. 몬스터가 쓰러지자 그 위로 수직의 에어 블래스트를 직격했다. 몬스터는 단숨에 박살나 버렸다.

"봤지? ……?!!"

뒤돌아보던 레이킨의 눈이 휘둥그레졌다. 바이폰의 손이 파이어 소드로 변한 것이다.

"잘 생각했다. 그게 너다워."

레이킨 역시 두 손을 선더 소드로 변화시켰다. 비록 죽여야 할 상대지만 추잡하게 버둥대는 꼴은 보고 싶지 않았다. 그래도 드래곤이 아닌가?

"지독히도 운 좋은 안드레시아. 나는 실패했다. 이 유사 매직 게이트를 만듦으로써 그것을 인정했다. 하지만 역시 네가 페루메시아로 귀환하는 것은 용서할 수 없다. 그렇게 되면 우리 레드 일족에게 어떤 위해가 가해질지 알 수 없는 일이므로."

바이폰의 눈에서 살광이 눈물처럼 흘러나왔다.

"무슨 뜻이지?"

"멍청한 놈. 두고 보면 알 것이다. 내 말이 무슨 의미인지."

바이폰은 파이어 소드를 자신의 목을 향해 겨누었다.

"……?"

"크아악!"

바이폰의 두 파이어 소드는 놀랍게도 자신의 목을 잘라냈다. 양쪽에서 가지런히 파고들어 간 파이어 소드는 바이폰의 동맥을 베어내며 피의 무지개를 이루었다.

촤아아!

피가, 바이폰의 피가 거센 물보라를 이루며 피어올랐다. 그리고 그 피는 유사 매직 게이트를 뒤덮기 시작했다.

"무슨 요망한 짓이냐?"

"크흑! 안드레시아. 나는 네가 싫었다. 너만 없었으면… 크흑! 당연히 내가… 크헉! 로드가 될 것을… 크헉!"

바이폰은 휘청거리는 몸통을 유지하기 위해 안간힘을 썼다. 무슨 짓을 하는 것인가? 저렇게 하면 죽어서도 페루메시아로 돌아갈 수 없다. 그렇다면 레이킨에게 저주라도 퍼붓기 위해?

의문이 풀릴 사이도 없이 바이폰의 몸에 서서히 대지를 향해 쓰러졌다. 그의 몸에서는 소울 아이솔레이션(Soul Isolation)이 일어나지 않았다. 아직은 죽지 않은 것이다. 레이킨은 고개를 돌렸다. 바이폰이 기를 쓰고 형성한 유사 매직 게이트는 더욱 성성한 빛을 뿜고 있었다. 대체 무슨 짓을 한 것인가? 다른 사람도 아닌 바이폰의 짓이다 보니 뒷맛이 개운치 않았다.

'뭔가 있을 것이다.'

레이킨은 점점 밝은 빛으로 이글거리는 게이트에서 눈을 떼지 않았다.

"하이비!"

"레이킨?"

하이비는 흰 꽃 들판을 거닐다 섬광으로 다가오는 레이킨을 보았다. 어쩐지 창백해 보였지만 보통 인간의 모습이었다.

"무슨 일이야?"

하이비가 물었다. 레이킨은 대답 대신 해맑게 웃었다. 아주 오랜만에 보는 맑은 미소였다.

"하이비!"

그런데 저만치에서 또 다른 레이킨의 모습이 눈에 들어왔다.

"……?"

"내가 진짜 레이킨이야."

"아니! 진짜는 나야!"

좌우에서 두 레이킨이 하이비를 향해 다가왔다.

"어떻게 된 거야? 왜 레이킨이 둘이지?"

"내가 진짜라니까."

"……."

이번에는 한 레이킨이 아무 말도 하지 않았다.

"레이킨, 왜 말이 없어?"

하이비는 침묵한 레이킨에게 물었다.

"그가 진짜 레이킨이라면 그런 거야. 난 네가 행복하게 사는 모습을 보는 것으로 만족해."

"……?"

"그러니 그의 곁으로 가. 네가 있을 자리는 그곳이야."

"아니야! 진짜 레이킨은 너야. 그렇지?"

"……."

"무슨 소리. 그놈은 가짜야. 당장 이리 와."

또 다른 레이킨이 손을 내밀었다. 슬쩍 몸을 빼던 하이비는 손을 내민 레이킨 뒤에 형성되는 거대한 붉은 물체를 보았다.

"레이킨, 위험해!"

하이비는 그 레이킨을 힘껏 밀어냈다. 하지만 아무것도 잡히지 않았다. 손을 내밀던 레이킨은 이미 붉은 몬스터에게 잡혀 갈기갈기 찢기고 있었다.

"레이킨!"

간절한 외침도 소용없이 붉은 몬스터는 흔적도 없이 사라졌다. 돌아보니 침묵하던 레이킨도 어느새 사라졌다. 하이비는 흰 꽃 위에 털썩 주저앉았다. 그러자 꽃들은 레이킨의 주검이 되었다. 사방 온 천지가 죽은 레이킨의 시체였다.

“악!”

비명과 함께 하이비는 잠에서 깨어났다.

“무슨 일이세요?”

두 궁녀와 호위기사들이 달려왔다.

“아무것도… 악몽을 꾸었어.”

하이비는 궁녀들이 내민 물을 받아 마시며 정신을 차렸다.

“참 이상하네요. 방금 왕비님도 악몽을 꾸셨다고 하던데…….”

한 궁녀가 고개를 갸웃거렸다.

“왕비님께서도?”

하이비는 간단하게 의상을 차려입고 왕비 라니바의 침실로 갔다. 늦은 밤이었지만 라니바 또한 창밖을 내다보며 서성이고 있었다.

“너도 악몽을 꾸었단 말이지?”

라니바가 물었다.

“네. 어쩐지 불길해요.”

“그렇구나. 어쩌면 둘이 똑같은 꿈을 꿀 수 있단 말이지?”

라니바는 아직도 출렁거리는 가슴을 쓸어내렸다. 둘은 악몽을 이야기하다가 두 꿈이 거의 같음에 더욱 소스라쳤다.

“혹시 황태자님께 무슨 일이 생긴 것은 아닐까요?”

“그럴 리가. 신관 모켄리의 말에 의하면 이제 레이킨은 절대무적의 능력을 가진 것이라고 했어. 마나홀의 힘이란 인간의 지식이 미치지 못하는 고결하고 광대한 것이니까.”

“하지만…….”

하이비는 이마의 식은땀을 씻어냈다.

“가서 쉬어라. 아마 우리가 너무 골똘하게 레이킨을 그리워해서 그런가 보다.”

“왕비님.”

“왜?”

“카드리엔으로 가겠어요. 허락해 주세요.”

하이비가 무릎을 꿇고 간절하게 청했다.

“하이비.”

“황태자님에겐 누군가의 따스한 손길이 필요해요. 그러니 부디 저를
보내주세요.”

“…….”

“왕비님, 제발…….”

하이비의 눈동자에서 맑은 눈물이 배어 나왔다. 라니바는 그런 하이비
를 바라보다 그만 안아버렸다. 젊은 사랑은 아름답다. 그러면서 늘 목이
마르다. 라니바도 그런 사랑의 시기를 거쳐 왔으므로 하이비의 마음을
잘 알고 있었다. 사랑하는 사람은 함께 있어야 한다. 그게 비록 이 세상
에서 가장 초라한 장소라고 해도.

“허락한다. 대신 몸조심하는 것 명심하고.”

“감사합니다, 왕비님.”

하이비는 라니바에게 감사의 인사를 올렸다.

다음날 아침, 아침 식사마저 거른 하이비는 여정에 올랐다. 두 궁녀와
네 호위기사는 질풍처럼 질주하는 하이비의 말을 쫓아가느라 진땀을 쏟
을 지경이었다.

‘레이킨 황태자님, 하이비가 가요.’

드래곤 리치는 사라졌다. 바이폰의 주문이 깨지자 페키스의 뼈는 다시
드래곤의 묘지로 되돌아갔다. 전흔만 가득한 현장에서 마윈과 키노 등은

경악을 금치 못했다. 대체 무슨 일이 생기고 있는 것인가? 오래전에 사라진 드래곤이었다. 그런데 그 드래곤 리치가 현실에 등장하다니?

"라세니아 황궁 정비가 어느 정도 끝났습니다. 따비칸 황제께서 입궁을 기다리고 계시니 가시지요."

전훈을 걷어내고 달려온 마딕스와 킬리안이 마윈에게 말했다.

"그런가?"

대답하면서도 마윈은 신기루처럼 사라진 드래곤 리치의 모습을 지울 수가 없었다.

"크하핫! 가시죠. 그 바이폰인지 뭔지 하는 놈은 황태자님께서 작살내셨을 겁니다. 우린 가서 황태자님을 맞을 준비나 하자고요. 안 그러냐, 키노?"

체로키가 두툼한 손으로 키노의 어깨를 쳤다.

"……."

키노는 휘청거렸지만 아무런 대답도 하지 않았다. 불안이 가시지 않았다. 드래곤 리치를 직접 본 것은 깨지 못할 악몽이었다. 키노의 뇌리에도 대륙에서 일어나는 심상치 않은 일에 대한 우려가 가득했다.

"메디토스님."

마윈이 메디토스를 돌아보았다.

"알았네. 내가 황태자님을 찾아가 보지."

메디토스는 마윈의 의중을 알아차리고 고개를 끄덕였다. 모든 것이 불안했다. 이내 메디토스는 마윈의 시야에서 사라졌다.

"이왕 이렇게 된 거 아예 이오카닉까지 치고 들어가는 것이 어떻겠습니깝쇼? 어차피 그냥 두면 나중에 또 도발할 테니."

체로키가 침을 뱉으며 말했다.

"제 생각도 그렇습니다. 주력군의 절반을 여기서 잃었으니 그들의 저항은 크지 않을 것 같습니다. 게다가 황태자님이 건재하시니 병사들의 사기도 높습니다. 여기 라세니아를 탈환했으니 보급 물자의 지원도 받을 수 있지 않습니까? 군을 정비해 따비엔스 강을 건너시지요?"

케스민도 체로키의 의견에 동의했다.

"나쁘지 않다. 일단 궁정으로 가서 군을 재편한다. 그런 다음 물자를 확보하여 대기토록 하라. 황태자님의 명이 떨어지는 대로 따비엔스 강을 건너간다."

"와아앗! 드디어 이 체로키가 삼국 통일의 대업을 이루는군엽!"

체로키의 주먹이 허공을 찔렀다.

라세니아의 황궁으로 돌아왔을 때 따비칸과 루에땅은 궁정문 앞에서 기다리고 있었다. 그들은 힘을 빌려준 벨룬시아에 신의를 버리지 않았다. 그래서 입궁에 대한 허락을 기다리고 있었던 것이다.

"레이킨 황태자께서는?"

"이오카닉의 마법사 바이폰 공자를 추격해 가셨습니다. 곧 돌아오실 것으로 믿습니다."

마윈이 가볍게 예를 갖추어 대답했다.

"드래곤 리치는 어떻게 된 것이오? 그런 무시무시한 몬스터가 등장하다니 아직도 믿기질 않는구려."

따비칸은 고개를 절레절레 저었다.

"뭔가 이상하긴 합니다. 드래곤들의 절정 마법인 1+1=1도 그렇거니와 수백 년간 나오지 않던 대마법사들이 등장하고. 급기야 귀국의 황태자께서는 마나홀을 얻었다는 소문도 무성합니다."

루에땅의 시선이 마윈에게 옮겨왔다.

"우리도 우려하고 있습니다. 다만 황태자님께서 마나홀을 얻음으로써 불의의 힘에 대한 대항력을 갖추었다는 것이 위안입니다."

마윈이 대답했다.

"아무튼 귀국의 협력에 진심으로 감사하는 바이오. 덕분에 황궁을 탈환했소이다. 간소하게나마 위로연을 열도록 하겠소."

따비칸이 마윈의 손을 잡았다.

"아닙니다. 귀국의 국민들이 많이 놀랐을 것이니 그들의 위로에나 힘써주십시오. 우리는 전열을 정비해서 따비엔스 강을 건널 생각입니다."

"그럼 이오카닉의 정벌에 나서는 것입니까?"

루에땅이 물었다.

"기회는 자주 오지 않습니다. 여기서 알파치안의 저항군을 궤멸시켰으니 이오카닉에도 주력군은 많지 않으리라 봅니다. 가능하다면 귀국의 기병과 라이호그 기병단을 지원해 주시기 바랍니다. 물론 물자도 말이죠."

"그야 마땅히 그래야죠. 가능한 병력을 모두 지원해 드리겠습니다."

황제는 기꺼이 마윈의 제의에 응했다. 사실 미라센으로서도 이오카닉에 대한 확실한 정리가 필요했다. 그렇지 않다면 언젠가는 다시 충돌해야 할 적이었다. 게다가 이제 국력도 쇠약해졌으니 대비에 대한 부담도 컸고 그때마다 벨룬시아의 지원을 받기도 쉽지 않은 일이었다.

"언제 출병하실 생각입니까? 우리 미라센들도 미력하나마 한 축을 거들겠습니다. 그게 황궁수복을 도와준 것에 대한 예의일 테니까요."

루에땅이 힘주어 말했다.

"레이킨 황태자님이 돌아오실 겁니다. 명이 떨어지면 바로 진격합니다. 전쟁이란 대세가 중요하니까요."

마윈은 먼 하늘을 돌아보았다. 그리 멀지 않은 곳에 있을 레이킨이었지만 전에 드물게 조바심이 났다. 드래곤 리치 때문일까? 마윈은 속내를 숨긴 채 먼 곳에 고정된 시선을 거두지 않았다.

　무너진 던전에서 게이트를 주시하던 레이킨은 시선을 거두었다. 뭔가 섬뜩한 느낌이 멈추지 않았지만 그렇다고 어떤 현상이 일어나지도 않았다. 레이킨은 비로소 흐물거리는 바이폰을 일으켜 세웠다.
　"으……."
　바이폰의 입에서 핏덩이와 함께 신음이 새어 나왔다. 그는 진기가 다 빠져나간 상태였다. 혼자 힘이라면 몇 미터를 기어가기도 힘든 상태였다.
　'뭔가 음모를 꿈꾸다 실패한 것인가?'
　레이킨은 허덕이는 바이폰을 보았다. 그렇지 않다면 뭔가 일어났어야 했다.
　'어쨌든.'
　다시 정리할 시간이었다. 레이킨의 손은 다시 선더 소드로 변했다. 이번에는 마나의 물결이 더 격하게 일렁이는 소드였다.
　"……."
　바이폰은 더 이상 애원하지 않았다. 아마 그럴 힘도 없을 것 같았다. 하지만 눈빛만은 더욱 음산하게 반짝였다. 어쩌면 비웃고 있는 것도 같았다.
　'죽인다!'
　레이킨은 선더 소드를 덜렁거리는 바이폰의 목에 겨누었다. 너무나 처참한 몰골이 된 바이폰이다 보니 죽일 가치가 있나 하고 회의가 일었다. 그냥 두어도 죽을 목숨 같았다.
　그레이트 노스토스!
　레이킨은 순간 그 명제를 떠올렸다. 통한의 분노를 씹으면서 마나홀을 얻었던 레이킨이었다. 당시에는 바이폰이 눈앞에 있으면 간이라도 씹어 먹고 싶었다. 그런데 막상 초죽음이 된 바이폰과 단둘이 남으니 여러 가지 잡념이 들었다.

바이폰을 죽여야 한다는 사실은 명백했다. 그는 드래곤이면서 드래곤을 죽이려 했으니 당연히 죽음에 처하고도 남을 행위였다. 또한 신성한 미션을 조작했고, 나아가 드래곤의 질서 자체를 뒤흔드는 반역을 꿈꾸었다. 그런데 죽여야 한다는 분노가 강할수록 레이킨은 또 다른 유혹을 받았다. 바로 관용이었다.

지금까지 인간의 몸을 빌어 배운 관용은 레이킨의 능력이나 인품으로 담을 수 없는 일을 용서할 때 이루어지는 것이었다. 그렇다면 제어할 길 없는 이 분노를 죽음으로 돌려주는 것이 아니라 용서로 돌려주어야 한다. 그렇게 되면 관용을 이루는 것이다.

하지만 용서하기 싫었다. 설령 다시는 페루메시아로 돌아가지 못한다고 해도 마찬가지였다. 그만치 바이폰의 죄는 결코 관용이라는 단어와 어울리기 어려웠다.

'죽여야 한다!'

레이킨은 결론을 내렸다. 결론이 내려지자 거칠 것이 없었다. 레이킨은 에어 핸드를 형성하여 바이폰의 흐느적거리는 몸을 똑바로 세웠다.

"바이폰! 아니, 카이플로. 잘 봐둬라. 이게 이 세상의 마지막 햇살이다."

레이킨은 자신의 선더 소드에 떨어지는 맹렬한 햇살을 가리켰다.

"……."

"너의 허황된 욕망은 큰 죄를 낳았다. 용서를 고려할 가치가 없다."

"……."

"내 비록 관용의 미션을 가지고 왔지만 그 미션을 이루지 못한다고 해도 너를 용서치 않을 것이다."

"……."

그런데 웬일일까? 애원이라도 해야 할 바이폰의 눈만은 여전히 싸늘한 냉소를 품고 있었다. 흡사 어떤 속셈이라도 가지고 있는 것처럼.

"잘 가라, 카이플로!"

레이킨이 선더 소드를 치켜들었다. 그런 다음 거침없이 바이폰의 목을 향해 바람을 갈랐다.

투황!

엄청난 폭광이 일어난 것은 바로 그때였다. 어마어마한 위력의 섬광이 레이킨의 뒤에서 일었다.

"……?"

레이킨은 등을 그을린 채 몸을 날렸다. 후끈한 화기는 이미 몸을 파고 들었다. 레이킨은 황급히 치유 마법을 시전하며 폭광을 향해 시선을 돌렸다.

'뭐냐?'

폐허가 된 던전의 여기저기서 폭음이 잇달아 울렸다. 마치 던전을 흔적도 없이 삼키려는 것만 같았다. 레이킨은 바이폰을 돌아보았다. 그는 여전히 에어 핸드에 잡힌 채 의식을 잃어가고 있었다. 말하자면 그의 마법은 아니라는 증거였다.

사나운 바람이 회오리를 이루며 던전에 몰아치기 시작했다. 해질녘도 아니건만 하늘에서는 붉은 구름과 보랏빛 구름이 뒤섞여 아수라를 이루었다. 레이킨은 주변에 매직 쉘을 형성하고는 온 신경을 집중했다. 전후 상하.

레이킨의 강력한 탐지는 멀리서 달려오는 메디토스를 감지했다. 그리고 허공을 향해 탐지의 범위를 넓히는 순간 뭔가 거대한 장벽을 느끼며 고개를 들었다.

“……?”

마치 하늘이 무너지는 듯한 광오함이 벼락처럼 떨어졌다.

‘드래곤 피어?’

레이킨은 후들거리는 다리를 간신히 잡아 세웠다. 그것은 믿기지 않게도 진정한 드래곤 피어가 분명했다. 그런데 어떻게 그게 가능하단 말인가? 지상의 드래곤은 바이폰과 레이킨, 둘뿐이었다. 황당한 레이킨을 비웃듯 바이폰의 몸이 둥실 허공으로 떠올랐다. 레이킨이 다른 마법으로 제지하려 하자 수직의 메테오 스트라이크가 직선으로 꽂혀 내렸다.

콰아앙!

그 속도감이란 굉장했다. 절정의 클래스 나인이 아니면 결코 일어날 수 없는 위력. 게다가 그것을 주특기로 사용하는 드래곤이 페루메시아에 꼭 하나 있었다.

“하산드라?”

레이킨의 등줄기를 타고 땀이 주르륵 흘러내렸다.

“용케도 나를 아는구나. 하긴 그 정도 진보를 이루었으니 카이플로가 내게 비상 연락을 날린 것이겠지.”

하늘의 카오스가 벗겨지며 붉은 빛이 바다를 이루었다. 레이킨은 눈을 감지 않았다.

“황태자님, 무슨 일이 있습니까?”

가까워진 메디토스가 전음을 보내왔다.

‘……’

레이킨은 대답하지 않았다. 아니, 대답할 정신조차 없었다. 하산드라, 페루메시아의 드래곤이 미션이 아닌 일로 매직 게이트를 통과하다니? 그런 일은 있을 수 없다. 그런데 도무지 믿기지 않는 일들이 꼬리를 물고 일어나고 있었다.

쿠워어어어!

마침내 붉은 빛에 감싸인 하산드라가 드래곤의 위용을 드러냈다. 자그마치 40여 미터에 이르는 검붉은 드래곤의 위용은 장관이었다.

'하산드라! 이것이 정녕 현실이란 말인가?

레이킨은 주먹을 꼭 쥐며 마른침을 삼켰다.

제 8 장

위대한 맞짱

"**하**산드라."

레이킨은 공경어를 쓰지 않았다. 페루메시아의 입장에서 보면 레드 일족은 모두 반역자였으니 당연했다.

"레이킨, 운이 좋구나. 어떻게 카이플로를 꺾었지?"

허공을 흔드는 웅장한 음성이 밀려왔다.

"당신의 실수지. 나를 죽이려면 차라리 오크나 고블린 정도로 미션을 수행하게 했으면 좋았을 것을."

"푸홋! 고맙지만 인간이 아니라면 찾아내기가 힘들지."

하산드라는 피식 웃어넘겼다.

"한 번 확인해야겠어. 정말 레드 일족의 반란인가? 드래곤 로드에 대한?"

"카이플로가 뭐라고 했는지는 몰라도 그 말은 하나의 틀림도 없다. 우리는 너를 죽이고 페루메시아에서 레드 드래곤의 영광을 재현할 것이다.”

“좋아. 그건 그렇다고 치고. 대체 어떻게 매직 게이트를 마음대로 넘나드는 것이지? 미션이 아니고서는 올 수 없는 일 아닌가?”

“표면상으로는 그렇다. 하지만 나와 에인션트 드래곤들이 능력을 보태면 오고 가는 일이야 가능하지. 지금의 나처럼 말이다.”

“그럼 당신이 온 것도 애당초 카이플로와 약속한 일이겠군?”

“맞았다. 최악의 경우에는 내가 등장할 예정이었다. 그런 일까지 가는 것은 생각지도 못했지만.”

“그럼 당신은 미션이 아니니 제한 시간이 있겠군.”

레이킨이 정곡을 찔렀다. 편법을 이용한 것이라면 틀림없이 어떤 한계가 있을 것만 같았다.

“제법 머리가 도는구나. 맞다. 이렇게 내려온 인간의 대륙에서는 하룻밤을 넘기지 못한다. 해가 뜨기 전에 돌아가야 하는 것이지. 하지만 목적을 달성하는 데는 그조차 긴 시간이다.”

하산드라는 가볍게 미소 지었다. 클래스 8에 겨우 들어선 실버 드래곤 안드레시아. 클래스 나인에 통달한 하산드라였으니 상대로 여겨지지도 않았다.

“만일 아침까지 돌아가지 못하면?”

“그건 비밀이지만 어차피 죽을 목숨이니 알려주마. 그렇게 되면 오래지 않아 로드 슈엘룬이 내가 일탈을 저지른 사실을 알게 될 것이다.”

‘아버지께서?’

레이킨의 뇌리에 슈엘룬의 모습이 스쳐 갔다. 어느새 그리움이 되어버린 이름 슈엘룬. 힐금 돌아보니 던전의 주변에는 이미 결계가 쳐져 있다. 레이킨이 달아날 길을 차단한 것이다.

“이제 내가 묻겠다. 어떻게 카이플로를 이 모양으로 만들었지? 네 능력으로는 카이플로의 코어 마법을 막을 길이 없었을 텐데?"

"그건 인간의 축복이었다."

"인간? 버러지 같은 종족들이 무슨?"

"그들에겐 마나홀이라는 축복이 있었다."

"마나홀?"

하산드라의 미간이 좁혀졌다.

"인간은 미천한 종족이 아니다. 인간성은 오히려 드래곤에 버금갈 만큼 고결하고 아름다워. 그들의 바람과 정수가 고스란히 형성된 마나홀이 레드 일족의 비열한 음모를 막을 수 있게 해주었다."

"흐음! 뭔지는 모르지만 그런 일이 있었군. 그래서 카이플로가 이 모양이 되었어."

하산드라는 엷은 빛의 장막에 안긴 바이폰을 보았다. 그는 여전히 의식을 잃은 채였지만 출혈만은 조금씩 지혈되고 있었다.

"아무튼 안드레시아. 너는 레드 일족의 미래를 위해 영원히 사라져야겠다. 죽음으로도 페루메시아에 닿을 생각은 버리는 것이 좋을 거다."

"두렵지 않아."

"인간 세상의 탐욕에 물들었나? 이제 두려움마저 상실했구나."

하산드라는 날갯짓을 한 번 하더니 섬광처럼 브레스를 토했다.

콰앙!

레이킨은 폭음을 따라 고개를 돌렸다. 폭음은 레이킨의 뒤편을 직격했다.

"메디토스님!"

폭음이 가시면서 투명한 실드가 눈에 들어왔다. 메디토스가 형성한 실드였다.

"대체 어떻게 된 일입니까? 이젠 진짜 드래곤이라니?"

메디토스는 놀란 가슴을 진정시키며 물었다. 몇 번이고 손을 꼬집어봤지만 꿈이 아니었다.

"여기서 살아나면 말씀드릴 기회가 올지도 모르겠군요. 어쨌든 저 드래곤이 진짜인 것은 확실합니다. 그것도 엄청나게 강력한."

"그렇군요. 저렇게 큰 레드 드래곤은 비기나 역사서에도 드물었습니다. 진짜 드래곤의 마법을 볼 수 있겠군요."

메디토스의 음성은 가볍게 떨렸다.

"진짜 드래곤의 마법은 메디토스님도 이미 보았습니다."

레이킨은 담담하게 답했다. 자신과 바이폰이 선보인 1+1=1의 마법은 엄연한 드래곤의 정통마법이었다.

"이번에는 바짝 긴장하세요."

레이킨이 로브를 펄럭이며 물러섰다. 하산드라의 드래곤 피어가 악몽처럼 천지를 흔들고 있었다.

크워어!

첫 번째 공격의 전조는 포효 다음에 터져 나온 절정의 브레스였다. 자그마치 십 연타에 걸친 강력한 브레스가 던전을 덮었다. 레이킨은 처음부터 프리즈매틱 스피어(Prismatic Sphere)를 펼쳐 방어했다. 하산드라의 브레스라면 카이플로의 그것과는 차원이 다른 문제였다.

콰앙콰앙콰앙!

천지는 삽시간에 불덩이로 변했다. 마치 불기둥 안에 갇힌 형국이었다. 레이킨은 빛의 무리에 감싸인 채 허공으로 숏구쳤다. 메디토스의 실드도 레이킨을 따라 올라오고 있었다. 하지만 메디토스의 실드는 헐거워지면서 기우뚱거렸다. 레이킨은 메디토스를 바라보지 않았다. 지금은 하산드라에게서 눈을 뗄 시점이 아니었다.

"제법 늘었구나."

"그럼. 비열한 레드 족들에게 당할 수는 없으니까."

레이킨은 대답과 함께 인비저블 선더 랜스를 날렸다. 난생처음 발현하는 마법이었지만 그래서 더욱 마음이 땡겼다.

"게이트!"

하산드라는 섬뜩한 느낌과 함께 공간을 옮겨갔다. 그가 서 있던 허공에서 두 개의 선더 랜스가 폭음을 내며 충돌했다. 좌우를 강조한 백화의 1+1=1이었다.

"호오! 장족의 발전이구나. 인비저블 시리즈를 시전하다니?"

하산드라의 음성에서 경탄이 묻어 나왔다.

"당신을 응징하라고 나의 선조께서 알려주셨지. 그것도 카이플로의 덕분이었으니 감사를 전해야 할까?"

"영리한 카이플로가 드래곤 리치를 만들었구나. 그것도 실버 드래곤으로? 인비저블 시리즈를 시전할 수 있는 실버라면 페키스가 있을 터이니."

"맞았다. 하지만 영생의 잠에 깨워 사악한 목적에 이용한 레드 족들은 페키스님의 이름을 부를 자격이 없다."

"어리석은 놈. 세상은 레드 족의 것이다."

발끈한 하산드라가 두 개의 메테오를 날렸다.

"뜨거운 영혼의 울림이여. 나의 부름을 받으라. 메테오 스트라이크!"

레이킨 역시 정면 승부를 걸었다.

콰아앙!

운석은 허공에서 충돌하며 거대한 폭풍을 토해냈다. 던전 주변의 잔해들이 한없이 날아갔다. 같은 마법이 세 번에 걸쳐 부딪쳤다.

"건방진!"

레이킨이 힘으로 맞서자 하산드라의 분노가 해일처럼 일어났다. 감히 에인션트 드래곤에게 맞짱을 뜨다니? 하산드라는 이오나드라도 한 방 먹일 기세로 레이킨을 바라보았다. 그 순간 레이킨은 엄청난 속도로 상승했다.

"달아나는 것이냐? 어림없다."

하산드라 역시 카이플로를 품고서 빛보다 빠르게 레이킨을 추격했다.

'황태자님.'

메디토스는 순식간에 사라지는 두 줄기의 섬광을 보았다. 망설일 시간은 없었다. 메디토스는 몸을 가볍게 한 후에 두 섬광이 사라진 죽음의 황무지 쪽을 향해 날아올랐다.

레이킨이 멈춘 상공은 죽음의 황무지 위였다. 뒤로는 바다가 보였다. 이곳이라면 인간들에 대한 피해를 최대로 줄일 수 있을 것이다. 하산드라와 공방을 벌인다면 인근이 쑥대밭이 될 것은 말할 필요도 없었다. 하지만 드래곤 묘지에서는 최대한 멀리 떨어졌다. 이미 드래곤 리치의 위력을 맛보았다. 자칫 또 다른 리치를 만들어낸다면 레이킨에게 힘겨운 상대일 것이다.

"달아날 생각은 버려라."

하산드라의 음성이 다가왔다. 그는 순식간에 레이킨의 눈앞에 출현했다. 하산드라의 능력이라면 결코 무리도 아니었다.

"달아난 것이 아니야. 인간들을 위해 안전한 곳으로 옮겨온 것뿐."

"흐음! 위대한 드래곤이 인간 따위를 배려하다니 치졸해졌구나."

"마음대로 생각해. 그래도 인간들이 당신보다는 백배 나으니까."

"마음껏 떠들어라. 이제 더 이상 달아나지 못할 테니까."

하산드라의 주변으로 마나의 폭광이 으르렁거렸다.

'스페이스 멜팅(Space Melting).'

레이킨은 하산드라의 마법을 감지했다. 그것은 메테오나 이오나드처럼 화려한 마법이 아니다. 소리없이 다가와 목표를 녹여 버리는 화염 마법의 최상위에 위치하는 절정 마법이었다.

"레드들의 스페이스 멜팅을 피하는 방법을 알려주마."

마법 수련 때 들은 블루 드래곤 파이로칼의 음성이 뇌리를 스쳐 갔다. 파이로칼은 수없이 많은 마법 이론을 전수시켜 주었다. 다만 때로 레이킨이 간과하고 지나쳤을 뿐.

흔히들 스페이스 멜팅에 대한 방어법으로 텔레포트나 게이트를 들었다. 하지만 그렇게 쉽게 피할 수 있는 마법이라면 호전적인 레드들의 최고 마법에 존재할 까닭이 없었다. 스페이스 멜팅은 공간 차단을 동시에 발현한다. 빠져나갈 길을 원천 봉쇄하는 것이다.

'하지만!'

레이킨은 온몸의 마나를 손끝에 끌어 모았다. 그런 다음 발아래에 출렁이는 바다를 바라보았다. 순간, 하산드라의 손을 떠난 창대한 마나가 맹렬한 적막과 함께 느껴졌다.

'온다.'

레이킨은 정신을 바짝 차렸다. 예상대로 공간은 차례차례 차단되었다. 레이킨은 당황하지 않고 절정의 순간을 기다렸다. 하산드라의 마나가 초고온으로 변하는 그 순간을.

"대륙의 열기여, 여기 모여 공기의 숨결까지 녹여라. 스페이스 멜팅!"

마침내 하산드라의 시동어가 벽력처럼 영창되었다. 그러자 레이킨을 둘러싸고 커다란 원을 형성한 공간의 밖으로부터 융해가 일어나기 시작했다.

"뜨거움의 반대편에 자리한 물의 힘이여. 도도한 불꽃을 잠재워라. 워터 이푸젼(Water Effusion)."

콰아아!

"……?"

상황을 즐기려던 하산드라는 밑으로부터 들려오는 사나운 소리에 고개를 돌렸다. 믿기지 않게도 바다의 물줄기들이 반원을 그리며 자신의 마법을 향해 날아올랐다.

치이익!

바다로부터 치솟은 물기둥은 스페이스 멜팅의 마나 외벽에 닿으면서 거대한 수증기를 형성했다. 뿐만 아니라 하산드라의 마나는 급격하게 무너지면서 안으로 조여들던 힘이 오히려 밖으로 밀려나기 시작했다.

콰아아앙!

결국 폭음과 함께 하산드라의 마법은 무위로 돌아가고 말았다. 수증기 안에서 레이킨은 유유히 실드의 일종인 멤브레인 쉘을 타고 나왔다.

"이놈이……."

하산드라가 이를 갈았다.

"흥분할 필요 없어. 이제부터는 내 공격을 막아야 할 테니까."

재빨리 공세의 마나를 형성한 레이킨은 레드들이 싫어하는 워터 마법으로 갈래를 잡았다. 거대한 물기둥으로 솟구친 해일을 이용해 워터 랜스를 뿌렸다.

"겨우 이까짓 것으로?"

하산드라는 여유있게 메탈 실드를 형성했다. 레이킨의 워터 랜스는 그리 큰 위력은 아니었다. 하지만 워낙 양이 촘촘하고 많아 신경을 써야 했다. 그사이에 레이킨은 허공에 후끈한 마나의 층을 형성시켰다.

“레드들의 전용인 화염 마법이다. 불꽃의 힘이여. 너의 열정으로 나의 적을 태워라. 스트레이트 메테오. 전후상하좌우!”

레이킨은 회심의 메테오를 날렸다. 그 거창한 기세는 하산드라의 목숨을 노리며 맹렬하게 날아갔다.

“보호의 힘이여. 풀 메탈 실드!”

하산드라는 강력한 실드를 형성하며 맞섰다.

“……?”

대충돌의 순간에 하산드라의 눈이 휘둥그레졌다. 레이킨의 마법이 눈앞에서 사라지며 거대한 암흑이 펼쳐졌다.

‘신기루의 눈속임?’

레이킨의 속내를 알아차린 하산드라가 고개를 돌리자 선더 스톰이 쏟아지기 시작했다. 그 공세는 자그마치 두 시간 동안이나 계속되었다.

“이놈! 이런 장난 같은 마법으로 나를 상대할 셈이냐?”

하산드라의 드래곤 피어가 사방으로 뻗어나갔다. 그는 자신을 둘러싼 암흑을 지우려 빛의 마법을 영창했지만 통하지 않았다. 레이킨의 마법이 완전한 클래스 나인에 도달했다는 반증이었다.

그런데 어떻게 된 것일까? 어느 한순간 빛의 마법이 먹혀들었다. 자신을 둘러싼 암흑이 거짓말처럼 걷혀 버린 것이다.

‘웃!’

하산드라는 두 날개로 시야를 가렸다. 바다 위에서 해가 뜨려 하고 있었다.

‘이런! 해가 뜨기 전에 돌아가야 하는데…….’

하산드라는 조바심이 났다. 이제 더 이상의 시간은 없었다.

“크워어어!”

하산드라는 벤쉬의 통곡을 토했다. 통곡을 들은 바다의 물고기들이 죽어 물 위로 허옇게 떠올랐다. 지상에서 지켜보던 메디토스 또한 스스로 청각을 마비시켜 고통을 비껴갔다.

"이번에는 피하지 못할 것이다, 안드레시아!"

하산드라의 날개가 오만하게 퍼득거렸다. 그의 입가에 맴도는 미소는 사뭇 차가웠다. 마침내 그가 최후의 승부를 노리는 것이다.

"……."

레이킨은 대답이 없다. 얼굴도 무표정하기만 하다.

"끝장이다. 나의 의지 안에 가두리라. 만물 봉인!"

"자유의지여. 너의 너른 품으로. 올 프리!"

레이킨은 다시 맞승부를 펼쳤다. 모든 것을 구속하는 봉인과 모든 것을 해제하는 자유. 상반된 두 개의 마법이 허공에서 충돌했다. 의식의 마법인 두 개의 힘은 아무런 소리도 내지 않았다. 다만 거대한 빛무리가 태양처럼 산화되었을 뿐이다.

'밀리면 끝장이다.'

레이킨은 사력을 다해 밀어붙였다. 그러면서 수평선에 아른거리는 태양의 흔적을 지웠다. 그것은 사실 레이킨이 만든 인공물이었다. 하산드라의 조바심을 이용해서 승부수를 노리는 것이다. 레이킨의 예상이 맞은 것일까? 창창하던 세상이 다시 어둠에 묻히자 하산드라는 잠깐 한눈을 팔았다. 태양이 사라지고 있었던 것이다.

'아침이 아니었단 말인가?'

그 잠깐의 방심은 하산드라에게 돌이킬 수 없는 결과를 초래했다. 대등하게 맞서던 마나의 힘이 레이킨의 우세로 기운 것이다.

"메디토스님! 나를 도와줘요. 모든 마나를 이 드래곤에게 퍼부으세요."

레이킨의 전음이 메디토스에게 날아갔다. 그렇잖아도 기회를 노리던 메디토스의 손에서 마나의 폭풍이 일었다.

"흐아압!"

메디토스의 손을 떠난 마나의 궤적은 단숨에 하산드라를 궁지에 몰아넣었다. 봉인의 힘이 하산드라를 향해 더 가까워진 것이다.

'안 돼!'

하산드라는 기를 쓰며 힘을 보냈다. 심장이 터질 것만 같았다. 위대한 드래곤으로서 난생처음 느끼는 두려움이었다.

"됐어요. 내가 신호하면 동시에 마나 방출을 중단하세요."

레이킨이 다시 메디토스에게 전음을 보냈다.

"중단? 마무리를 하는 것이 아니고요?"

"마무리를 위해서예요."

레이킨의 몸에 형성된 은빛 비늘이 하나둘 떨어져 나가기 시작했다. 그것은 지금 레이킨이 내뿜는 힘이 극한에 달했다는 증거였다.

"지금이에요!"

공세가 최정점에 올랐다고 판단한 순간 레이킨은 마나의 방출을 일시에 중단하며 레비테이션을 영창했다. 메디토스의 공세도 동시에 그쳤다. 맞서던 힘이 사라지자 하산드라의 몸이 크게 휘청거렸다. 순간, 레이킨의 눈에서 살광이 튀어나왔다.

"메디토스님! 파이어 붐을 부탁해요. 가급적 넓은 반경으로."

"알겠습니다."

메디토스는 레이킨의 부탁대로 화려한 파이어 붐을 뿜었다.

'이까짓 애들 장난으로?'

하산드라는 더욱 강력한 파이어 마법으로 대응했다. 그때, 레이킨의 몸에서 찬란한 마나의 물결이 회오리를 이루며 휘돌았다.

"나의 권능으로 명하노니 사악한 레드의 수장 하산드라의 명을 접수

하라. 권능의 화살이여!"

시동어의 영창과 함께 레이킨의 손에서 은빛 섬광이 두 개 튀어나왔다.

"……?"

하산드라는 재빨리 중심을 잡으며 실드를 형성했다. 하지만 뭔가 밝은 빛이 틈새를 치고 들어왔다.

'이, 이건 권능의 화살?

그제야 레이킨 마법의 실체를 확인한 하산드라의 얼굴에 경련이 일었다. 다시 실드를 형성할 시간은 없었다. 동공에 핏발이 곤두서면서 권능의 화살은 점점 굵기를 디해갔다. 가느다란 실줄기에서 어느새 거대한 원형을 이룬 화살촉은 하산드라의 몸통을 그대로 파고들었다.

"크헉!"

눈에서 액체가 튀어나갔다. 연이어 또 한 발의 권능의 화살이 하산드라의 심장을 그대로 관통했다. 하산드라는 허공에서 발광을 했다.

"됐어요! 뭐든 퍼부으세요! 드래곤이 박살날 때까지!"

레이킨이 메디토스를 향해 외쳤다.

"지옥의 불꽃이여. 남김없이, 남김없이. 헬 파이어!"

메디토스는 무리하지 않고 클래스 8의 마법을 퍼부었다. 레이킨은 페키스가 사용하던 선더 파이어를 영창했다.

"빛이여. 너의 고결함으로 사악함을 멸하라. 선더 파이어!"

쾅쾅콰아아앙!

쾅쾅콰앙!

하늘의 한편을 무너뜨릴 양 형용할 수도 없는 폭음이 일었다. 온몸에 불덩이를 맞은 하산드라의 모습은 마치 불붙은 유성이 허공에 정지된 모습이었다. 머리가 박살나고, 날개가 떨어지고 마침내 꼬리가 잘려 나갔다. 레이킨과 메디토스의 마법은 하산드라가 추락할 때까지 계속되었다.

“이 정도면 된 것 같습니다.”

하산드라는 찢어지는 괴성을 남긴 채 대지로 떨어졌다. 메디토스가 불타는 하산드라의 몸통 가까이로 날아올랐다.

“아직은 안 돼요! 위험해요! 떨어져요!”

레이킨이 황급히 소리쳤다. 메디토스가 피할 사이도 없이 하산드라의 몸통에서 오렌지 빛 섬광이 번득였다.

“젠장! 위험하다니까!”

레이킨은 외침과 함께 몸을 날렸다. 레이킨이 메디토스를 안고 날아오르는 순간 하산드라의 몸통에서 최후의 폭음이 일어났다.

쿠우웅!

“으헉!”

날아오르던 레이킨은 산발하는 하산드라의 뼛조각에 직격당하며 추락하기 시작했다. 거대한 뼛조각이 레이킨의 등을 관통한 것이다.

“황태자님!”

이번에는 메디토스가 추락하는 레이킨을 받아 들었다.

“이, 이런!”

메디토스는 경악했다. 드래곤의 뼈가 레이킨의 등을 뚫고 복부까지 튀어나와 있었다.

“위험하다고… 그랬잖아요?”

레이킨의 음성에서 힘이 빠져나가고 있었다.

“괜찮으십니까? 치유 마법을 시전하겠습니다.”

메디토스가 레이킨을 대지에 눕히며 말했다.

“그것보다 바이폰을 찾아요. 아직 죽지 않았을 테니…….”

“황태자님.”

“드래곤의 일을… 다른 사람에게 말하면 안 돼요. 어서 바이폰을……."

레이킨은 그 말을 끝으로 의식을 잃어갔다. 감겨오는 동공으로 완벽하게 산화된 하산드라의 잔해가 들어왔다.

'다행이다.'

더없는 악몽이었지만 하산드라를 잡았다. 레이킨은 메디토스가 바이폰을 확보하는 것을 본 후에야 의식을 잃었다. 레이킨이 눈을 감을 때, 그제야 비로소 아침 해가 무심하게 떠오르고 있었다.

'오오! 대체… 대체…….'

불타는 하산드라의 잔해 앞에서 메디토스는 몸서리를 쳤다. 흔적만 남았지만 그것은 분명 드래곤이었다. 꿈도 아니었다. 맹렬한 현실이었다.

'황태자님.'

메디토스는 고개를 저으며 쓰러진 레이킨에게 옮겨갔다.

"레이킨."

한줄기 서광 뒤에서 맑은 음성이 들려왔다. 레이킨은 눈을 뜨지 못했다. 팔목으로 빛을 가리며 고개를 숙인다. 맑은 목소리가 한 번 더 귓전을 맴돌았다. 감미롭다. 온몸의 피로가 말끔히 가시는 것만 같다. 레이킨은 다시 고개를 들었다. 섬광은 잦아들고 있었다.

"엄마!"

레이킨의 입에서 어린아이의 목소리가 새어 나왔다. 빛은 거의 다 부서졌다. 그리고 그 빛무리에서 나온 것은 어머니 류시안이었다. 그녀는 고고한 실버 드래곤의 자태에서 엘프의 모습으로 변했다.

"엄마!"

"우리 아가가 많이 다쳤구나."

"엄마!"

"미안하구나. 지친 네게 해줄 것이 없어서."

류시안은 팔을 내밀어 레이킨을 안았다. 그녀의 몸에서는 아직도 빛무리가 꿈결처럼 번져 나오고 있었다.

"괜찮아요."

"그래야지. 로드가 되는 길은 멀고도 험하단다."

류시안에게서 배어 나오는 향기가 좋았다. 레이킨이 502살 나던 때 영면의 길을 떠난 류시안이었다. 기억에서 완전히 놓은 것은 아니었지만 잊혀져 가던 그리움이었다. 하지만 류시안의 품은 어린 그때의 기억처럼 아주 포근했다.

"저는 미션을 수행 중이에요."

"안다. 어려운 결정을 했구나. 역시 너는 내 아들이야."

"하지만 너무 어려워요."

"뭐든 어려운 것을 향해 도전할 때 존재는 발전하고 진보하는 거란다. 네 아빠도 그랬지."

"레드 족들이 반란을 꿈꿔요. 페루메시아가 염려스러워요."

"당장은 네가 더 염려스럽구나."

"어쩌면 좋죠?"

"벽이 생기면 한 발 물러서서 바라보렴. 너무 가까이서 보면 잘 보이지 않는 것이 이치란다."

"저는 잘하고 있나요?"

"그럼. 아주."

"그렇지만 아무것도 이루지 못했어요."

"아니! 너는 네 미션 성공에 아주 가까이 있단다."

"정말 그래요?"

"게다가 너는 사랑이라는 의미도 깨달았지 않니? 그건 정말 소중한 거란다. 나조차 죽음의 직전에야 깨달은······."

"어째서 그랬죠? 엄마같이 멋진 드래곤이?"

"드래곤이라는 본질 때문이지. 우리는 함께 어울려 사는 것에 익숙지 못해. 그러다 보니 개별 주체의 감정에 충실하게 된단다. 즉, 타인에 대한 배려가 부족해지는 거야. 그런 면에서 네가 인간 세상에 떨어진 것은 참 다행스러운 일이다."

"그건··· 그렇게 생각해요. 인간이라는 존재에 대해 깊이 생각할 기회가 되었어요."

"인간의 생은 짧단다. 그 인간의 눈으로 보면 여러 동물들의 생이 짧겠지. 그 동물의 시각에서는 곤충이 그렇고, 이페머러(Ephemera:하루살이)가 그렇지. 그러니 한없이 긴 세월을 사는 드래곤들이 간과하는 소중한 것을 익히는 계기로는 그만이란다."

"그럼 제 미션과 사랑은 어떤 관계가 있나요?"

"있지. 이 세상에 동떨어진 의미는 없단다. 모든 것은 유기적으로 연관되어 있어. 풀이 없으면 숲을 이루지 못하고 숲이 없으면 나무가 크지 못하지. 나무가 없으면 공기가 만들어지지 않고 그럼 생명체들도 죽게 되겠지. 복잡하고 어려운 일도 가만히 돌아보면 하잘것없는 일에서 비롯되는 거야."

류시안의 부드러운 손이 레이킨의 머릿결을 쓸어주었다.

"그렇군요. 파이로칼님이나 현자 타르곤님의 가르침보다 마음에 와 닿네요."

"그건 네 마음이 나를 향해 열렸기 때문이란다. 무엇이든 마음을 열면 진실에 가까워지는 거야."

"엄마."

"새벽이 오기 전의 세상이 가장 어둡단다. 많은 것을 배웠으니 뭐든다 잘될 거야.”

레이킨의 볼을 쓰다듬던 류시안의 손이 다시 빛무리에 감싸이기 시작했다. 빛은 그녀의 온몸으로 번졌다. 레이킨은 다시 눈을 감았다. 잠시 후 눈을 떴을 때 류시안은 사라지고 없었다. 레이킨은 아무것도 없는 허공을 향해 나지막이 중얼거렸다.

“엄… 마…….”

“황태자님이 깨어나시나 봐요!”

침상을 지키던 키노가 소리쳤다. 전략을 숙의 중이던 마윈과 메디토스가 빠르게 돌아보았다.

“아직은 아니다.”

레이킨의 상태를 살핀 메디토스가 고개를 저었다. 여전히 레이킨의 상황은 좋지 않았다.

“언제쯤 깨어나실까요?”

마윈이 물었다. 미라센의 황궁 한편에 자리한 레이킨의 임시 거처였다.

“다른 사람 같으면 이미 죽었을 것이다. 드래… 아니, 괴이한 물질이 황태자님의 몸통을 관통했어. 최선을 다하고 있으니 꼭 회복할 것이다.”

메디토스는 드래곤이라고 말하려다 괴이한 물질이라고 표현했다. 레이킨은 드래곤과의 혈투가 회자되는 것을 원치 않았다. 메디토스 또한 그게 옳다고 느꼈다. 비록 그것이 환상은 아니었지만 드래곤의 출현이 몰고 올 파장을 원치 않았다. 드래곤이 등장했다는 것은 또 다른 드래곤이 있을 수도 있다는 추측을 가능하게 하는 일이다. 그건 증명을 해도 소용이 없다. 누구든 자신의 꿈을 위해 드래곤을 찾아 나설 테니까. 수많은 사람들이 그 하트를 원하고, 아티팩트나 마법서를 찾아 아까운 인생을 허비하는 것은 낭비였다.

폐허의 바닷가에서 돌아온 메디토스는 사력을 다해 치료 마법을 시전했다. 그것은 하나의 운명처럼 느껴졌다. 레이킨에게 박힌 것은 레드 드래곤 하산드라의 발톱뼈였다. 요망한 드래곤은 죽음의 순간까지도 레이킨의 목숨을 노렸다. 그 발톱뼈가 조금만 위쪽으로 맞았더라도 레이킨의 생명을 보장할 수 없었다. 대저 어떤 존재도 심장을 관통당하고서는 살아날 재간이 없으니까.

만일, 레이킨이 마나홀 하나를 메디토스에게 주지 않았다면 어떻게 됐을까? 메디토스는 고개를 저었다. 그랬다면 이번에 레이킨을 살릴 수 없었을 것이다. 본래의 메디토스가 가지고 있는 능력으로는 감당할 수 없는 괴이한 상처였다.

메디토스는 드래곤의 신묘함을 다시 한 번 절감했다. 드래곤의 뼈는 그냥 박힌 것이 아니라 주변을 융해시켰다. 조금만 늦게 제거했더라면 레이킨의 내장이 횡하니 뚫릴 뻔한 것이다.

하지만 생명을 구했으되 언제 일어날지는 기약이 없었다. 마나홀 두 개를 품은 절대마법의 소유자가 이 꼴이니 다른 예를 들어 무엇 하랴? 메디토스는 다시 한 번 부드러운 치유의 마나를 레이킨의 상처 부위에 밀어 넣고 일어섰다. 몸은 온통 땀에 젖어 있었다.

"대체 어떻게 된 일입니까? 그 엄청난 드래곤 피어와 드래곤 리치의 등장이라니? 게다가 바닷가에서 엄청난 마법 대결이 있었다면서요?"

후원에서 마윈이 물었다. 주변에는 아무도 없었다. 마윈으로서도 오랫동안 눌러둔 궁금증을 밝힌 것이다.

"맞는 말이지만 다 신기루였네."

"환상이라고요?"

"그래. 환상. 레이킨 황태자님의 고고한 마법이 빚어낸……."

마윈의 질문에 메디토스는 고개를 끄덕였다. 신기루가 맞았다. 마법의 신기루. 드래곤이 인간사에 끼어드는 것은 어떤 이유로라도 금지되어야 했다.

"그렇다면 더 묻지 않겠습니다."

메디토스의 속내를 헤아린 마윈은 고개를 끄덕였다.

"그보다 병사들은 어떻게 하고 있나?"

"모두 따비엔스 강변에 포진하고 있습니다. 황태자님께서 일어서시면 즉시 정벌에 나설 것입니다."

"그래야지. 나도 최선을 다하고 있네. 그런데 체로키와 케스민이 보이지 않는군."

"황궁에서 연락이 왔습니다. 하이비 아가씨께서 여기로 오고 계시답니다."

"하이비 아가씨가?"

"사랑이란 게 무섭죠. 아마 황태자님의 변고를 알아차린 모양입니다."

마윈이 슬픈 미소를 지었다.

"그렇군. 그건 마법으로도 헤아릴 수 없는 감정이니……."

"체로키와 케스민이 기병 20기를 이끌고 마중을 갔습니다. 아마 며칠 후면 당도할 것 같습니다."

"그럼 자네도 예로바가 그리워지겠군. 키노는 아리안느가……."

"전장입니다. 전장에서는 이기고 지는 것만이 감정의 전부라죠."

"그렇게 숨길 필요 없네. 자네가 목석이 아니라는 것쯤은 내가 잘 아니까."

메디토스는 그 말을 남기고 돌아섰다.

'목석이 아니다?'

마윈은 먼 하늘을 바라보았다. 하늘에서 헤미온스의 영상이 희미하게 나타났다. 영상은 천천히 지워지더니 예로바로 바뀌었다. 기억은 늘 현실과 과거를 제멋대로 넘나든다. 추억은 두 가지 얼굴을 가지고 있지. 그리움과 고단함이라는. 마원은 쓸쓸한 미소를 지었다.

"흐음! 여기서 혼자 뭘 하세요?"

키노가 다가왔다. 그의 곁에는 킬리안이 동행하고 있었다.

"전략 구상 중이다. 왜?"

"에에! 보아하니 눈동자 속에는 예로바가 활보하고 있는 것 같은데요?"

키노는 고개를 갸웃거리며 마원을 뚫어져라 바라본다.

"네 눈 안에 있는 아리안느나 잘 간직하시지."

마원은 주먹으로 키노의 머리를 슬쩍 내려쳤다.

"황태자님. 괜찮겠죠?"

"그럼. 황태자님은 천하무적이야. 벼락을 맞고도 살아났고, 바이폰의 마법 앞에서도 부활했지. 이번에도 문제없을 거야."

"좀이 쑤시는군요. 이오카닉을 앞에 두고 이러고 있자니."

킬리안은 뒤통수를 긁적거리며 웃었다.

"좀은 체로키가 가장 쑤시겠지. 오죽 몸살을 앓으면 하이비 아가씨 마중에 보냈을라구."

마원이 어깨를 으쓱해 보였다.

제 9 장
마법보다 강한 사랑

그 시간 하이비는 세뚜린 영지의 대호수를 건너고 있었다. 동행자는 두 키클롭스와 유노, 안젤리나와 황궁 기사, 그리고 카드리엔 영지의 기병대 20여 명이었다. 카드리엔에 도착한 하이비는 현자 타르곤을 만난 후에 쉬지 않고 여정에 올랐다. 해가 뜨기 전에 일어나 늦은 밤까지의 강행군을 계속했다. 레이킨을 만날 생각을 하면 잠조차 자고 싶지 않았지만 밤길을 달리는 것이 쉽지 않아 어쩔 수 없었다.

카드리엔에서 아리안느와 예로바가 각각 편지와 작은 물건 하나씩을 건네왔다. 그들 역시 키노와 마윈에게 달려가고 싶음은 말할 필요도 없다. 그렇다고 불쑥 따라나설 수는 없는 일이니 간절함을 편지로 대신했다.

해가 지고 있었다. 강물에 어리는 붉은 노을이 파닥거리는 새의 날갯짓처럼 느껴졌다. 몇 마리 물고기들이 가쁜 석양이 그리운지 수면 위로 솟구쳐 물방울을 털어냈다.

"헤헤! 키노 형이 나를 보면 놀랄걸요."

유노가 화살을 거머쥐며 당차게 말했다. 검게 그을은 유노의 얼굴은 어린 티를 감춰주었다.

"그래. 유노도 이제 다 컸구나."

하이비는 진심으로 말했다. 카드리엔을 떠나올 때는 사실 유노와의 동행이 염려스러웠다. 그는 어렸고 길은 원행이었다. 하지만 그 우려는 기우에 불과했다. 유노는 어느새 많이 성장해 있었다. 키클롭스의 목을 타고 달리는 동안에도 한 번의 불평도 하지 않았다. 때로는 기병보다 앞서 달렸다. 키클롭스들이 신은 신발은 마법처럼 빨랐다. 유노는 그런 키클롭스들이 말보다 익숙한 모양이었다.

"활은 많이 늘었니?"

"그럼요. 이제 곧 라이호그 드림 아처가 되어 키노 형과 함께 적을 무찌를 거예요."

유노가 작은 주먹을 매섭게 쥐어 보였다.

"유노의 활 솜씨가 최근 들어 무섭게 늘었어요. 이제 또래 중에서는 최고예요."

안젤리나가 말하자,

"훼훼!"

곁에 있던 구에쁘와 두에쁘도 맞장구를 치며 웃었다.

"내리시죠."

배가 멈추자 황궁 기사가 하이비를 인도했다.

"저기 횃불이 산을 넘어옵니다."

병사 하나가 이미 어둠에 묻혀가는 산맥을 바라보며 외쳤다.

"전투 준비! 각자 위치를 지켜라!"

황궁 기사가 검을 뽑아 들며 소리쳤다. 산맥을 내려오는 횃불은 20여

개였다.

"멈춰라! 너희들은 누구냐?"

황궁 기사가 먼저 물었다.

"젠장! 그렇게 묻는 네놈들은 누구냐?"

"어! 체로키 기사님의 목소리예요."

어둠 속에서 날아온 음성을 제일 먼저 알아차린 것은 유노였다. 유노는 횃불을 향해 달리기 시작했다.

"체로키 기사님, 유노가 왔어요. 하이비 아가씨와 함께요."

"누구? 어벙벙한 유노?"

체로키의 모습이 가까이 다가왔다. 그 뒤로 포진한 기병대의 모습도 시선에 들어왔다.

"체로키 기사님!"

"이야! 진짜 유노로구나?"

말에서 내린 체로키가 유노를 안아 들었다.

"하이비 아가씨!"

체로키와 케스민은 하이비에게 예를 갖추었다.

"케스민, 오랜만이군."

황궁 기사가 케스민에게 손을 내밀었다.

"이게 누구야? 카본 기사 아닌가?"

"이런 산중에서 만나게 되는군. 그동안 야전에서 살더니 많이 꺼칠해졌는데?"

둘은 뜨거운 포옹을 나누었다.

"빨리도 달려오셨군입쇼. 우린 마멍크에서나 만나려나 했는데……."

체로키가 하이비를 보며 말했다.

"황태자님은 잘 계시죠? 그렇죠?"

하이비는 먼저 레이킨의 안부부터 물었다.

"그… 그게……."

"왜요? 무슨 일이라도 있어요?"

"니미럴! 케스민, 자네가 말하게. 난 이럴 때는 말주변이 없어서 리……."

체로키는 공연히 버럭 소리를 지르고는 물러섰다.

"황태자님은… 좀 다치셨습니다."

"다쳐요? 어딜? 얼마나요?"

"너무 걱정하지 마세요. 메디토스님께서 사력을 다해 치료하고 계십니다. 이번에 만난 적이 워낙 강했습니다."

"바이폰 말인가요?"

"아닙니다. 바이폰은 해치웠는데 또 다른 몬스터들이 등장했습니다. 그래서……."

"세상에! 마나홀을 품고서도 대적하기 어려운 적이었단 말인가요?"

"아마……."

케스민 역시 말끝을 흐렸다. 그가 본 것은 드래곤 리치뿐이었다. 그렇다고 해도 두 번 다시 떠올리고 싶지 않은 몬스터였다.

"가봐야겠어요. 당장 산을 넘어요."

하이비는 다시 말에 올랐다.

"안 됩니다. 여긴 깊은 산맥입니다. 밤에는 결코 넘을 수 없어요. 몬스터들도 있고 라이호그들의 서식처도 멀지 않습니다. 오는 길에도 오크 10여 마리를 베고 왔습니다."

"그게 문제예요? 황태자님이 다치셨다면서. 이제 보니 상태도 좋지 않지요?"

"……."

"맙소사!"

하이비는 그 자리에서 주저앉았다.

"아가씨!"

안젤리나가 달려와 하이비를 부축했다. 하이비는 물을 마시며 자신을 가로막고 있는 산맥을 바라보았다. 이제 사방은 완전한 어둠으로 뒤덮였다. 무심하게 밤은 깊어가고 라이호그의 울부짖음이 가까워지고 있었다.

'내 간절함도 어둠에 묻힌 산맥을 넘을 수는 없구나. 황태자님, 부디……'

하이비는 두 손을 모으고 레이킨의 안녕을 위해 기도를 올렸다.

밤의 침묵은 맹렬했다. 반짝이는 별빛과 숲의 적막은 좋은 조화를 이루었다. 유노는 두에뽀의 품에서 잠이 들었다. 두 키클롭스 두에뽀와 구에뽀는 유노에게 있어 혈육과도 같은 존재가 되었다. 그들은 이제 눈짓만으로도 통하는 사이로 발전했다. 유노의 앞에서 경계를 서던 세 병사에게도 졸음이 밀려왔다. 자정이 넘어 새벽으로 통하는 이때는 만물이 잠들 시간이었다.

바스락!

아주 부드러운 소음이 어둠 속에서 새어 나왔다. 그 소리는 조금씩 늘어났다. 유노는 두에뽀의 품에서 돌아눕다가 그 소리를 들었다.

"……?"

잠결에 돌아보던 유노의 눈동자가 벼락처럼 떠졌다. 숲은 어느새 찢어진 눈동자들의 살광으로 뒤덮여 있었다.

"라이호그예요!"

유노가 활을 잡으며 소리쳤다. 그와 동시에 라이호그들도 야영지를 덮치기 시작했다.

"으아악!"

선잠에서 깨어나던 병사 하나가 라이호그에 물려 나뒹굴었다.

"이 개자식들이 감히 체로키님의 야영지에?"

체로키는 속옷 차림으로 튀어나왔다. 케스민와 카본도 사정은 비슷했다. 갑옷까지 입고 자기에는 마땅치 않았던 것이다.

크아아앙!

라이호그는 어둠을 믿고 길길이 날뛰었다. 원래 새처럼 민첩한 그들이었으니 그 위세는 대단했다.

"하이비 아가씨를 중심으로 원형을 그린다. 말을 보호하며 대오를 이루어라!"

침착한 케스민이 검을 휘두르며 명령했다. 병사들은 말을 끌고 집결하기 시작했다.

"대오고 지랄이고 다 덤벼라! 이 망할 놈의 라이호그들아!"

체로키는 떡하니 버티고 서서 울프를 휘두르며 라이호그들과 맞섰다. 체로키의 울프가 정면에서 달려들던 라이호그의 목을 관통시켰다. 그러자 측면에서 또 한 마리의 라이호그가 달려들었다. 체로키는 쌍도끼를 날리기 위해 옆구리를 더듬었다.

'아뿔싸!'

체로키의 입에서 신음이 새어 나왔다. 갑옷을 벗어두었으니 그 허리춤에 매단 쌍도끼가 잡힐 리 없었다.

크아앙!

라이호그의 징그러운 입이 체로키의 어깨에 닿는 순간 캐앵 하는 신음이 일었다. 라이호그는 체로키의 팔뚝을 물기 직전에 가라앉았다. 그 등판에는 화살이 깊이 박혀 있었다.

"내 실력이 어때요?"

유노였다. 그가 두에뽀의 어깨 위에서 활을 흔들어댔다.

"좋았어. 과연 활의 영지 카드리엔의 일원답다."

체로키는 라이호그에 박힌 검을 뽑아 들었다.

"우리는 우리 방식대로 싸워볼까?"

체로키가 두에뽀 앞으로 달려왔다.

"정말요?"

"그래. 누가 더 많이 죽이나 내기다. 케스민이 지휘하는 저쪽 팀과 우리 둘."

"두에뽀와 구에뽀가 있으니 넷이에요."

"젠장! 아무렇든지."

체로키가 손바닥에 퉤에 침을 뱉었다. 라이호그들은 죽기 살기로 달려들었다. 오랜만에 만난 먹잇감이었다. 하지만 그 먹이를 물기는 쉽지 않았다. 케스민의 대열은 잘 짜여진 진법으로 라이호그의 공격을 용납하지 않았다. 반면 체로키는 거칠게 라이호그를 윽박질렀다. 체로키가 야수처럼 휘젓고, 비틀거리는 라이호그들은 유노가 화살로 공격했다. 결국 라이호그들은 꽁무니를 뺐다.

"어이, 케스민. 몇 마리 잡았어?"

울프를 대지에 박아둔 채 체로키가 외쳤다.

"열세 마리입니다."

"제기랄! 그럼 우리가 졌네. 우린 열한 마리다."

"그중에서 네 마리는 내가 잡았어요."

유노가 두에뽀의 어깨에서 뛰어내리며 자랑했다.

"아가씨! 다친 곳은 없습니깝쇼?"

체로키도 하이비의 곁으로 다가왔다.

"나는 괜찮아. 그나저나 체로키가 다쳤잖아? 이렇게 해봐."

하이비가 선혈이 낭자한 체로키의 허벅지를 잡았다.

"젠장! 이거 복장 불량이라서리… 사나이 체로키의 체면이 말이 아닌 뎁쇼."

체로키가 목덜미를 벅벅 긁으며 얼굴을 붉혔다.

"그걸 가지고 뭘 그래요? 저번에는 엉덩이까지 다 보여준 처지에."

유노가 팔짱을 낀 채 웃으며 말했다.

"야! 유노. 너 마음에 들다가 말았다. 그런 일을 다 까발리다니. 남자는 입이 무거워야 하는 거야."

"그러는 체로키 기사님은요? 카드리엔에서 제일 말 많고 입이 거친 사람이잖아요."

"뭐야?"

"하하하핫!"

지켜보던 사람들에게서 웃음이 터져 나왔다.

먼동이 트면서 행렬은 정비되었다. 한 명이 전사하긴 했지만 더 이상의 희생은 없었다. 병사를 땅에 묻은 하이비 일행은 서둘러 산맥으로 들어갔다. 산은 도도한 콧대로 길을 막고 있지만 하이비의 마음은 벌써 레이킨에게 가까이 있었다.

"좀 나아지셨나요?"

레이킨에게 치료 마법을 쓰고 일어서는 메디토스를 마윈이 바라보았다.

"그런 것 같기는 한데 회복이 느리네. 마치 맨 처음 황태자님을 만났던 날과 비슷해."

"맨 처음?"

"헤르벤스 산맥 말일세. 그때도 황태자님의 마나는 꼬이고 막혀 있었지. 지금도 마나의 흐름이 원활하질 않아. 터지기만 하면 될 것 같은데 그게 문제일세."

"심각하군요. 정신이라도 드셔야 할 텐데."

"바이폰은 어떻게 하고 있나?"

"그 역시 겨우 목숨만 붙어 있는 상태입니다. 하도 발악이 심해서 입에 재갈을 물리고 죽지 않을 만큼의 물만 주고 있습니다."

"일반 병사들의 접근은 통제하고 있겠지?"

"그럼요. 관리는 저와 키노가 직접 하고 있습니다. 그런데 왜 그를 살려두라는 것이죠?"

"글쎄. 아무래도 그자의 처분은 황태자님이 직접 하는 것이 좋을 것 같아서야."

메디토스는 말끝을 흐렸다. 짐작하는 것이 맞다면 바이폰 역시 인간은 아닐 것 같았다.

"하이비 아가씨가 와요! 체로키 기사님도요!"

밖에 있던 키노가 소리쳤다. 마원과 메디토스는 하이비를 맞이하기 위해 밖으로 나갔다.

"하이비 아가씨!"

키노와 마원, 메디토스는 하이비를 향해 고개를 숙였다. 반가운 얼굴이었지만 감정 표현은 하지 못했다. 레이킨이 사경을 헤매고 있는 것이다.

"황태자님은요?"

말에서 내린 하이비는 거두절미하고 물었다.

"따라오시죠."

메디토스가 앞서며 말했다. 하이비는 황급히 메디토스의 뒤를 쫓아갔다.

"유노! 구에쁘와 두에쁘도 왔네?"

"형아야!"

유노가 키노의 품에 와락 안겨들었다.

"사내놈들이 스킨십은……."

말에서 내려선 체로키가 혀를 찼다.

"수고했다. 체로키, 그리고 케스민. 이 기사는 누구인가?"

마윈이 치하를 하며 카본 기사를 바라보았다.

"황궁 기사 카본입니다. 벨룬시아의 영웅 마윈 영주님을 직접 뵙게 되어 영광입니다."

"영광은 무슨. 아무튼 어려운 걸음을 했군. 돌아갈 생각인가?"

"아닙니다. 코벤시안 단장님께 허락을 받았습니다. 저도 야전을 경험하게 해주십시오."

"그럼 케스민의 휘하에서 함께 힘을 합치도록!"

"감사합니다."

"마윈 영주님."

유노가 마윈의 품을 파고들었다. 그런 다음 수수한 편지 하나를 불쑥 꺼내 들었다.

"예로바님의 편지예요."

"예로바?"

"오고 싶어하는 눈치였는데 짐이 될 거라면서 편지를 전해달랬어요. 그리고 이건 형아 꺼."

유노는 또 하나의 편지를 꺼내 들었다.

"야! 유노. 내 팬레터는 없냐? 나도 하나기 하는 몸인데……."

체로키가 큰 덩치로 기웃거렸다.

"없어요."

"망할 놈의 카드리엔의 아가씨들 같으니. 정 이렇게 나오면 내가 미라센이나 이오카닉에서 섹시한 여자를 골라가서 질투심에 빠져 죽게 만들어 버리고 말 테다."

"제발 좀 그렇게 하시죠. 사사건건 남의 사랑을 시기하지 마시고."

"뭐야? 시기라니? 내가 쫌팽이처럼 사랑 따위에 연연할 것 같아?"

체로키는 키노를 향해 눈을 부라렸다.

"이것 봐. 지나친 부정이 수상하다니까. 케스민 기사님이나 다른 분들은 유유자적인데."

"키노! 너 누구 편이야?"

"나야 늘 정의의 편이죠."

"망할 놈. 나중에 아리안느하고 결혼할 때 주례 서주나 봐라. 성질 건드리면 라이호그의 오물을 가져다 뿌려 버릴 테다."

"쳇! 그건 기사의 명예에 반하는 일인 줄 모르세요?"

키노는 심드렁하게 대꾸했다.

"관두자. 입만 산 너하고 악악거리느니 가서 시원한 맥주나 마셔야겠다."

체로키는 툴툴거리며 돌아섰다.

키노와 마원은 약간 거리를 두고 편지를 펴 들었다. 둘의 표정이 어쩌면 하나같이 닮아 있다. 사랑하는 사람에게서 받은 편지는 이렇게 읽는 것이다라는 표본을 보는 것만 같았다.

"황태자님!"

불규칙한 호흡으로 누워 있는 레이킨을 발견한 하이비는 득달같이 뛰어가 그 품에 안겼다. 레이킨의 가슴은 뜨거웠다. 그러다 다시 한없이 차가워졌다. 온몸이 그런 식이었다. 창백함과 붉은 홍조가 여기저기서 레이킨을 흔들고 있었다.

"아직 제정신이 돌아오지 않고 있습니다. 위기는 그럭저럭 넘긴 것 같습니다만."

메디토스는 공손하게 설명했다. 이제 곧 황태자비가 될 하이비였다.

"대체 누가 황태자님을 이렇게 만든 거죠? 마나홀까지 품었는데……."

"……."

"말해봐요. 대체 여기서 무슨 일이 일어난 거예요?"

하이비는 간절하게 물었다. 그래도 메디토스의 입은 열리지 않았다.

"가끔은 이해하기 어려운 일도 일어나는 법입니다. 마나홀도 그중의 하나죠."

"그럼 마냥 기다려야 하나요? 아무것도 해주지 못하면서?"

"그게 가장 안타까운 일입니다만……."

"알았어요. 오늘부터 황태자님 간호는 제가 맡겠어요. 괜찮겠죠?"

"물론입니다. 황태자님도 좋아하실 겁니다."

메디토스는 가벼운 인사를 하고 돌아섰다.

'레이킨.'

하이비는 떨리는 손길을 레이킨의 얼굴로 가져갔다.

"……?"

그러자 신기한 일이 일어났다. 레이킨의 얼굴근육이 일제히 꿈틀거린 것이다.

"안젤리나, 봤어? 황태자님이 움직였어."

"네. 봤어요."

하이비는 다시 레이킨의 얼굴을 쓸었다. 그 손길마다 혈색이 감돌기 시작했다. 아주 희미했지만 하이비는 느낄 수 있었다.

"따끈한 물을 준비해 줘. 특별한 것을 해줄 능력은 없지만 그렇다고 아무것도 하지 못하는 바보가 될 수는 없어."

하이비가 팔을 걷어붙이며 안젤리나에게 말했다.

안젤리나가 물을 준비해 오자 깨끗한 수건을 물에 적셔 레이킨을 닦아주기 시작했다. 팔과 다리, 얼굴과 목, 어느 한 부분도 놓치지 않았다. 하이비의 헌신적인 간호는 나흘 밤낮 동안 계속되었다. 급기야는 주변 사람들의 염려가 하이비에게 쏟아졌지만 그녀는 개의치 않았다.

'내 목숨보다 소중한 사람. 절대 내 앞에서 죽게 하지는 않아.'

하이비가 기억하는 단어는 오직 하나였다. 그녀의 눈동자에서 소리없이 눈물이 떨어지고 있었다.

'내 치료 마법보다 낫다.'

메디토스는 하이비의 정성에 혀를 내둘렀다. 실제로 레이킨은 메디토스의 마나 치료보다 하이비의 손길에 더 반응했다. 마나의 흐름도 조금씩 차도를 보였다. 말로는 설명이 안 되는 일이었다.

'절대 사랑은 절대 마법보다 높군.'

메디토스는 하이비의 뒤에서 엷은 미소를 머금었다.

하이비의 정성이 하늘에 닿았을까? 메디토스의 마법과 하이비의 간호를 받은 레이킨은 하이비가 간호한 지 엿새째 되는 날 결국 눈을 떴다. 평소처럼 그의 팔다리를 주무르다 눈이 마주친 하이비는 놀라 말문을 열지 못했다.

"황태자님."

하이비는 환상을 보는 줄로만 알았다. 오랜 피로가 그녀의 골수에 고단하게 자리잡고 있었다.

"하… 이… 비."

레이킨의 음성은 낮았다. 하지만 그 입가에도 미소가 번져 갔다.

"황태자님!"

하이비는 레이킨의 품에 와락 안겼다. 격정의 눈물이 쏟아졌다. 벌써 몇 날을 지새운 건지 까맣게 잊었지만 고단함은 깨끗이 가서 버렸다.

"어떻게 된 거지? 여기가 어디길래 하이비가? 아직 꿈?"

레이킨이 주변을 둘러보며 물었다.

"꿈이 아니에요."

하이비가 레이킨의 손을 끌어다 자신의 볼에 댔다. 하이비의 볼에는 뜨거운 눈물이 가득했다. 소식을 듣고 달려온 메디토스와 키노, 마윈 등이 뒤편에서 인의 장벽을 치고 있었다.

"여긴 라세니아입니다. 황태자님은……."

메디토스는 거기까지 말하고 말문을 닫았다. 차마 레드 드래곤과 혈전을 치렀다는 말은 하지 않았다.

"바이폰은?"

레이킨은 그 말부터 물었다. 무의식 속에서도 뇌리를 스쳐 가는 이름이었다.

"잘 가두어두었습니다. 원하신다면 언제든 볼 수 있습니다."

마윈이 나서서 대답했다.

"내가 얼마나 누워 있었지?"

"약 보름 정도… 그보다 몸은 어떠십니까?"

메디토스가 물었다.

"글쎄. 움직일 만은 해. 마법은 잘 모르겠지만."

레이킨은 대답과 함께 체로키를 시선으로 들어올렸다.

"어어……."

키노 옆에 서 있던 체로키가 버둥거리며 허공에 떠올랐다.

"나쁘지는 않은 것 같은데?"

레이킨은 미소와 함께 체로키를 내려놓았다. 하지만 이마와 목덜미에 땀방울이 맺혀왔다. 상태가 좋은 것은 아니라는 반증이었다.

"다른 상황은?"

레이킨이 몸을 움직여 보며 마원을 바라보았다.

"이오카닉으로의 진군을 위해 따비엔스 강변에 전선을 형성했습니다. 언제든 명령이 떨어지면 진군할 것입니다."

"그래야지. 그건 벨룬시아의 꿈이었으니까."

일어서려던 레이킨이 풀썩 뒤로 넘어졌다.

"황태자님!"

하이비와 안젤리나가 동시에 손을 내밀었다.

"아아! 괜찮아. 갑자기 어지러워서. 아직 정상은 아닌 모양이야."

레이킨은 두 여자의 손을 가볍게 밀어냈다.

"맞습니다. 마나의 흐름이 고르지 못하니 안정이 필요합니다. 이오카닉의 정벌은 그리 서두를 문제가 아니라고 봅니다."

메디토스가 의견을 개진했다.

"미라센의 황제께서 오십니다."

케스민이 레이킨을 향해 말했다.

"황태자께서 회복하셨다고요?"

따비칸은 루에땅을 대동하고 들어섰다.

"미라센의 국민들이 한결같이 회복을 기원했습니다. 이렇게 건강한 모습을 보니 이제야 마음이 놓입니다."

"……."

옆에 선 루에땅은 가벼운 묵례로 인사를 대신했다.

"이제 그만들 나가시죠. 황태자님은 안정이 필요합니다."

메디토스가 좌중에게 말하자 다들 아쉬움을 두고 발길을 돌렸다.

“그럼 쉬시죠.”

메디토스 역시 가벼운 인사를 두고 돌아섰다.

“아!”

메디토스가 문 앞에서 돌아보았다.

“이번에 황태자님을 일어나게 한 건 바로 하이비 아가씨입니다. 제 치유 마법에는 크게 반응하지 않던 황태자님의 마나가 아가씨의 정성 어린 손길 앞에서는 조금씩 막힌 것이 열렸습니다.”

“그런 말 마세요. 제가 뭘 한 게 있다고…….”

하이비가 고개를 떨구자 메디토스는 맑은 미소로 화답하고 문을 나섰다.

“하이비.”

“네?”

이제 레이킨의 거처에는 단둘만이 남았다. 하이비와 레이킨. 레이킨은 가만히 손을 내밀어 하이비를 안아주었다. 먼 길을 달려오고 밤낮으로 자신을 간호해 준 보답이었다. 레이킨은 그녀의 볼을 더듬어 키스를 했다. 풀내음이 끼쳐 오는 향기가 좋았다. 살짝 눈을 떠보니 하이비는 눈을 감은 채였다. 레이킨은 황급히 눈을 감았다.

“다행이에요. 이렇게 일어나셔서.”

“고마워. 그런데 어떻게 여기까지?”

“아주 불길한 꿈을 꾸었어요. 그런데 갑자기 황태자님이 간절해지는 거예요. 그 그리움의 크기가 너무 무거워 질식할 것만 같았어요. 그래서 황후님을 졸랐지요. 그런 다음에 쉬지 않고 달려왔어요. 작은 힘이라도 될 수 있어 너무 기뻐요.”

하이비는 레이킨의 품을 파고들었다.

그제야 하이비의 몸에서 나는 신열이 느껴졌다. 이마를 짚어보니 불덩이였다. 그녀는 자신을 돌보지 않고 레이킨에게 전념했던 것이다. 레이킨은 가장 정갈한 마나를 열어 하이비의 몸을 쓰다듬었다. 혈맥마다 통증이 느껴지긴 했지만 그리 심하진 않았다. 하이비의 신열은 이내 사라져 버렸다.

"고마워요. 가뜬해졌어요."

"마법사에게 이 정도는 별것도 아니야. 그나저나 또 신세를 졌으니 어쩐다?"

레이킨은 신전의 지하에서 하이비가 했던 말을 떠올렸다. 인간 레이킨의 모습. 할 수만 있다면 그녀를 위해 한 번쯤은 인간 레이킨이 되고 싶었다. 젠장! 대체 어떻게 살았던 거냐, 너라는 인간은? 레이킨은 안타까움에 슬쩍 약이 오르기도 했다.

"뭔가 굉장한 일이 있었다면서요? 드래곤 리치가 나타났다는 말을 들었어요."

하이비는 말꼬리를 돌렸다.

'드래곤 리치?'

그까짓 걸 가지고 뭘. 진짜 드래곤도 나타났어. 아니, 나도 진짜 드래곤이군. 레이킨은 하이비의 머릿결을 쓸어내리며 혼자 중얼거렸다.

"벼락을 맞기 전의 레이킨이라면 어땠을까? 지금 이럴 때……."

"잊으세요. 아쉽긴 하지만 그건 내 욕심이란 걸 알았어요. 그냥 황태자님의 곁에 있는 것만으로 만족해요. 아무렇게라도 건강하게만 계셔주세요. 이 하이비의 곁에."

하이비는 레이킨을 힘껏 끌어안았다.

'그건 네 마음이지. 난 아니잖아. 드래곤의 오기도 있고.'

레이킨은 조용한 날숨을 뱉으며 그렇게 생각했다. 이럴 줄 알았으면 하산드라에게 비법이라도 물어본 다음에 죽일 걸 그랬나? 그나저나 페

루메시아가 발칵 뒤집혔겠군. 하산드라의 행방이 묘연해졌을 테
니…….
　레이킨의 머리가 조금씩 복잡해져 갔다.

제 1 0 장
미션이냐? 사랑이냐?

이틀을 더 회복한 후에 레이킨은 혼자 바이폰을 찾아갔다. 우려하던 마법은 별 이상이 없었다. 마나의 길은 완전히 정상을 찾았다.

안내는 키노가 맡았다. 저택의 지하에 갇힌 바이폰은 잠들어 있었다. 그의 몸은 메디토스의 마법에 의해 에어 쉐클에 휘감겨 있었다. 보통 사람들의 눈에는 보이지 않겠지만 레이킨의 눈에는 보였다. 에어 쉐클조차 벗어나지 못하는 바이폰이라면 그의 마법이 얼마나 바닥을 치고 있는지 알 것 같았다. 하긴, 슬쩍 보아도 그의 상태는 심각했다. 아마 키노라고 해도 단숨에 죽일 수 있을 터였다.

'악랄한 놈. 죽일까?'

바이폰을 보자 울컥 그런 생각이 치밀었지만 그냥 두기로 했다. 잠든 모습이 화평해 보였다. 행복할 때 죽으면 누구든 천국에 간다는 속설이 있었다. 바이폰에게 그런 자비를 베풀고 싶지는 않았다.

"키노!"

밖으로 나오면서 레이킨이 입을 열었다.

“네.”

“전에 말이야, 아리안느를 두고 케스민과 영혼의 촛불을 태울 때 생각나니?”

“그럼요.”

“그때 죽어도 좋았다고 했었지?”

“네.”

“넌 참 용감한 남자다. 사랑하는 여자를 위해 그렇게까지 할 수 있다니…….”

레이킨은 말끝을 흐렸다. 거기에 비하면 자신의 사랑은 가벼웠다. 하이비는 마나홀을 얻게 해주었고 이번에는 치명적인 부상의 회복을 도왔다.

‘위시(Wish).’

레이킨의 뇌리에 마법 하나가 스쳐 갔다. 위시의 종류는 여러 가지가 있었다. 조금 전에 죽은 목숨이라면 큰 희생 없이 살릴 수가 있다. 그것은 리버스나 리바이브 마법과도 연관이 많았다. 마나와 간절함이 결합되면 거꾸로 시간을 거슬러 갈 수도 있는 일. 그 경험은 유노가 강물에 빠졌을 때 강물을 역류시킴으로써 겪은 적이 있는 레이킨이었다.

하지만 인간 레이킨을 살려내는 것은 문제가 많았다. 우선 시간이 너무 오래 지나 레이킨의 영혼을 리콜할 수 있는지 장담하기 어렵다는 것이다. 두 번째는 성공했을 때의 부작용이다. 그렇게 되면 육체를 내주어야 한다. 즉, 안드레시아는 다른 사람을 매개체로 삼아 옮겨가야 한다는 사실이었다.

‘아니야. 그거 잠깐만 진짜 레이킨에게 몸을 돌려주고 다시 내가 들어가면 되지.’

레이킨은 생각을 정정했다. 그것도 틀린 생각은 아니었다. 무엇보다 내가 비겁한 것인가? 죽음이 두려워 시도하지 못하는? 그런 생각이 들자 레이킨은 쓴웃음이 나왔다.

절대 명제가 무엇인가? 그것은 바로 미션의 완성이었다. 사랑 타령에 허튼 목숨을 걸 때가 아니다. 손에 잡힐 듯하지만 미션의 단초는 아직 명쾌하게 보여진 것이 아니지 않는가? 그렇게 정당화시켜 보지만 마음이 편할 리 없다.

'그래도 말이야 쪽팔리잖아? 명색이 드래곤인데……'

레이킨은 고개를 저었다. 아무래도 하이비에게 진 빚을 갚아야만 직성이 풀릴 것만 같았다.

임시 거처로 돌아온 레이킨은 마원을 불러들였다.

"찾으셨습니까?"

"그래. 거기 앉아."

레이킨이 자리를 권했다. 마원은 갑옷을 입은 채 등나무 의자에 앉았다.

"병사들의 사기는 어때?"

"언제라도 명령만 내려주십시오. 이오카닉은 이미 우리의 발아래 있는 것과 같습니다."

"진군해도 좋아. 대신 나는 이곳에 남겠다."

"네?"

마원이 고개를 들었다. 뜻밖의 대답이었던 것이다.

"바이폰이 없는 이오카닉이라면 메디토스님만으로도 충분해. 더구나 과거의 메디토스님이 아니니까."

"그건 알지만……."

"난 따로 할 일이 있어. 늘 병사들에게 강군의 경험을 주려던 마원이 아닌가?"

레이킨은 단호하게 결론을 내렸다.

"알겠습니다. 명령대로 하겠습니다."

마윈은 더 묻지 않았다. 레이킨의 심신은 지쳐 있다. 드래곤 리치와의 혈투를 돌이켜 보면 명백했다. 게다가 하이비도 와 있었고 사로잡은 바이폰도 있었다. 어쩌면 그 두 가지 요소로 인해 레이킨은 이곳에 남아 있는 것이 더 좋다고 생각하던 마윈이었다. 그동안 어려운 고비마다 레이킨의 영웅적인 마법이 해결해 주었으니 이제는 기사들이 나설 차례였다.

"한 달 안에 이오카닉을 정벌하고 돌아오겠습니다."

"좋아. 하지만 너무 무리할 것은 없어."

"예!"

마윈은 힘차게 예를 갖추고 밖으로 나갔다. 가벼운 그의 발걸음에서 그들이 얼마나 진격령을 고대했는지 엿볼 수 있었다.

"병사들이여! 우리는 마침내 이오카닉으로 진군한다!"

"와아아아!"

당장 득달같은 함성이 터져 나왔다. 마윈의 공표가 그들의 전의에 불을 질렀다.

"황태자님!"

어린 유노가 혼자서 뛰어들었다. 그는 무척 흥분해 있었다.

"유노가 웬일이냐?"

"드디어 내일 이오카닉으로 진군한대요. 저도 가게 해주세요."

"너도?"

"저는 두에쁘 드림 아처로 가겠어요. 아직 라이호그는 익숙하게 못타지만 두에쁘를 타면 문제없어요. 적을 상대할 수 있다고요."

"하지만 너는 어리다."

"아니에요. 라이호그 드림 아처들 중에는 저보다 한 살 많은 형아도 있다고요."

유노는 물러설 기세가 아니었다.

"어쩌지?"

곤란한 레이킨이 하이비를 돌아보며 조언을 구했다.

"유노라면 카드리엔에서 가장 용감한 꼬마 전사죠. 그를 막는 것은 미래의 멋진 기사를 놓치는 일일 것 같네요."

"와아! 고맙습니다, 황태자비 누나."

유노가 꾸벅 인사를 하며 좋아했다.

"대신 가서 키노의 허락을 받아라. 그게 조건이다."

"걱정 마세요. 키노 형은 벌써 허락했어요."

유노는 목이 터져라 외치며 뛰쳐나갔다.

"정말 괜찮을까?"

"이곳으로 오는 길에 야밤에 라이호그 떼를 만났어요. 그때 유노가 라이호그를 자그마치 네 마리나 해치웠지요. 그는 자랑스러운 카드리엔이에요."

"하이비가 그렇다면 믿을 수밖에."

"그런데 왜 황태자님은 전투에 참여하지 않는 거죠?"

"왜? 싫어?"

"아뇨. 너무 좋아요. 그냥 하도 뜻밖이라서……."

하이비가 고개를 기대왔다.

'놀랄 것 없어. 전투의 승리보다 더 큰 놀라움을 주기 위해 남는 거니까.'

진격 준비를 끝낸 저녁에 루에땅이 레이킨을 찾아왔다. 그는 철혈기사

둘을 대동하고 있었다.

"루에땅 백작."

레이킨이 자리를 권하자 루에땅은 대뜸 정중한 예부터 갖추었다.

"무슨 일이기에?"

레이킨은 옆에 배석한 마윈을 보며 물었다.

"모르겠습니다. 루에땅 백작께서 중요한 일이 있다기에……."

마윈은 어깨를 으쓱하며 루에땅에게 시선을 돌렸다. 루에땅은 철혈기사들이 들고 있던 신검 톡시리안을 두 손으로 받쳐 들고 레이킨에게 내밀었다.

"이건 그대의 신검이 아닌가?"

"맞습니다. 하지만 오늘부터는 황태자님의 신검으로 삼아주시길 원합니다."

"내가?"

"톡시리안은 본시 대륙의 영웅이 품어야 하는 명검입니다. 한때는 제가 대륙의 영웅인 줄 착각했지만 이제는 잘 알고 있습니다. 하여 주인감을 찾아 돌려주는 것입니다."

"나는 마법사야. 신검이 필요하지 않아."

"상관없습니다. 저는 이미 이 검을 소지할 능력도 자격도 부족합니다."

루에땅은 뜻을 거두지 않았다.

"내일이면 이오카닉으로 진군하게 될 거야. 백작도 참전하신다니 그 검이 필요할 것 아닌가?"

"저는 저희 황제께서 하사한 검이 따로 있습니다. 그러니 받아주십시오. 이는 따비칸 황제 폐하의 뜻이기도 합니다."

"귀국 황제의?"

레이킨은 마지못해 톡시리안을 받아 들었다. 마법 아티팩트라면 탐이 날 법도 했겠지만 마법사에게 있어 신검이란 귀찮은 장식물에 불과했다. 그렇다고 간곡한 청을 뿌리칠 길도 없어 일단 허락한 것이다.

루에땅으로서는 두 가지 이유가 있었다. 정치적인 이유와 마음에서 우러난 결정이 그것이었다. 벨룬시아의 병력이 이오카닉으로의 진군을 결정하면서 미라센의 황궁도 나름대로의 회합을 가졌다. 정세 판단이란 귀족과 황제의 몫이었다. 그 자리에서 따비칸 황제는 벨룬시아에의 충성을 확인했다. 대세가 그랬다. 더구나 패망 직전의 제국을 구해준 은인의 나라였다.

이미 황궁의 보물 창고까지 털린 그들이었으니 마땅히 보여줄 성의가 없었다. 그때 마침 루에땅이 톡시리안의 기증을 건의했다. 영웅은 영웅을 알아보는 것이니 자신의 신검을 기꺼이 내놓을 용의가 있었다. 게다가 그렇게 함으로 해서 충성의 표식이 되는 것을 노렸다.

"그렇다면 이 검은 내가 알아서 처분하겠다. 이오카닉과의 전투에서 좋은 활약을 기대한다."

레이킨이 톡시리안을 받아 들자 루에땅은 다시 한 번 더 예를 갖춘 후에 밖으로 나갔다. 루에땅은 레이킨이 있는 곳을 한 번 더 돌아보며 혼자 중얼거렸다.

"영웅은 만들어지는 것이 아니다. 하늘이 내리는 것이다."

그 자신 역시 대륙통일의 원대함을 꿈꾸었지만 이제 해는 저물었다. 별다른 저항도 없이 점령한 카드리엔. 그곳에서 구토물 수거인으로 놀림감이던 공작의 아들이 저토록 강맹한 황태자일 줄 짐작도 하지 못했다. 마원은 어떤가? 비천한 영웅이라고 비하했지만 그 또한 레이킨의 곁에서 우뚝 거목으로 성장했다.

'늙은이가 아름다운 것은 떠날 때를 알 때뿐.'

루에땅은 미소 지었다. 그는 이번 전장이 그의 마지막이 될 것 같은 예감을 떨칠 수 없었다. 어쩌면 톡시리안을 레이킨에게 넘긴 것도 그런 예감이 적잖게 작용을 하여 그랬는지 모른다. 신검은 그것을 감당할 수 있는 영웅에게 가야만 빛을 발하는 것이니까.

"마윈!"
톡시리안을 받아 든 레이킨은 그 검신을 뽑아 들었다. 서늘한 울림과 한기가 과연 신검이라 칭할 만했다. 필부라면 검광에 질려 오줌을 지릴 정도였다.
"네."
"이 검을 누구에게 주는 것이 합당하다고 보는가?"
"검의 위용으로 보아 체로키에게 주는 것이 옳을 것 같습니다. 키노는 아직 어리니까요."
마윈은 레이킨의 마음을 헤아려 대답했다. 레이킨이라면 키노에 대한 배려가 남다른 것은 당연했다.
"아니, 이 신검은 그대의 것이다."
"네?"
마윈이 놀라 고개를 들었다.
"당치 않습니다. 저는 지금까지의 축복만 해도 가슴이 설레일 지경이니까요."
"그래도 소용없어. 이 검에 이미 마윈의 이름을 새겼으니까."
"제 이름이요?"
"못 믿겠으면 확인하도록!"
레이킨이 슬쩍 톡시리안을 내밀었다.
"아!"

검을 받아 든 마윈의 입에서 신음이 새어 나왔다. 정말 구름처럼 아른 거리는 검신 속에는 마윈이라는 이름이 요동을 치고 있었다.

"황태자님의 마법이로군요."

"어쨌든 결정된 것이다. 가끔은 사용할 줄만 알지 수습을 할 수 없는 마법도 있거든."

레이킨은 씨익 미소를 머금었다.

"그렇다면 황태자님의 이름도 새겨주십시오."

"내 이름?"

"저를 위해서!"

"그거야 어렵지 않지."

레이킨은 마윈의 이름 옆에 레이킨이라는 무늬를 마법으로 새겨 넣었다.

"감사합니다. 이 검으로 저항하는 이오카닉의 적들을 제압하고 돌아 오겠습니다."

"내 말이 딱 그거야."

레이킨이 칼집을 내밀었다. 마윈은 두 손으로 받아 든 후 다시 한 번 예를 올렸다. 대륙의 최고 보검 톡시리안의 주인이 바뀌는 순간이었다.

뚜우우! 뚜우우!

마침내 진군의 나팔 소리가 꼬리를 들었다. 벨룬시아의 병사들과 미라 센의 연합군은 배에 올라 도강 준비를 끝냈다. 사령선에는 마윈과 메디 토스가 올랐다. 나머지 기사들과 병사들은 단위 편제를 이루어 배에 올 랐다. 루에땅의 미라센 병사들 역시 네 개의 부대를 이루어 배에 올랐다.

'기왕이면 폼나게!'

마법이 다 회복된 레이킨은 화력 시범을 자처했다. 도강에 있어 적의 선봉을 꺾는 것은 필수적인 일이었다. 호흡을 고르며 주변에 마나를 가득 채운 레이킨은 배가 화살의 사정거리에 가까워졌을 때 비로소 그레이트 선더 볼트를 영창했다.

"하늘의 속살이여. 너의 창대함으로. 그레이트 선더 볼트!"

우우우!

당장 하늘이 울렁거렸다. 그리고 따비엔스 강 건너로 네 개의 거대한 선더 볼트가 악몽처럼 내리 꽂혔다.

콰자작!

"으아악!"

이오카닉의 병사들은 엄청난 마법 공세에 박살이 났다. 혼비백산 흩어지는 그들의 후미를 메디토스의 마법이 강타했다. 클래스 8의 템페스트가 그들을 바람에 실어 지향도 없이 쓸어낸 것이다. 키노는 부사령선의 후미에서 레이킨을 향해 황태자의 문장을 흔들어 보였다.

'통쾌하게 쓸어버리고 돌아오겠습니다.'

키노의 눈동자는 그렇게 말하고 있었다.

"진격! 적의 선봉은 무너졌다. 단숨에 제압하라!"

훌쩍 뱃전을 뛰어내린 마원이 먼저 적을 향해 달려갔다. 그의 좌우에는 라이호그 기병대와 드림 아처들이 있었다. 소수의 패잔병들이 무리를 지어 저항했지만 오래가지 않았다. 요새를 이룬 곳에는 메디토스의 마법이 쏟아졌고, 밖으로 나오면 기병과 드림 아처들의 화살이 그들의 목숨을 꿰뚫었다.

"나와라! 카드리엔의 체로키님이 오셨다!"

체로키 또한 키노, 케스민과 짝을 이루어 적의 기병을 초토화시켰다. 유노 역시 커다란 두에뿌의 어깨에서 두 명의 적을 죽였다. 겨우 두 시간 만에 따비엔스 강은 피로 물들었다. 저항하던 이오카닉의 5천여 병사들 태반이 죽거나 달아났다.

마윈은 적의 선봉을 맡았던 기사의 목을 톡시리안으로 베었다. 빠른 마윈의 검풍과 어우러진 톡시리안은 별다른 느낌도 없었다.

'과연 신검이다.'

피 한 방울 묻지 않은 검신을 보며 마윈은 감탄을 숨기지 않았다.

"상황 끝입니다! 다음 명령을 내려주십서!"

체로키가 피 묻은 검 울프를 흔들며 목청을 높였다.

그날 밤 레이킨은 자정이 지나 눈을 떴다. 하이비가 잠든 옆방에서 작은 웅얼거림이 스며왔다. 레이킨은 인간의 상식으로는 실례가 되는 것을 알지만 슬쩍 하이비의 침실로 스며들었다. 하이비는 꿈을 꾸고 있었다.

"레이킨, 기다려!"

잠든 하이비의 얼굴에 미소가 어리며 또렷한 잠꼬대가 새어 나왔다.

'레이킨?'

그렇다면 레이킨의 꿈을 꾸는 것이다. 하지만 하이비를 바라보는 레이킨이 아니라 진짜 인간 레이킨의 꿈이 분명했다. 그렇지 않다면 황태자님이라고 칭했을 테니까. 레이킨은 최상급 마법인 칸서스니스 스냅샷(Consciousness Snapshot)을 시도했다. 꿈을 엿보는 마법이었다.

맑은 웃음이 느껴졌다. 눈물의 호수를 거니는 레이킨과 하이비의 영상이 약간 흐리게 확인되었다. 레이킨이 클로버의 꽃으로 반지와 목걸이를 만들어 하이비에게 건네왔다. 그 미소를 자세히 보았다. 확실히 순수하고 온화해 보였다. 하이비는 너무나 행복한 표정이다. 자신의 품에 안겨서도 저토록 맑은 미소를 지은 적이 없는 하이비였다. 영상은 조금씩 흐려졌다. 꿈이 끝난 것이다.

"으음!"

하이비가 꿈틀거리자 레이킨은 한 줌의 공기로 사라졌다. 하이비의 그리움이 머무는 공간은 과거의 레이킨과의 시간이다. 그것은 명백해졌다. 레이킨은 우두커니 밤하늘을 바라보았다. 해줄 수 있다면 그녀에게 진짜 레이킨을 돌려주고 싶었다. 정 안 된다면 며칠이라도…….

마법 스승 파이로칼의 존재가 그리웠다. 그러면 어떻게든 방법을 알 것도 같았다. 하지만 그는 먼 페루메시아에 있다. 인간의 대륙에 있는 것은 레이킨과 바이폰뿐이었다.

'그 사악한 놈이 혹시?

레이킨의 생각이 바이폰에게 옮겨갔다. 별로 인정하고 싶지 않지만 어쨌든 마법만큼은 자신보다 빠르게 배웠던 바이폰이었다. 그러니 혹시 위시 마법에 대한 비기도 알고 있을 것 같다는 생각이 들었다.

레이킨은 혼자 바이폰을 찾았다. 밤은 이제 깊었고 창공의 별들도 더러는 잠에 곯아떨어졌다. 바이폰은 여전히 피투성이였다. 그가 정확히 어떤 클래스의 마법을 할 수 있는지는 알 수 없지만 마나의 위력으로 보아 하위 클래스는 가능해 보였다. 그럼에도 스스로 치유 마법을 시전할 수 없는 것은 마나의 소모로 인한 상처의 악화가 더 클 것이기 때문이었다.

"안드레시아! 이놈!"

바이폰은 레이킨을 보자마자 이를 갈았다. 하산드라마저 죽인 레이킨이었으니 그러고도 남음이 있었다.

"흥분할 것 없어. 나는 어떻게 하면 너를 가장 멋지게 죽일 수 있는지 생각 중이니까."

"두고 봐라. 너를 씹어 먹고 말 테니까."

"왜? 이번에는 누가 매직 게이트를 넘어올 테냐? 하산드라라면 미션의 주관자니까 모르지만 다른 레드들은 쉽지 않을걸."

"이이……!"

"그보다 카이플로."

레이킨의 마법 손이 바이폰의 턱을 치켜들었다. 바이폰은 치를 떨며 손을 떼어내려 했지만 어림없었다.

"혹시 말이야, 위시 마법에 대해 잘 아느냐?"

"위시?"

"그래. 이 몸이 좀 쓸 일이 있거든. 시시한 것 말고 아주 고난도 말이야. 가령… 하산드라를 살릴 수 있다거나……."

"나를 놀리는 거냐?"

"아! 흥분하지 말라니까. 살려서 내 부하로 쏠까 하고 말이야."

"퉤에!"

발끈한 바이폰이 침을 뱉었다. 하지만 레이킨은 리버스 마법으로 침을 바이폰에게 돌려주었다. 결국 침은 바이폰의 얼굴에 떨어졌다.

"손해날 것도 없잖아? 내가 하산드라를 살리면 네게도 기회가 올지 몰라. 레드끼리니까 뭔가 통할 거 아니야? 그럼 나를 죽이라고 하면 되잖아?"

"……."

바이폰이 눈을 휘둥그레 떴다. 나름대로 동의하는 눈빛이었다.

"잘 생각해 보라구. 내일 아침까지 시간을 주지."

레이킨은 그제야 마법 손의 마법을 해제시켰다.

"아! 잊은 게 있군."

나가려던 레이킨이 돌아보며 눈을 찡긋했다. 그러자 윈드 블래스트가 날아와 바이폰의 몸을 직격했다.

"크헉!"

바이폰은 에어 쉐클에 묶인 채로 날아가 사정없이 벽에 처박혔다.

"난 황태자거든. 그러니까 함부로 댁댁거리지 말라구."

레이킨은 유유히 휘파람을 불며 밖으로 나갔다.

레이킨은 게이트를 열어 이동했다. 그가 멈춘 곳은 산자락 아래의 들판이었다. 어둠에 잠든 들판은 공연한 적막을 뿜어냈다.

'아쉬운 놈이 우물을 판다고 했으니.'

레이킨은 탐지 마법을 기동시켰다. 부담스럽긴 하지만 그렇다고 위시 마법을 모르는 레이킨은 아니었다. 그러니 몇 번 시도해 보면 방법을 알 것도 같았다. 사방으로 밀려가는 탐지의 촉수에 레이킨이 원하는 물체가 잡혔다. 시체였다. 몇 번의 전쟁이 일어났으니 아무리 시체를 잘 처리했다고 해도 두어 구의 시체를 찾는 것은 어려운 일이 아니었다. 레이킨은 일단 죽은 지 보름 정도 되어 보이는 두 구의 시체를 확보했다. 하나는 어린아이였고, 또 하나는 젊은 병사였다.

'시작해 볼까?'

레이킨은 어린아이를 바라보며 정신력을 집중시켰다. 마른침이 넘어갔다. 방금 죽은 목숨도 아니고 이미 운명의 사이클이 완성되어 생과 사가 완벽하게 분리된 시체였다.

'하지만!'

레이킨은 다시 한 번 주먹을 불끈 쥐며 결의를 불태웠다. 나는 드래곤이다. 두려움도, 거칠 것도 없다. 그렇게 생각하며 후끈 마나의 물결을 피워 올렸다.

'운명의 추여. 너의 자비를 명하는도다. 리바이브(Revive).'

강력한 의지로 발현된 마법은 오색의 마나를 형성하며 시체를 둘러싸기 시작했다. 시체에 완벽하게 스며든 마나의 물결이 열린 공간을 통해 과거의 시점으로 이동한다. 그런 다음 영혼이 해체된 시점에 닿는다. 마법의 힘이 해체된 영혼을 다시 조합시킨다. 가장 중요한 시점이 남아 있다. 바로 영혼에게 의지를 주는 것이다. 레이킨의 숨결이 허덕거렸다.

'젠장! 역시 쉽지 않군.'

레이킨은 고통을 참으며 남은 마나의 힘을 고스란히 쏟아 부었다. 마침내 영혼에 의지가 결합되었다. 그렇다면 이제 시체로 날아 들어가면 끝이었다.

'으아아아!'

레이킨의 사투가 시작되었다. 마나의 힘이 조금이라도 끊기면 영혼은 섬광처럼 해체될 판이었다.

조금만, 조금만… 더. 간절한 바람과 함께 사체의 영혼은 몸통을 찾아 들어갔다. 레이킨은 숨도 쉬지 않고 리바이브의 완성을 영창했다. 이제 육신에 생명의 빛이 감돌면 되는 것이다.

후웅후웅!

사체를 타고 무지개가 번져 나갔다. 썩은 살점들이 조금씩 올라오고 검게 변색된 피부에 핏기가 감돌았다. 마침내 시체는 완전한 인간의 형태를 찾으며 번쩍 눈을 떴다.

'성공이… 아니다.'

쾌재를 부르던 레이킨의 몸에서 힘이 쭈욱 빠져나갔다. 마지막 순간에 시체에게서 푸석한 폭음이 일었다. 실패였다. 뿐만 아니라 매개체였던 육신마저 박살이 났다. 이것은 달리 말하면 레이킨의 진짜 육신을 차지하고 있는 안드레시아가 죽을 수도 있다는 결론이었다.

"하아! 하아!"

진이 송두리째 빠진 레이킨은 큰대 자로 누워 거친 호흡을 달랬다. 이렇게는 안 돼. 아주 세심한 시작이 필요하다.

'처음부터, 기초부터. 인간의 마법까지도 참조하여.'

겨우 호흡을 가다듬은 레이킨이 벌떡 일어났다.

'빛의 축복이여! 너의 성스러움으로. 일루전 호스!'

레이킨은 작심한 듯 일루전 호스를 형성시켰다. 하이비는 여전히 자고 있을 것이다. 레이킨의 침상은 카피된 몸으로 대체했다. 먼동이 트기 전에 돌아올 일이었으니 크게 신경 쓸 일은 없었다. 레이킨은 일루전 호스를 타고 장쾌하게 치솟았다. 먼 이오카닉의 영지에서 불길이 치솟고 있었다. 아마 마윈이 밤을 새워 진격하는 모양이었다. 전장에는 기세라는 것이 있다. 그것이 불타오를 때는 쉬어서는 안 된다. 레이킨도 그걸 이해했다.

레이킨이 날아온 곳은 카드리엔이었다. 어둠에 휩싸인 카드리엔은 고요했다. 어느 날 별안간 떨어진 카드리엔. 그 낯설기만 하던 풍경은 이미 고향처럼 아늑하게 느껴졌다.

'인간은 주변 환경의 영향을 받는다.'

인간 레이킨이 읽던 책에서 보았던 글귀가 스쳐 갔다.

레이킨은 현자 타르곤의 정원에서 내렸다. 일루전 호스가 스르륵 사라졌을 때 타르곤의 문도 소리없이 열렸다.

"어서 오시죠."

타르곤이 나와 가볍게 고개를 숙였다.

"제가 올 것을 알고 계셨나요?"

"늙으면 밝아지는 것은 잠귀뿐입니다. 더구나 나는 눈먼 사람이니 더욱 그렇다죠. 황태자님."

레이킨은 타르곤의 안내에 따라 거실로 들어섰다.

"그럼 제가 왜 왔는지도 아시나요?"

"그걸 아는 사람은 신밖에 없겠지요. 그저 늦은 밤에 왔으니 각별하거나 화급한 일 정도로 생각합니다만."

"욜키네시아 마법서를 좀 빌리러 왔어요."

"욜키네시아 마법서? 황태자님이 모르는 마법도 있습니까?"

"그냥 빌려주세요. 잠깐이면 됩니다."

레이킨은 저간의 사정을 말하지 않았다. 타르곤은 서재를 더듬어 낡은 마법서를 찾아냈다. 레이킨은 그걸 받아 위시 마법편을 펼쳤다. 시간이 넉넉지 않았으므로 메모리 마법을 이용하여 기억의 샘물에 담았다.

"위시 마법이 자세히 나온 다른 마법서는 없나요?"

"위시라고요? 그건 인간의 마법사가 좀처럼 사용하는 마법이 아닙니다."

"알아요. 그냥 쓸데가 있어서……."

"마법서라면 욜키네시아를 따를 책이 없지요. 물론 황태자님의 능력은 예외겠지만."

"알겠습니다."

"하이비 아가씨는 잘 도착했나요?"

"네."

"지난번에는 관용에 대해 관심이 많더니 뜬금없이 위시 마법이라? 하이비 아가씨께서 죽은 메겔리온 영주라도 살려달라고 애원하던가요?"

"스승님도 위시 마법에 대해 아는 대로 말씀해 주시죠. 그냥 필요해서 그래요."

"마법이야 내가 뭐 아는 게 있으려구요. 다만 위시 마법은 마나의 힘과 간절함이 절묘한 조화를 이루어야 난이도를 높일 수 있다는 정도만 압니다."

"그렇군요."

레이킨이 욜키네시아 마법서를 내밀었다.

"벌써 가시려고요?"

"아참!"

레이킨은 마법서를 넘겨 한 부분을 지워 버렸다. 바로 유쾌한 상상을 위한 드래곤을 잡는 법이 적힌 곳이었다.

"뭔데 지우시죠?"

"너무 허황된 구절이라서요. 잘못된 정보는 차라리 없어지는 것이 좋겠죠."

"그렇긴 하군요."

타르곤은 레이킨을 탓하지 않았다.

"마윈과 메디토스가 미라센의 병력을 이끌고 이오카닉으로 진격하고 있습니다. 현재의 상황으로 보아 머지않아 이오카닉의 중심에 벨룬시아의 깃발을 꽂을 것 같습니다."

"황태자님께서 이오카닉 대공자의 도발을 막았다는 말은 전해 들었습니다. 황제 폐하께서도 기뻐하실 것입니다."

"그만 가봐야겠네요. 그보다 간절함이란 또 무엇이죠?"

돌아서던 레이킨이 물었다.

"황태자님은 늘 추상적인 것을 물으시는군요. 간절함이란 목숨을 다해서라는 의미와 비슷하겠죠. 뭐든 소중한 것은 목숨과 연관이 되는 것입니다."

"목숨을 다해?"

"존재에게 있어 목숨만큼 간절한 것이 또 있겠습니까?"

"그렇군요."

"급하시면 어서 길을 재촉하시지요. 카드리엔은 아주 화평합니다."

"아직도 내가 드래곤 같은가요?"

"솔직히 말하자면 조금은……."

타르곤이 고개를 끄덕이며 미소 지었다.

"내게는 스승님이 드래곤보다 더 심오해 보이는군요."

"늙은이는 그런 위장으로 젊은 사람의 존경을 이끌어냅니다. 살아가는 방법에 불과하죠."

"……."

레이킨은 가벼운 인사를 두고 밖으로 나왔다. 은빛 섬광이 별빛처럼 쏟아지더니 이내 일루전 호스가 나타났다. 레이킨은 마법마(魔法馬)에 가뿐히 올라탔다. 그러자 타르곤이 대뜸 레이킨을 향해 큰절을 올렸다.

"……?"

"괘념치 마십시오. 늙으면 오고 갈 때를 아는 법이죠. 설마하니 황태자님께서 먼 세상으로 갈 일은 아닐 테고 아마 제명이 그리 오래 남지 않은 것 같습니다."

"무슨 말씀! 스승님께서는 오래 사셔야 합니다."

그 말을 두고 레이킨은 장쾌하게 날아올랐다. 그리고 솔직히 그 말이 작별의 단초가 될 줄도 몰랐다.

제 1 1 장

레이킨 리바이브(Revive)!

첫 새벽에 라세니아에 내린 레이킨은 일단 마나 포션부터 만들었다. 이번에는 좀 넉넉하게 만들었다. 어쩌면 지금까지보다 가장 많은 마나 포션이 필요할 것만 같았다.

아침 식사를 마친 레이킨은 누구의 방해도 받지 않을 장소로 이동했다. 그런 다음 욜키네시아의 마법서를 기억의 샘물에서 펼쳤다. 손길이 떨렸다. 아무것도 아닌 것 같지만 어쩌면 대모험과도 같은 일이었다.

'한 치의 실수도 용서되지 않는다. 그러니 모든 가능성과 개연성을 다 파악해야 해.'

레이킨은 욜키네시아 마법서의 작은 주석 하나까지도 모두 숙지해 나갔다.

다음에는 드래곤의 마법이었다. 역시 기억의 샘물을 뒤져 위시 마법에 대한 작은 부분까지 찾아냈다. 두 개의 마법을 비교해 보니 원리는 같았다. 다만 능력의 차이로 인한 마나의 통제나 배열이 약간 달랐을 뿐이다.

‘작은 것부터.’

레이킨은 일단 거미의 소생을 시도했다.

‘염원을 받아 새 생명이 깃들라! 리바이브!’

거미는 이내 여덟 개의 발을 움직이기 시작했다. 다시 살아난 거미는 언제 죽었냐는 듯 기어 거미줄로 올라갔다. 두 번째 실험 대상은 토끼였다. 토끼는 호흡을 막아 죽였다. 다시 위시 마법을 영창하자 토끼 역시 깜짝 놀라 일어나 길길이 뛰며 달아났다. 세 번째는 말이었다. 말 역시 시동어를 영창하자 오래지 않아 죽음에서 돌아왔다. 존재가 크고 지능이 높을수록 죽음에서 반응하는 모습이 보였다. 레이킨은 이런 기초 수련을 몇 번이고 계속했다. 해츨링 시절이 생각났다. 재미없는 마법을 배우는 시간에는 아주 지긋지긋했고, 재미난 마법을 배우면 눈을 뜨자마자 수련장으로 달려가 마법을 연습했던 기억이었다.

젊은 인간은 과거를 뒤돌아보지 않는다. 그 말이 떠오르자 레이킨은 피식 웃었다.

‘나도 인간의 나이로 치면 노인 중의 상노인이야.’

수련은 계속되었다. 고난이도의 섬세함과 엄청난 마나의 결합이 요구되는 마법은 이래서 어렵다. 그저 공격 마법이라면 큰 관계가 없다. 메테오를 발한하는 데 있어서는 약간 크거나 작거나 상관이 없다. 혹은 조금 방향이 빗나가도 크게 심각할 것은 없다. 레이킨으로서도 위시 마법이 이렇게 머리가 아플 줄은 몰랐다. 더구나 자신의 육신이 개입되어 있다.

“생각 좀 해봤냐?”

레이킨은 다시 바이폰을 찾아갔다. 그는 여전히 뱀눈을 하고 레이킨을 쏘아보았다. 음산하면서도 칙칙한 눈빛이었다.

“정말 하산드라님을 살릴 생각이냐?”

"뭐, 가능하다면."

레이킨은 아무렇게나 대답했다.

"방법이 없는 것은 아니지."

"그래?"

"지금의 너라면 위시 마법으로 하산드라님을 살릴 능력까지는 아니다. 페루메시아에서도 그건 여러 에인션트 드래곤들이 합심을 해야 겨우 가능할까 말까 한 극한의 마법이니까."

"그건 나도 알아. 방법이나 말해봐."

"매개체!"

"매개체?"

"그 대상과 같거나 혹은 비슷한 매개체의 생명을 잘라 그 영혼을 주입하면서 마법을 영창하면 능력이 배가(倍加)된다. 그러니 와이번 같은 것을 찾아내면 가능할지도……."

"과연 Kill을 미션으로 삼을 만한 말이로군."

레이킨은 싸늘하게 말했다. 한 존재의 영혼이란 때로는 고결한 마나의 힘으로 작용하기도 한다. 하지만 하이비를 위해 진짜 레이킨을 소생시키는 숭고한 일에 또 다른 살인을 결부시킬 수는 없었다.

"네 부하로 만들든 어쩌든 하산드라님을 부활시켜다오."

"아무튼 고맙다. 조언은 고려해 보지."

레이킨이 돌아섰다. 뒷모습을 지켜보던 바이폰의 입가에 사음한 미소가 번져 갔다.

'오냐! 제발 시도하기만 하거라. 그렇게만 되면 너는 끝장날 테니.'

사실 바이폰이 노린 것은 이체결합이었다. 와이번을 찾아내 그 목숨을 자른 후에 하산드라의 부활에 매개체로 쓴다면 하산드라의 능력과 의식이 와이번에게 접목될 수 있었다. 그렇게만 된다면 더 바랄 것이 없었다.

하산드라의 능력이라면 레이킨에게 연거푸 당하지 않을 것이다.

　하지만 밖으로 나온 레이킨은 바이폰의 말을 버렸다. 재고할 가치가 없는 일이었다.

　마윈의 연합군은 카루스닉 영지를 공략하고 있었다. 그 신호탄은 역시 키노가 이끄는 드림 아처와 라이호그 기병단이 쏘았다. 첫새벽의 시작과 함께 붉은 마나 링을 장착한 화살이 요소요소로 날아갔다. 이미 실전 감각이 풍부한 드림 아처들이었으니 어린 나이는 아무런 제약이 되지 않았다.

　펑펑퍼엉!

　마나 링은 성의 곳곳에서 불길을 뿜었다. 폭음과 함께 투화기와 투석기 등 중화기 대다수가 해체되었다.

　"진군! 앞으로!"

　마윈의 진격령이 터지자 기세로 팽팽한 벨룬시아—미라센 연합군이 밀려들었다.

　"쏴라!"

　카루스닉의 영주는 목이 터져라 외쳤다.

　촤라락!

　화살이 소나기처럼 촘촘히 날아갔다.

　"방패 부대!"

　선봉의 주력은 체로키가 이끌었다. 그가 벼락처럼 외치자 커다란 방패가 숲을 이루었다.

　"으아악!"

　비명은 성루에서 울렸다. 라이호그 기병과 드림 아처들이 단숨에 성벽을 뛰어오른 것이다.

"크하하! 키노가 혼자 공을 세우고 있구나. 우리도 저 개자식들의 엉덩이에 창검을 박아주자꾸나!"

체로키가 먼저 튀어나갔다.

"이봐, 카본! 명색이 황궁 기사 출신인데 우리가 질 수야 있나?"

케스민이 따라붙으며 소리쳤다.

"당연하지. 코벤시안님에게 부끄럽고 싶지 않네."

카본 역시 검을 뽑아 들고 말에 박차를 가했다.

"좌측 투석기는 왼쪽 성벽을 겨냥하라. 우측 투석기는 정면 성벽으로 발사!"

킬리안은 중화기부대를 득달했다.

"이제 한 방 먹여주시죠?"

마윈이 톡시리안을 뽑아 들며 메디토스를 바라보았다.

"흐음. 영주의 명이 떨어지길 학수고대하고 있었네."

메디토스가 로브의 깃을 펄럭이며 두 손을 치켜들었다.

"억센 출렁임이여. 너의 발톱을 세워라. 윈드 스톰!"

콰아아아!

카루스닉의 하늘에 거대한 돌풍이 형성되었다. 메디토스는 그 사나운 돌풍의 머리를 성루를 향해 돌려세웠다.

"으아악!"

화살을 날리며 저항하던 이오카닉의 병사들이 속절없이 날아갔다.

"지금이다. 전군, 진격!"

"와아아아!"

빛나는 문장과 깃발 부대가 먼저 들판을 덮으며 달려나갔다. 장중했다. 이오카닉의 병사들은 그 위세에 숨이 막힐 것 같았다. 그 후미에서 궁수들은 쉴 새 없이 화살을 퍼부었다. 라이호그 기병과 드림 아처들 역시 성루를 공략하기 시작했다.

"하아앗!"

장쾌한 기합과 함께 마윈이 폭풍 질주를 시작했다.

"기병 출격하라!"

성문이 열리면서 이오카닉의 기병대가 밀려 나왔다.

"지원 사격!"

카루스닉의 영주는 궁수들에게 명령했지만 메디토스의 파이어 월이 더 빨랐다. 궁수들은 발밑에 형성된 불의 바다에 비명과 함께 묻혀갔다.

"으아악!"

"어어! 영주님, 그놈들은 내 몫이라굽쇼."

선봉을 질주하던 체로키는 마윈이 자신을 앞서 나가자 뒤질세라 채찍으로 말잔등을 후려쳤다.

"폭풍 오러 블레이드!"

마윈은 적의 주력 기병과 마주치며 강력한 검풍을 날렸다. 십여 개의 갈기를 세운 블레이드는 적의 기병 선두를 후려쳤다. 비명과 함께 십여 명이 대지로 쓰러졌다. 마윈은 허공을 가르며 충돌했다. 그의 뇌리에 레이킨이, 죽은 헤미온스가, 웃는 예로바가 스쳐 갔다.

'아아! 나는 행복하다. 헤미온스. 너의 과분한 사랑을 받았고, 멋진 황태자님과 대륙을 누볐으며 이런 나를 사랑해 주는 또 다른 여자가 있다.'

마윈의 검풍은 기병의 선봉을 완벽하게 유린했다. 그 측면으로 체로키의 선봉군과 케스민이 이끄는 측면 부대가 달려들었다. 적의 기병은 삼면에서 포위당한 채 우왕좌왕하며 무너졌다.

"두에뽀, 서둘러! 형과 체로키 기사님이 공을 다 세우겠다!"

키클롭스의 어깨에 올라탄 유노 역시 화살을 날리며 한 축을 거들었다. 유노의 화살은 다부지게 날아가 적의 기병 둘을 꿰었다.

루에땅의 분전도 눈부셨다. 그는 파성추 부대를 이끌고 성문을 박살 내고 있었다. 화살이 빗발쳤지만 메디토스의 마법이 궁수들을 박살 내주었다. 이제 해자도 어느 정도 메워졌다. 성문만 깨진다면 승부는 무섭게 기울 판국이었다.

"부숴라! 미라센들의 강건함을 보여주자!"

루에땅은 필사적으로 진두를 지휘했다.

콰앙!

갈라진 틈새로 파고든 파성추가 기어이 육중한 성문을 박살 내버렸다.

"성문이 깨집니다!"

성문을 수비하던 병사들이 위태롭게 소리쳤다. 카루스닉의 영주는 황망했다. 바이폰도 베르나데도 없이 적을 막는다는 것이 무리인 줄은 알았다. 하지만 이렇게 간단하게 무너질 줄은 생각지도 못했다. 게다가 그 두려운 레이킨조차 빠진 적군이었다.

"피하시죠, 영주님."

그의 기사들이 달려와 도주를 권했다.

"어디로 간단 말이냐? 결국 저들은 카오스까지 진격할 것이다."

"……."

영주의 침통한 말에 기사들도 할 말을 잃었다. 바이폰도 사라졌고 알파치안마저 라세니아에서 전사했다. 이제 벨룬시아의 노도와 같은 정벌군을 막아설 구심점은 없었다.

"백기를 올려라!"

메디토스의 마법이 몇 방 더 지속되자 카루스닉의 영주는 전의를 상실했다. 그가 마지막 기대를 걸던 기병마저 초토화되었으니 승산없는 항전을 계속할 수 없었다.

"백기가 올랐습니다! 적이 항복합니다!"

파성추에 의해 깨진 성문으로 들이치던 벨룬시아의 병사들이 소리쳤
다.

"전군! 전투 중지! 적이 항복했다!"

뚜우우! 뚜우우!

신명난 나팔 소리가 울려 퍼졌다.

"와아아!"

벨룬시아와 미라센의 연합군은 창검을 치켜들며 환성을 울렸다.

"벨룬시아 만세!"

"미라센 만세!"

정벌군들은 환호를 울리며 입성했다. 카루스닉의 영주는 검을 버린 채
그들의 기사와 무릎을 꿇고 있었다.

"이 갈보 같은 놈들. 감히 우리와 맞짱을 뜨려 하다니? 그 똥구멍을
이 검으로 찢어 죽여 버릴 테다."

아직도 흥분이 가시지 않은 체로키가 그의 명검 울프를 치켜들고 내려
칠 기세를 보였다.

"검을 거두라, 체로키 기사!"

"영주님!"

"이들은 투항을 했다. 신분에 걸맞는 대우를 하도록. 다른 병사들도
특별히 적대적이지 않은 한 함부로 죽이거나 모욕하는 행위는 금한다.
알겠나?"

마윈이 위엄 가득한 음성으로 돌아보았다.

"예!"

주변의 기사들이 절도있게 대답했다

"……"

엄정한 기강과 확립된 군기에 카루스닉의 영주는 숨통이 조여드는 것

같았다. 이 정도의 군율이 확립된 병사들이라면 메디토스라는 마법사가
없었어도 자신들의 패배는 당연했다.

"카루스닉도 넘었군요. 이제 카오스가 멀지 않았습니다."

루에땅이 다가왔다.

"톡시리안. 고맙소."

마윈이 루에땅을 바라보았다. 루에땅은 엷은 미소로 대답을 대신했다.
이미 레이킨에게 준 것이니 레이킨의 처분에 대해 아무런 미련도 없는
그였다.

"잠시 휴식을 취하고 전열을 정비한 후에 다음 영지로 진격한다."

마윈은 단호하게 군령을 내렸다.

사흘 동안 맹연습을 한 끝에 결실이 나왔다. 죽은 지 하루가 지난 아
이를 레이킨이 살린 것이다.

"감사합니다! 감사합니다!"

미라센의 늙은 궁녀는 다시 살아난 자신의 손자를 안고 수백 번이나
거듭 인사를 했다.

'후우!'

레이킨은 이마의 땀을 쓸었다. 일단 리바이브의 마법은 완벽하게 숙지
가 되었다.

"미라센 궁녀의 아이를 살렸다면서요?"

소문을 들은 하이비가 미소를 지으며 달려왔다.

"운이 좋았나 봐."

레이킨은 별것 아니라는 투로 말했다.

"정말 잘하셨어요. 그런 일은 생명을 죽여 얻는 전쟁의 승리보다 값진
일이니까요."

"내친김에 하이비의 아버지도 살려볼까?"

레이킨이 제법 그럴듯한 표정을 지었다.

"푸훗! 그만 하세요. 그런 일은 드래곤의 마법이라고 해도 불가능하다고 들었어요. 죽은 지 오래되셨잖아요."

하이비가 슬쩍 레이킨의 손을 잡았다. 가슴이 쿵닥거렸지만 싫지는 않았다.

"나도 농담이야. 내 잃어버린 기억이나 찾아야겠어."

"그게 좋겠네요. 쉽지는 않겠지만……."

하이비가 웃었다.

다시 밤이 되자 레이킨은 이제 마지막 갈무리를 위해 숲으로 나왔다. 오늘 살린 아이는 죽은 지 하루가 지났다. 힘이 들었지만 그럭저럭 견딜 만했다. 하지만 죽은 시간이 오랜된 만큼 리바이브 마법은 엄청난 고통과 인내를 요구한다. 드래곤의 능력으로도 온전히 견디기는 어려운 일이었다.

1+1=1.

레이킨은 문득 드래곤의 마법을 생각했다. 하나에 하나를 더하면 하나가 된다. 인간들의 수식에는 어긋나는 법칙이었지만 추상적인 영역에서는 가능한 명제였다. 인간 레이킨의 몸을 빌어 또 하나의 레이킨이 된 자신이 그랬다. 안드레시아+레이킨이 하나가 된 것이다. 하지만 그 속을 들여다보면 이질적이다. 그렇다면 가장 완벽한 1+1=1은 무엇일까? 죽은 레이킨의 의식을 살려 자신의 몸체 안으로 받아들여 함께 생활한다면 그게 바로 완벽한 1+1=1이다.

'아니야. 그것도 완전치는 않군. 그럼 하이비는 누굴 사랑하는 것인가? 인간 레이킨? 드래곤 레이킨?

레이킨은 고개를 저었다. 하잘것없는 인간 세상이지만 정답이 없는 일은 너무 많았다.

'다시 시도해 볼까?'

레이킨은 감춰두었던 시체를 다시 지상으로 꺼내 올렸다. 부패한 냄새가 확 끼쳐 왔다. 레이킨은 향기의 마법을 발산하며 두 손을 하늘 높이 들었다가 중간에서 모아 가지런히 가슴으로 내려왔다.

"운명의 추여. 너의 자비에 명하는도다. 이 인간의 영혼을 돌려 생명의 강에 적셔다오. 리바이브!"

장쾌한 시동어와 함께 허공에서 마나의 소용돌이가 일었다. 마나는 거침없이 시체를 감싸며 몸부림을 쳤다. 레이킨은 단계별로 마나를 끌어올렸다. 바로 이걸 조절하지 못해 실패를 거듭했다. 처음부터 무차별로 강력한 마나를 퍼붓는다고 될 일이 아니었다.

'온다.'

레이킨은 주시했다. 해체된 영혼이 다시 합체를 이루어 날아왔다. 영혼은 시체 안으로 들어갔다. 레이킨은 떨리는 마음으로 남은 마나의 바닥을 드러내며 힘껏 마법을 집중시켰다.

"어헉!"

"으헉!"

핏기가 감돌던 시체가 벌떡 일어나자 레이킨은 엉덩방아를 찧었다. 리바이브 마법이 완벽하게 구현된 것이다.

"와아아!"

레이킨은 소생한 청년을 붙잡고 빙빙 돌았다. 청년은 영문을 모른 채 먼 하늘만 바라보았다.

"네 이름이 무엇이냐?"

"전투 중에 죽은 멜레스입니다. 여기에 화살을 맞아… 어? 상처가?"

청년이 고개를 들어 레이킨을 바라보았다.

“그 상처는 내가 치료했다. 한 번 움직여 보아라.”

청년은 제자리 뛰기와 뒤로 돌아보기 등 가벼운 몸짓을 했다.

“기억은?”

“생각납니다. 어머니가 기다리고 계실 거예요.”

대답하는 청년의 눈가에 이슬이 맺혔다.

“가라. 가서 행복하게 살아.”

“감사합니다. 감사합니다.”

청년은 거듭 인사를 하고 어둠 속으로 달려갔다.

“……?!”

흐뭇한 마음으로 청년을 바라보던 레이킨은 그만 눈이 휘둥그레졌다. 달려가던 청년이 픽 거꾸러지자 그 몸과 영혼에서 격렬한 해체가 일어난 것이다.

“이… 이런!”

황급히 달려온 레이킨은 경악했다. 분명히 소생했건만 청년은 어느새 처음의 죽음으로 돌아가 있었다.

‘부조화다!’

레이킨은 원인을 알았다. 영혼을 소생시켜 육체에 넣었지만 육체가 완전하질 못했다. 즉, 마나의 힘이 떨어지자 육체에서 급격한 부패 현상이 일어났고 결국 영혼까지 소멸시켜 버렸다.

‘나쁘진 않아.’

레이킨은 긍정적으로 생각했다. 청년의 육체는 부패한 지 오래되었지만 레이킨의 육체는 이렇게 싱싱하다. 그러니 청년의 경우와는 다른 것으로 확신했다.

‘하이비! 마침내 네 소원을 들어줄 시간이 되었다.’

레이킨은 주먹을 불끈 쥐어 보였다.

“황태자님!”

“응?”

하이비가 레이킨을 불렀다. 레이킨은 머릿속에 리바이브 마법을 암송하고 있었다.

“황태자님께 드리려고 양 가슴살을 마련했는데 조금 늦었어요. 식사하셨죠?”

“응.”

“어쩌지? 내일 아침까지 두면 신선함이 사라질 텐데……..”

“그럼 이따가 밤참으로 드세요. 요즘 황태자님도 늦게 주무시는 것 같던데.”

함께 온 안젤리나가 의견을 개진했다.

“그러실래요? 마침 마윈 영주님께서도 카루스닉을 점령하고 이오카닉의 수도로 진격하고 있다잖아요. 승리를 기원하는 자리를 만들 겸 멋진 요리를 선물해 드릴게요.”

“좋아. 기대하지. 나도 그동안에 하이비에게 줄 선물이나 마련해 볼까?”

“푸훗! 제 선물은 황태자님이에요. 머리에 리본만 얹고 오시면 그보다 더 좋은 선물이 없을 것 같은데요.”

“리본? 킥킥!”

하이비의 말을 들은 안젤리나가 허리를 잡고 킥킥대기 시작했다.

“하여간 맛있게 만들어. 나도 최고의 선물을 준비할 테니까.”

“음. 그럼 모처럼 기분을 내볼까요? 촛불의 의식으로.”

“와아! 그거 멋지겠네요.”

안젤리나가 박수를 치며 좋아했다.

"초는 내가 준비하지. 대신 불은 안젤리나가 붙이도록!"

"염려 마세요, 황태자님. 세상에서 제일 경건한 마음으로 점등하겠습니다."

안젤리나는 명랑하게 대답했다.

하이비와 안젤리나는 들뜬 마음으로 나갔다. 저렇게도 좋을까 싶은 생각이 들 정도였다. 인간사를 강의하던 헤이샤가 원망스러웠다. 저렇게 순수한 인간을 두고 탐욕에 찌든 존재라고 가르치다니……

밖으로 나오면서 슬쩍 들여다보니 하이비와 안젤리나는 난리가 났다. 갖은 요리 기구와 양념들을 준비한 주방은 마치 축제를 준비하는 느낌이었다. 레이킨은 자신들을 수행하는 임시 집사에게 명해 칼라 초를 준비하게 했다. 몇 개나 필요하냐는 질문에 일천 개라고 말했다. 집사는 놀라는 표정이었지만 레이킨은 웃었다. 죽은 레이킨과 하이비가 해후하는 순간이다. 그녀라면 그 정도의 호사를 누릴 자격이 충분한 여자였다.

장소는 저택의 별실로 택했다. 회의실로도 쓸 수 있는 곳이니 그 정도면 넉넉할 것 같았다. 집사가 하인들을 데리고 분주하게 달려가는 모습을 보고 레이킨은 게이트를 열어 공간을 옮겨왔다.

'흠흠!'

레이킨은 주변의 마나를 음미했다. 미리 정화의 마법을 펼쳐 둔 까닭에 어느 때보다 정갈했다. 가장 순수한 마나가 가장 강력한 마법의 기원이 되는 것은 불변의 법칙이었다.

'떨리는데?'

레이킨은 긴장을 풀었다. 마치 첫 클래스를 마스터한 후에 파이로칼 앞에서 면접을 치르는 순간 같았다. 인간 세상에 떨어져 엉킨 마법을 시전할 때도 이렇게 긴장되지는 않았었다.

'젠장! 부딪친다. 나는 드래곤 안드레시아야!'

레이킨은 입술을 깨물며 일어섰다. 하늘을 보았다. 달이 통통하게 살이 오른 보름날이다. 시기적으로도 더없이 좋은 순간이었다. 레이킨은 후읍 들숨을 삼키고는 리바이브의 첫 포문이 될 시동어를 외쳤다.

"세퍼레이션(Separation)."

레이킨의 몸은 이내 두 개로 분리되었다. 하나는 실체이고 또 하나는 카피 몸체다. 실체는 가지런히 반석 위에 누였다. 카피 몸체는 두세 시간 정도는 견딜 것이다.

'자아! 하이비의 기억 속에 동화처럼 존재하는 진짜 레이킨. 어디, 네 진면목을 내게 보여다오. 그토록 둘이 사랑했다면 말이다.'

레이킨이 두 손을 모았다. 다시 천천히 수평으로 편 채 머리 위에서 합장한다. 같은 행동이 수차례 반복되었다. 그리고 두 손은 가지런히 합장한 채 가슴까지 내려왔다.

"운명의 추여. 너의 자비에 명하는도다. 이 인간의 영혼을 돌려 생명의 강에 적셔다오. 리바이브!"

레이킨의 손이 빠르게 허공을 치고 나갔다. 동시에 거대한 마나의 회오리가 사방에서 일어났다. 레이킨이 발산하는 마나와 자연계의 마나가 거친 소용돌이를 이루며 합쳐지기 시작했다. 그리고 마치 블랙홀에 빨려 들 듯 빠르게 레이킨의 실체 안으로 쏟아져 들어갔다.

"2단계 영혼의 시간 정지."

레이킨은 숨 막히게 세부 시동어를 영창했다. 한없이 흘러가던 영혼의 시간이 한순간에 멈췄다.

"3단계 영혼 호출."

레이킨이 외치자 죽어간 수많은 영령들이 하나의 빛무리가 되어 흘러갔다. 레이킨은 사력을 다해 집중했다. 레이킨의 영령을 놓쳐서는 안 될 일이었다. 전장에서 죽은 병사들이, 가엾은 비명으로 죽어간 아이들이,

혹은 도적들에게 유린당하며 죽은 일가족의 영혼들이 슬픈 빛으로 흘러갔다.

'레이킨?'

레이킨은 저만치에서 고고히 반짝이는 영혼을 보았다. 다른 영혼의 빛 무리보다 더욱 수수한 그 빛은 레이킨의 영혼이 분명했다.

"4단계 영체 완성!"

레이킨은 마나의 무리에 더욱 힘을 가했다. 죽은 영체는 가지런한 빛으로 분해되어 있다. 그것이 방금 죽은 영체처럼 나름대로의 형체를 갖춰야만 육신과 매치가 될 수 있었다.

'흐아압!'

레이킨은 가슴이 터져라 마나를 집중시켰다. 레이킨의 영혼은 불규칙하게 움직였다. 합체가 되는 듯하다가도 이내 흩어졌고, 다시 형체를 이루다가 부서졌다. 어쩌면 불가능한 일이었다. 그것은 신이 제한한 마법의 영역과 같았다. 그 창대한 마나홀조차도 울컥울컥 부작용의 기미를 보였다. 무리하게 지속하다가는 레이킨 자신이 마나 폭사의 비극을 맞을 수도 있었다.

'젠장! 여기까지 와서 포기하진 않는다. 레이킨의 영혼이 가까이 있어. 하다가 중지하면 쪽팔리잖아?'

레이킨은 극한의 파워를 이끌어냈다.

'죽어도 간다!'

쏴아아아!

하늘이 내려앉듯 맑고도 거친 마나의 물결이 레이킨의 영혼으로 조여들었다. 그제야 영체는 조금씩 형체를 갖추기 시작했다.

'해… 냈어!'

기진맥진한 레이킨은 내심 쾌재를 불렀다. 하지만 아직도 끝은 아니었다.

"라스트! 실체와 영체의 결합!"

레이킨은 목이 터져라 외쳤다. 육체는 생생하므로 영체가 걸어 들어가기만 하면 될 일이었다. 그런데 레이킨의 실체로 다가오던 영체가 걸음을 멈췄다.

"……?"

'너는 누구지?'

물끄러미 선 영체가 레이킨을 보고 물었다.

"나?"

레이킨은 별안간 말문이 막혔다. 레이킨이라고 할 수도 없었고 드래곤이라고 할 수도 없었다.

'나는 죽었어. 간절함은 이미 영계의 저편으로 사라졌지. 내 어머니와 아버지, 내가 사랑하던 하이비와 수많은 사람들을 향한 염원도……'

"……"

'혹시 알아? 나의 카드리엔이 어떻게 되었는지? 미라센의 야수들 앞에 짓밟힌 카드리엔. 그곳의 카리온 공작과 라니바, 그리고 영주의 딸 하이비……'

"그들은… 살았어. 그리고 카드리엔을 짓밟은 루에땅과 철혈기사들에게 복수까지 멋지게 해치웠지."

'정말? 무적의 철혈기사들까지?'

"그래. 이제 카드리엔은 벨룬시아뿐만 아니라 대륙 최고의 영지가 되었다."

'어떻게? 어떻게 그 야수들을? 어떻게 그들의 라이호그를?'

"바로 네 앞에 서 있는 내가!"

'네가? 그렇다면 네가 나를 부른 것인가? 소멸되어 가는 슬프고 힘없

는 영혼을?'

"그건 분명하다."

'너는 누구지? 두려움마저 일게 하는 존재……'

영체가 물었다.

"……"

안드레시아는 잠시 주저한다. 알맞은 대답이 궁한 시점이었다.

"그냥 나는 나야."

'네가 내 육체를 원했나? 그래서 나를 죽이고?'

"아니! 네가 죽은 것은 신의 뜻이었다. 하지만 그 사고의 순간에 네 육체를 내가 가진 것은 맞아. 나도 별로 원했던 일은 아니지만……"

레이킨, 아니, 진짜 레이킨의 앞이니까 안드레시아로 불리는 게 맞을 것이다. 안드레시아는 말끝을 흐렸다. 분명 처음에는 원한 일이 아니었다. 엘프의 생을 갖지 못한 것에 대한 원망도 많았다. 하지만 지금은 아니다. 레이킨이라는 인간의 몸을 빌린 것은 멋진 일이었다. 그러니 명백히 잘라 대답하기 어려웠다.

'왜 나를 불렀지? 원하는 게 있어?'

"하이비 때문이야."

'하이비?'

"그녀가 너를 그리워하더군. 육체를 빌린 신세인데다 그녀의 도움을 많이 받았어. 그러니 과거의 너를 보고 싶다는 그녀의 소원을 들어주고 싶었다."

'하이비를… 사랑하나?'

영체가 담담하게 물었다. 원망도 시기심도 없는 음성이었다.

안드레시아는 고심하게 고개를 끄덕였다.

'그렇다면 됐어. 나는 내 육체로 돌아가지 않겠다.'

"……?"

안드레시가 놀라 고개를 들었다. 들어가지 않겠다니?

"왜지? 너도 하이비를 사랑하잖아? 죽어서도 그 간절함이 쉽게 사라지지 않았다고 말했어."

'그건 맞아. 모든 것을 망각했지만 그 하나만은 필사적으로 남겨두었어. 나는 지금도… 하이비를 사랑해.'

영체의 음성이 축축히 젖기 시작했다.

"그런데 왜?"

'사랑하기 때문에 나는 그녀를 만날 수가 없다.'

"그건 또 무슨 궤변?"

'너는 굉장한 존재로군. 대마법사인가? 하지만 사랑에는 아직 멀었어.'

"……."

'나는 그녀를 사랑하므로 그녀의 아픈 기억을 끄집어내고 싶지 않아. 하이비… 어떻게든 과거의 나를 잊고 내 육체를 차지한 네게 익숙해져 왔겠지. 그런데 이제 내가 그녀를 만나서 해줄 것이 뭐가 있지? 그냥 다사롭게 얼굴이라도 만져 줄까? 그건 너도 할 수 있어. 그냥 따스하게 안아줄까? 그것도 네가 할 수 있어. 사랑한다는 말도 네가, 키스를 한다 해도 네가 할 수 있으니까.'

"하지만 나는 몰라. 하이비가 기억하는 너. 그녀의 기억은 온통 너의 과거에서 멈춰 있는 것만 같다구!"

안드레시아가 목청을 높였다. 순간, 온몸에 압박이 느껴졌다. 사력을 다한 리바이브 탓으로 기력이 점점 내려갔다. 마나홀의 끝없는 힘도 약해지고 있다. 바로 육체이탈 덕분이었다. 이탈하면서 충전한 마나의 힘이 바닥을 드러내는 것이다.

'그건 하이비를 기만하는 일이야. 딱지가 앉은 그녀의 상처를 다시 건드리는 일이라구. 이 바보야!'

"어쨌든 나는 내 스스로와 약속했다. 하이비의 소원을 한 번은 들어주겠다고. 그러니 가서 하이비를 만나. 지금쯤 촛불을 켜고 너를 기다리고 있을 거야."

'네가 나고 내가 너야. 그러니 네가 가. 힘들어 보이는군. 하지만 육체에 들어가지 않아도 조금은 더 버틸 수 있겠지? 난 그냥 그녀의 얼굴을 스쳐 가는 바람으로 만족해.'

"망할! 시키는 대로 하란 말이야. 왜 그렇게 말이 많아?"

안드레시아가 버럭 소리를 질렀다.

'허세 부리지 마. 넌 지금 허덕이고 있어. 죽은 나를 현실에 되돌렸다면 제아무리 강력한 마법사라도 버거울 것은 분명해. 어쩌면 지금은 평범한 인간의 능력에도 미치지 못할걸?'

영체가 안드레시아를 똑바로 바라보았다. 그건 맞았다. 몸은 한없이 내려앉고 있었다.

"그러니까 제발 말 좀 들으라구. 그녀가 만든 요리만이라도 함께 먹어주고 나와."

'그 안에 네가 죽을지도 몰라.'

"멍청한! 난 네가 상상하는 것보다 더 큰 능력의 소유자야. 어서!"

'…….'

"부탁이다."

'왜지?'

"그냥. 너처럼 다감하게 사랑하지는 못해도 나도 그녀를 위해 뭔가 하나쯤은 하고 싶어."

'정 그렇다면…….'

영체는 마지못해 육체로 스며들었다. 레이킨의 실체에게서 무지개가 배어 나왔다. 잠시 후, 진짜 레이킨이 일어섰다. 그는 깊은 잠에서 일어난 듯 기지개를 켜며 몸을 움직여 보았다.

"어서 가! 궁정으로 들어가면 왼쪽의 큰 저택이야. 입구에 벨룬시아의 문장과 깃발이 나부끼고 있을 거다. 문장은 너의 것이니 그걸 잊지는 않았겠지?"

"물론이다. 힘들면 언제든 신호를 보내."

"걱정 말고 하이비에게 잘해줘."

안드레시아는 가쁜 호흡을 감추고 간신히 말을 이었다.

제 1 2 장

그레이트 노스토스
(위대한 귀환)

걸음걸이부터 달랐다. 진짜 레이킨의 걸음은 기품이 넘쳤다. 어깨와 가슴을 곧게 펴고 걷는 모습도 달랐다. 그렇게 걸어감으로써 머릿결 또한 어깨와 등에서 보기 좋게 찰랑거렸다.

'젠장! 똑같은 몸인데…….'

안드레시아는 미간을 찡그렸다. 마치 다른 사람을 보는 것 같은, 아니, 진짜 황태자감을 보는 듯한 느낌이었다.

"황태자님!"

막 양 가슴살 고기를 촛불의 바다 속에 올려두던 하이비가 인기척에 돌아보았다.

"……?"

그녀는 숨이 멎을 것만 같았다. 가만히 두 팔을 벌리고 짓는 미소는 근래에 보기 드문 레이킨의 진정한 미소였다.

"나의 하이비!"

레이킨의 목에서 감미로운 음성이 흘러나왔다. 나의 하이비. 언제나 그렇게 부르던 레이킨. 벼락을 맞은 이후로 잊어버렸던 망각의 호칭이 그의 입술에서 꿈결처럼 새어 나왔다.

"레이킨."

하이비도 그만 신분을 잊고 이름을 불러 버렸다.

"어서 와! 보고 싶었어."

레이킨은 천천히 다가왔다. 촛불의 바다가 만드는 숙연한 분위기 따위는 문제되지 않았다. 불가능이, 소원보다 간절한 비원이 환상도 아닌 현실로 이루어지는 순간이었다.

"레이킨… 황태자님."

"레이킨. 그냥 레이킨."

"레―이―킨."

레이킨의 두 손이 하이비의 뺨으로 옮겨왔다. 눈덩이를 부드럽게 쓰다듬은 손은 뺨을 어루만지다 턱까지 내려왔다. 그런 다음 크로스 키스를 했다. 이마와 양볼, 그 다음에 입술에서 끝나는 레이킨의 익숙한 키스. 별로 대단할 것도 없지만 하이비는 숨이 멎을 것만 같았다.

"이제 기억이 돌아온 건가요?"

하이비의 얼굴은 눈물로 범벅이었다. 레이킨은 고개를 끄덕였다.

"이게 말씀하시던 선물이군요. 너무 멋져요."

"나도."

레이킨이 부드럽게 미소 지었다.

"너무 좋아요. 식사를 해요. 포도주도 준비했어요."

하이비가 레이킨을 끌어당겨 테이블에 앉혔다. 그녀는 양 가슴살을 보기 좋게 썰어 레이킨의 입에 넣어주었다. 더없이 명랑해 보였다. 미소 또한 더할 수 없이 밝아 보였다. 안드레시아 앞에서의 미소보다 더 맑고 싱싱했다.

'으헉!'

창틈으로 지켜보던 안드레시아는 온몸에 가해지는 압박의 강도가 불규칙적으로 강해지는 것을 느꼈다. 안드레시아는 레이킨을 부를 때가 지났음을 알았다. 하지만 말이 나오지 않았다. 그녀가 저토록 행복해하는 표정을 본 적이 있던가? 스스로 묻고 고개를 저었다.

'저것이 진정한 하이비와 레이킨의 모습이다.'

보기가 좋았다. 방해할 엄두가 나지 않았다. 아니, 영원히 저 행복을 지켜주고 싶었다. 저토록 사랑하는 레이킨을 낯선 모습으로 지켜본 하이비의 나날은 얼마나 아팠을까? 게다가 모든 것이 미션으로 비롯된 일이었다. 미션 때문에 레드 일족의 음모가 개입되었고, 그래서 안드레시아는 레이킨의 몸을 빌리게 되었다. 따지고 보면 모든 것이 자신으로부터 비롯된 일이었다.

'이제 또 그녀에게서 레이킨을 뺏어야 한단 말인가?'

'그래야지. 미션이다. 시간이 더 지나면 넌 어리석은 블랭크 노스토스가 될지도 몰라.'

'그래도 싫다. 나는 레이킨이 아니야.'

오만 가지 잡념이 머릿속에서 충돌했다. 이기심과 사랑이었다. 두 단어를 떠올리며 안드레시아는 허탈하게 웃었다. 사랑이라니? 그 가치관에 이토록 몰입하다니? 평범한 인간보다 더 인간적으로…….

'어헉!'

흉곽 전체를 둘러싼 통증이 지진처럼 밀려 나왔다. 가슴에서 출발한 고통은 마나를 증폭시키는 몸의 마디 부분에서 더욱 극렬하게 버둥거렸다. 마침내 안드레시아는 한계에 도달한 것이다.

'페루메시아!'

가쁜 숨을 토하며 먼 고향을 생각했다. 인간은 죽음에 이르러 고향을 바라본다고 했다. 드래곤은 그렇지 않았지만 어느새 인간의 본성에 물든 것일까?

'어쩌면 때가 온 건지도 모르지. 레이킨의 몸을 빌려 그동안 인간 세상에서의 유희를 즐겼다. 그것은 극적이었고 인간의 소중한 가치를 많이 배웠다.'

안드레시아는 중얼거렸다. 사필귀정이다. 모든 일이 자신으로부터 비롯되었다면 레이킨에게 육체를 돌려주는 것은 당연한 일이다. 안드레시아로서는 비록 미션에 실패한다고 해도 인간의 대륙을 떠날 의무도 있었다. 왜냐하면 레드 족의 음모를 알릴 길이 없기 때문이었다.

'나 하나의 영광보다는 하이비와 레이킨의 사랑, 그리고 페루메시아의 안녕이 더욱 소중하다.'

레이킨과 하이비의 정다운 모습을 보며 안드레시아는 결심을 내렸다.

'돌아간다. 블랭크 노스토스가 될지라도!'

그레이트 노스토스(Great Nostos)!

블랭크 노스토스(Blank Nostos)!

모든 드래곤이 치욕으로 여기는 블랭크 노스토스. 안드레시아도 그것을 두려워했지만 막상 결심을 하고 나니 그렇게 문제가 되진 않았다.

하이비는 행복해 보인다. 진짜 레이킨이 있으니 염려할 일은 없었다. 어버이가 되어준 카리온과 라니바도 황궁을 지키고 있고 머잖아 통일된 대륙의 진정한 대제가 될 것이다.

카드리엔에는 마윈이 있다. 키노 역시 급성장하고 있다. 걸쭉한 사나이의 매력을 발산하는 체로키 또한 한 축이 되어 벨룬시아의 명예를 드높일 것이다.

　마법으로 친다면 앞으로 메디토스를 능가할 마법사는 영원히 나오지 않을 것이다. 그의 몸 안에 마나홀이 싱싱하게 너울거리는 한.

　그동안 몸을 빌려준 레이킨이라면 더욱 걱정할 것이 없었다. 그의 안에는 마나홀이 두 개나 성성하게 이글거리고 있다. 그것은 레이킨이 다음 대의 황제가 되면 더욱 영명한 군주가 될 것이라는 보장에 다름없었다.

　'멋지지 않나, 안드레시아? 비록 미션을 이루지는 못했지만 그 밖의 소중한 것들을 모두 이루었다. 레드 족의 음모도 알았고 인간의 소중한 가치도 알았으니……'

　게다가 하이비에겐 정말 멋진 선물이 될 것이다. 그녀가 모르긴 하겠지만 진정한 사랑은 대가를 바라지 않는 것이라 했다.

　레이킨은 마지막 남은 힘으로 룬 문자를 영혼에 각인시켰다. 그것 역시 극악의 고통이었지만 마취와 마비를 번갈아 걸며 끝장을 보았다. 그것은 레드 족의 음모와 관련된 모든 기록이었다. 이렇게 하면 블랭크 노스토스를 이룰지언정 로드 슈엘룬이나 파이로칼이 레드 일족의 음모를 알아차릴 것이다.

　'마지막 숙제가 남았군. 카이플로 말이야.'

　안드레시아는 메디토스를 구해주었던 영면의 호리병을 보았다. 이 안에 카이플로를 넣어버릴 수도 있다. 하지만 고개를 저었다. 카이플로는 역시 죽어야 마땅했다. 안드레시아는 허덕이는 호흡을 참으며 일어섰다. 마지막 마법을 룬 문자 조각에 털어 넣으면서 기력은 바닥이 났다. 레이킨은 안광만을 번득이며 바이폰을 향해 움직였다.

　달콤한 꿈에 젖어 있던 레이킨의 곁에서 촛불이 하나 꺼졌다. 바람도 일지 않는데 기이한 일이었다. 그제야 레이킨은 시간이 너무 지났음을 알았다.

"왜요?"

당혹해하는 레이킨을 보고 하이비가 고개를 들었다.

'목숨보다 그리운 하이비를 만나다 보니 시간이 너무 지체되었다.'

레이킨은 자리에서 벌떡 일어섰다.

"왜 그러세요, 황태자님?"

하이비가 외쳤지만 레이킨은 대답도 않고 뛰었다. 밖으로 나오자 별빛이 찬란하게 내리쬐였다. 레이킨은 황급히 주변을 살폈다. 보이지 않았다. 진짜 육체가 아닌 안드레시아였으니 인기척을 느끼기 어려웠다. 레이킨은 자신의 가슴에서 벅찬 일렁임으로 홍홍거리는 마나홀을 보았다. 눈에 보이는 것은 아니었지만 어떤 느낌은 왔다. 그것에 익숙해진 후에 다시 사방을 보았다.

'저기다!'

다행히 안드레시아의 궤적이 느껴졌다. 그에게도 마나홀의 흔적이 희미하게 흘러나왔다. 레이킨은 멀어지는 궤적을 따라 전력으로 질주했다.

"황태자님!"

영문도 모른 채 따라오던 하이비는 풀썩 대지에 쓰러졌다. 하지만 다시 일어나 힘껏 뛰었다. 별안간 알지 못할 불안이 하이비의 온몸을 엄습해 왔다. 너무 깊은 행복은 불행의 시작이다. 하이비는 고개를 저었다. 그런 불행은 두 번 다시 맞이하고 싶지 않았다.

"카이플로!"

안드레시아는 잠든 카이플로를 깨웠다. 카이플로는 눈을 뜨면서 살광을 느꼈다. 안드레시아의 손에 들린 투박한 대거 때문이었다.

"……?"

카이플로는 일단 뒷걸음질쳤다. 안드레시아의 기세가 심상치 않았던 것이다.

"흥분했군. 아니, 그런데 몸은 왜 그 모양이지?"

"그럴 일이 있어."

안드레시아는 호흡을 절제했다. 카이플로에게 허덕이는 모습을 보여 주고 싶지 않았다.

"정말 하산드라님을 살리려고 리바이브 마법을 실행했어?"

"리바이브를 쓴 것은 맞아."

"푸웃! 아주 만신창이가 되었군. 하긴 오죽하면 대 드래곤이 인간의 대거 따위를 들고 있으려고."

"아무렇게나 입을 놀려라."

안드레시아는 차갑게 응수했다. 말장난을 할 생각은 애당초 없었다.

"대체 무슨 일이 일어난 거지?"

"한 가지는 명백해. 우리는 함께 페루메시아로 돌아간다."

"페루메시아? 미션을 이룬 것 같지는 않은데?"

"맞았다. 미션은 포기한다. 너희 레드 족의 음모를 종식시키기 위해."

"무슨 멍청한! 블랭크 노스토스가 되어서는 미션 중에 일어난 일을 알 릴 방법이 없어."

"그럴까? 그럼 이건 어때?"

안드레시아는 자신의 영혼의 단면을 펼쳐 보였다. 그 안에 적힌 룬 문 자가 카이플로의 시선을 박차고 들어왔다.

"망할 놈. 그렇게까지?"

"덕분에 고마웠다. 비록 그레이트 노스토스의 영광은 얻지 못하지만 아주 값진 유희였다. 너희 레드 족의 장난이 아니었으면 나는 정말 엘프 들의 땅인 켄디다나 아일랜드에 떨어졌을지도 모르지. 그랬다면 정말 무료해서 죽었을 거야. 비록 제아무리 쉬운 미션이 걸렸다고 해도."

"미쳤구나. 인간 세상에서 완전히 미쳤어."

"어쩌면 그럴지도 모르지. 그런 너는 가련하구나. 이 소중한 인간들의 세상에서 너를 미치게 할 멋진 인간을 하나도 만나지 못했단 말이냐?"

"멋진 인간?"

안드레시아가 묻자 서징이 카이플로의 뇌리에 스쳐 갔다. 절체절명의 시기에 자신에게 손을 내밀어준 고결한 인간.

"있긴 있었던 모양이군."

"그래. 네게 패하고 라세니아의 황궁으로 달아났을 때 네가 마주친 벌거벗은 여자. 그 여자라면 그 축에 넣을 만했다. 다들 외면하는 나를 위해 자신을 던졌으니까. 알파치안이라는 인간의 기사도."

"알파치안은 죽었다."

"알고 있어. 서징이라는 여자도 죽어. 인간은 기껏해야 100년을 사는 하등존재니까."

"인간이 다 하등한 것은 아니다. 드래곤보다 높은 기상과 가치를 가진 사람도 많아."

"헛소리!"

"네가 알 리 없지. 인간의 높은 가치관은 드래곤이라고 해도 다 담을 수 없는 것."

"그만 하시지."

"벨룬시아의 현자 타르곤이 말했다. 인간은 제아무리 초라한 존재라도 누구나 삶의 미션을 가지고 태어난다고. 그건 아나?"

"헛소리야."

"벨룬시아와 미라센의 연합군이 지금 이오카닉으로 질주하고 있다.

곧 수도 카오스가 함락될 거야.”

“그런 건 상관없어.”

“거기 네 아버지 겔링이 있는데도?”

“겔링이 아니라 나를 구해준 서징의 목을 친대도 상관없다! 모든 인간은 도구에 불과해!”

카이플로는 발악하듯 소리쳤다. 그로서는 한 치의 동의도 하고 싶지 않았다.

“너라면 그렇겠지. 목적만을 위해 폭력을 휘두르는 무가치한 놈.”

“두고 봐라. 어떻게든 마법을 회복하여 세상을 쓸어버릴 테니.”

“허황된 꿈이다. 어쨌든 우리는 이 밤에 페루메시아로 돌아갈 것이다. 그러니 네게 몸을 빌려준 바이폰 공자에게 마지막으로 감사의 묵념이라도 올려라. 너를 구해준 여자 서징에게도.”

“무슨 헛소리야? 네 미션이 Kill이라도 되는 줄 아나? 그건 내 미션이야.”

“카이플로!”

안드레시아의 음성이 냉광을 뿜어댔다.

“…….”

“다시 말하지만 미션은 끝났다.”

안드레시아는 대거를 거머쥐었다. 더는 시간을 끌 기력이 없었다.

“네 미션은 관용이야, 관용!”

바이폰은 뒷걸음질쳤다.

“미션은 끝났다고 말했지?”

안드레시아의 팔이 빠르게 허공으로 치솟았다. 그의 대거는 오롯이 카이플로의 심장을 겨누었다. 이제 벼락처럼 낙하하면 끝이었다.

“가자! 카이플로. 우리들의 페루메시아로! 드래곤은 드래곤의 세계로,

인간은 인간의 대륙에서!"

후웅!

마침내 안드레시아의 대거가 바람을 갈랐다.

'관용(The Generosity)!'

찰나의 순간 속에서 미션의 명제가 떠올랐다.

"네 그릇에 담을 수 없는 크기를 담을 때 그게 관용이다."

타르곤의 잔잔한 음성이 끈적하게 기억으로 침수되었다. 담을 수 없는 것. 다른 것은 몰라도 카이플로는 용서할 수 없었다. 두 번을 죽여도 시원치 않을 드래곤이 아닌가?

"죽엇!!"

이제 대거의 칼끝은 카이플로의 심장에 가까웠다.

네 그릇에 담을 수 없는.

네 그릇에 담을 수 없는 크기.

네 그릇에 담을 수 없는 크기를 담을 때 그게 바로 관용이다.

담을 수 없는 것. 카이플로를 살려주는 것. 그것만은 신의 제의라고 해도 거부하고 싶었다.

'레이킨 황태자님!'

하이비가 스쳐 갔다.

'레이킨 공자님!'

키노도 스쳐 갔다.

'크하핫! 창녀의 똥구멍 같은 놈을 죽여 무엇에 씁니깝쇼?'

체로키의 호방한 웃음소리.

'당신은 최고의 마법사였습니다.'

마윈과 메디토스의 꾸밈없는 미소.

'최고의 복수는 용서라지요.'

마지막으로 라니바와 타르곤의 모습이 스쳐 갈 때 안드레시아는 보았다. 비굴하리만치 생명에 집착하는 카이플로의 비겁한 눈빛. 어쩌면 죽일 가치조차 상실한 목숨이 거기 있었다.

'용서… 한다. 죽일 가치도 없으므로.'

마침내 안드레시아의 대거는 카이플로의 심장을 살짝 벗어나고 있었다.

"미친놈. 내 차례야!"

그 순간, 비열한 미소로 돌변한 카이플로가 혼신의 힘을 다해 발현한 파이어 소드 마법으로 레이킨의 심장을 들이쳤다.

푸화아악!

파이어 소드가 레이킨의 심장에 닿는 동시에 천지를 녹일 듯한 섬광이 일었다.

"으헉!"

카이플로는 파이어 소드를 거두며 울컥 피를 토했다. 안드레시아의 궤적을 쫓아 따라온 레이킨이 먼 거리에서 장검을 날려 그의 심장을 관통한 것이었다. 그것으로 끝이 아니었다. 레이킨이 떨군 영면의 호리병 뚜껑이 열리면서 카이플로는 그 안으로 빨려 들어갔다. 영원한 미아가 된 것이다.

섬광! 섬광! 섬광!!

엄청난 섬광은 레이킨과 하이비의 눈을 무용지물로 만들었다. 어떻게 된 것인가? 레이킨과 하이비는 눈을 뜨려 했지만 섬광은 더욱 창대한 폭음과 함께 하늘로 치솟았다.

"위험해!"

레이킨은 몸을 던져 하이비를 덮쳤다. 폭음 안에서 또 하나의 폭음이 일면서 안드레시아와 카이플로의 형체가 폭사하고 있었다.

크워어어어!

"⋯⋯?"

레이킨은 간신히 고개를 들어 포효를 들었다. 천둥이 치는 듯한 그 소리는 명백히 드래곤의 포효였다.

"실버 드래곤?"

레이킨은 입을 다물지 못했다. 태산보다 큰 실버 드래곤의 환영이 은빛의 장엄함으로 밤하늘을 뒤덮고 있었다.

"드래곤이에요!"

이오카닉의 마지막 방어선인 수도 카오스를 향해 야공을 퍼붓던 키노가 하늘을 바라보았다. 공방을 주고받던 양쪽 병사들은 모두 공세를 멈춘 채 하늘로 시선을 돌렸다. 금세라도 세상을 끝장낼 것 같은 드래곤의 위용에 숨이 멎을 것만 같았다. 저 드래곤은 누구의 편인가? 이오카닉의 국왕 켄트롤은 행여나 하는 요행수를 바랐지만 드래곤은 그저 묵묵히 전선을 바라볼 뿐이었다.

'은빛 드래곤. 황태자님이시다.'

키노는 속으로 중얼거렸다. 황궁에서 케스민 기사와 아리안느를 두고 영혼의 촛불을 태울 때 보았던 환상과 똑같은 드래곤이었다. 키노의 가슴에 별안간 한없는 격랑이 일었다.

"메디토스님!"

키노는 울먹이는 목소리로 메디토스를 돌아보았다.

"⋯⋯."

메디토스는 말이 없다. 그 역시 수심이 가득 드리워질 뿐.

"마윈 영주님!"

"……."

마윈 영주도 답하지 않았다. 다만 톡시리안을 쥔 손이 파르르 떨렸다.

크워어어!

안드레시아의 환영은 대륙이 떠나가라 한 번 더 포효했다. 그 눈빛은 대륙의 네 곳을 차례로 돌아보았다. 제일 먼저 카드리엔이었고, 그 다음에는 라세니아의 하이비와 레이킨이었다. 천천히 벨룬시아의 황궁을 돌아본 안드레시아의 시선에 카리온과 라니바의 모습이 들어왔다. 마지막으로 처절한 전투가 벌어지고 있는 이오카닉의 수도 카오스였다. 전투는 힘에 겨워 보였다. 사력을 다하는 이오카닉의 방어선은 쉽게 뚫리지 않았다. 국운이 걸린 마지막 승부이기 때문이었다.

하지만 안드레시아는 믿었다. 곧 저들의 방어선을 뚫고 마윈과 메디토스, 키노와 체로키 등이 카오스에 입성할 것을. 안드레시아는 인간의 대륙에 작별을 고하듯 날갯짓을 펄럭이고는 서서히 형체가 흩어지기 시작했다.

'인간들이여! 안녕! 그대들 덕분에 나는 그레이트 노스토스를 이루었다.'

안드레시아는 라이호그 드림 아처와 함께 용맹하게 진격하는 키노를 보았다. 하이비는 레이킨의 품에 안겨 있었다.

'사랑해.'

안드레시아는 마지막으로 인간의 언어를 사용했다. 그리고… 그것으로 인간의 대륙에서 영원히 사라져 갔다.

"황태자님. 어떻게 된 일이죠? 황태자님은 가만히 있는데 사랑한다는 말이 귓전에 들려요. 너무나 감미롭게요."

라세니아에서 창공을 바라보던 하이비가 레이킨에게 기대왔다. 레이킨은 아무 말도 없이 하이비를 안아주었다. 무슨 일이 일어났는지를 알려면 시간이 걸릴 것 같았다. 다만 한 가지는 분명했다. 뭔가 거대한 힘이 카드리엔과 벨룬시아에 축복을 내린 것이다. 물론 레이킨과 하이비의 사랑에도.

'레이킨 황태자님이 떠났다.'

카오스를 들이치던 수많은 사람들 중에서 적어도 세 명은 그런 결론을 내렸다. 바로 키노와 마윈, 메디토스였다.

"벨룬시아의 영광을 위해 가자!"

허덕이던 정벌군들은 마윈의 함성을 들었다.

"카드리엔의 영광으로!"

키노 역시 검을 뽑아 들고 목이 터져라 외쳤다.

"진정한 나의 마법 스승이여! 당신이 가는 길에 영광을. 메테오 스트라이크!!"

메디토스 역시 비장함을 달랠 길이 없었다.

쾅콰앙!

인간은 의지의 동물, 인간은 감정의 동물. 이미 클래스 나인에 들어선 메디토스였지만 울컥하는 마음을 실은 메테오는 더욱 장렬하게 성벽을 강타했다.

"으아악!"

비명과 함께 성벽이 무너지기 시작했다. 너무나 견고하여 끄떡도 하지 않던 성벽. 그래서 수많은 희생을 치르면서도 큰 성과를 내지 못하던 마윈의 연합군에게 승기가 넘어오는 순간이었다.

"유노! 드림 아처들이여! 황태자님을 위해 가자!"

"와아아!"

반 이상 희생된 드림 아처들이 라이호그의 고삐를 거칠게 잡아챘다.

"드림 아처가 간다. 이 망할 놈들아! 애들을 엄호해! 쪽팔리지도 않나?"

체로키가 울프를 폭풍처럼 휘두르며 소리쳤다.

촤라락!

라이호그에 앞서 성벽에 화살비가 쏟아졌다. 키노는 드림 아처의 등 뒤에 타고 함께 성벽으로 솟구쳤다.

"으아앗!"

키노의 검광이 불꽃을 뿜었다. 아무것도 보이지 않았다. 어쩌면 다시는 레이킨을 볼 수 없다는 생각이 들었다. 악다구니 하나로 버텨오던 자신에게 기사의 영광을 준 레이킨. 사랑하는 아리안느를 지킬 수 있도록 배려해 준 레이킨.

'나의 진정한 주군이시여!'

야수보다 맹렬한 키노의 공세와 라이호그 드림 아처들의 분전은 적의 예봉을 무너뜨렸다.

"아아악!"

하지만 드림 아처의 희생도 컸다. 키노의 곁에서 쉴 새 없이 화살을 날리던 드림 아처들이 하나둘 가슴이 꿰뚫리며 쓰러져 나갔다.

"진군! 드림 아처들의 희생을 헛되이 말라!"

마윈이 선봉에서 치고 나왔다. 메디토스의 마법은 성문을 겨누었다. 레이킨은 이런 때 어스 퀘이크를 즐겨 사용했다. 성문을 좌우상하로 흔들어 무너뜨리는 전법. 그러나 메디토스는 1+1=1의 마법을 쓸 수 없었다.

'그렇다고 해도!'

메디토스는 연거푸 성문에 어스 퀘이크를 발현시켰다. 메디토스의 집넘은 마침내 성문을 무너뜨리기에 이르렀다. 그 틈을 비집고 마윈이 치고 들어갔다. 체로키와 킬리안, 케스민과 마딕스도 사력을 다해 마윈의 옆을 휘저었다.

"철혈기사들이여! 함께 가자!"

루에땅 역시 철혈기사와 병사들을 이끌고 무너진 성벽을 공략했다. 사다리가 걸쳐지고 이동식 나무탑이 성벽에 닿으면서 미라센의 병력들도 기세를 올렸다.

"으아악!"

분전하던 철혈기사 둘이 비명을 지르며 넘어갔다. 왼편에서 날아온 발리스타의 화살이었다. 루에땅은 발리스타를 향해 몸을 날렸다. 두 기사와 병사들이 달려들었지만 그 정도로는 루에땅을 막을 수 없었다. 기사의 목을 날린 루에땅은 훌쩍 솟구쳐 발리스타를 겨눈 이오카닉의 병사를 죽였다.

하지만 그도 등판이 뜨끔함을 느끼며 돌아섰다. 등 뒤에서 날아온 발리스타의 화살 세 발이 등에 명중되어 있었다.

"백작님!"

철혈기사 하나가 질주해 왔지만 그 역시 두 발의 발리스타 화살을 맞으며 허공에서 풀썩 자지러졌다. 루에땅은 기어이 자신을 쏜 궁수들을 도륙했다. 허덕이던 그는 다시 허벅지를 파고드는 화살을 느꼈다. 마지막 남은 발리스타가 눈에 들어왔다. 루에땅은 자신의 검을 던져 발리스타를 쏘아대던 궁수를 잠재웠다.

"백작님!"

미라센의 병사들이 달려와 루에땅을 감쌌다.

"그냥 두어라. 전장을 보고 싶다."

루에땅은 담담하게 말했다. 이미 삶과 죽음을 뛰어넘은 표정이었다.

미라센의 병사들은 눈물을 머금고 시선을 터주었다.

"멋지구나. 승리하는 전장에서 죽을 수 있다니. 이것이야말로 기사의 명예가 아닌가?"

루에땅은 성을 향해 질주하는 마윈의 기병들을 보며 웃었다.

'마윈. 멋진 사나이지.'

그 이름을 곱씹었다. 루에땅은 질풍처럼 적의 기병을 헤집는 마윈을 바라보며 서서히 넘어갔다.

"백작님!"

미라센의 병사들이 통곡을 토했다.

"싸워라. 그대들은 미라센의 자랑이다. 부끄럼없는 전투를……."

루에땅은 그 말과 함께 울컥 피를 토하며 숨을 거두었다.

"미라센의 루에땅 백작이 발리스타에 맞아 절명했답니다."

기병 둘이 달려와 마윈에게 급보를 전했다.

"저런!"

마윈은 성루를 바라보았다. 측면을 공격하는 그의 병사들이 눈에 들어왔다. 미라센의 병사들은 옷을 찢어 만든 조악한 백기로 루에땅의 넋을 기리며 사투를 벌이고 있었다.

'부디 명복을!'

마윈은 톡시리안을 가슴에 대며 루에땅의 명복을 빌었다. 비록 적이었지만 심지가 굳은 기사였다.

"진군! 앞으로!"

성문을 확보한 마윈의 명이 떨어졌다.

두두두두!

6할 정도가 살아남은 기병들이 물밀듯이 입성하기 시작했다. 마윈은 보았다. 여기저기서 기세를 올리는 정벌군의 위용을. 드림 아처들과 루에땅의 분전으로 팽팽하던 승부는 정벌군 쪽으로 기울었다. 이렇게 오른 사기를 꺾을 군대는 세상에 없었다.

콰앙콰앙콰앙!
성문을 확보한 메디토스는 수도 카오스에 거대한 선더 스톰을 박아주었다. 성벽의 수비가 무너진 카오스의 궁정은 이제 그 운명이 바람 앞의 등불이었다.
“성문이 뚫렸습니다. 성벽이 무너지며 적들이 입성하고 있습니다.”
기사가 달려와 켄트롤에게 급보를 전했다.
“이런 망할!”
이오카닉의 국왕 켄트롤은 땅을 쳤다. 대륙의 통일을 눈앞에 두고 희희낙락하던 때가 엊그제였다. 그런데 이 짧은 시간에 수도의 방어선까지 무너진 것이다.
“겔링 후작께서 자결하셨답니다.”
황급히 달려온 남작이 또 다른 비보를 전해왔다.
“…….”
켄트롤은 할 말을 잃었다. 어쩌면 겔링이 현명한 것인지도 모른다는 생각이 들었다.
“피하시죠.”
남작은 다급하게 말했다.
“피해? 어디로?”
켄트롤의 입에서 무거운 한숨이 새어 나왔다. 세상이 온통 벨룬시아의 것이니 갈 곳이 없었다.
“그럼 항복을?”

"되었다. 수많은 병사를 죽게 한 내가 이제 와서 한 목숨을 부지하자
고 항복을 하다니…….”
"……”
"후우!”
긴 심호흡을 토해낸 켄트롤은 선왕들의 초상화 앞에 서서 장검을 빼
들었다.
'용서하소서! 대륙은 이제 벨룬시아의 것이 되었습니다.'
켄트롤은 장검을 자신의 심장에 겨누었다. 그런 다음 힘껏 몸을 기울
였다. 장검은 등뼈를 뚫고 나와 핏방울에 젖어가고 있었다.

카오스로 진입한 마윈의 연합군은 마지막으로 적의 주력군 지휘부와
대치했다. 어느 제국이나 진실한 충신은 존재하는 법. 이오카닉의 마지
막 충신은 후작의 아들 디오켄스 기사였다. 그는 투항하지 않고 끝까지
기병 200기를 이끌고 마윈과 충돌했다.
"덤벼라! 전부 박살 내주시마!”
체로키는 기병의 선봉에서 200기의 적을 초토화시켰다. 디오켄스는
마윈과 맞섰다. 이제 그의 곁에 남은 기병은 하나도 없었다.
"투항하라! 그대의 기개를 높이 사는 바이다.”
마윈이 그와 자웅을 겨루며 말했다.
"나는 이오카닉의 기사다. 국왕의 명 이외에는 듣지 않는다.”
"그대의 국왕은 이미 죽었다.”
"그렇다면 나 또한 죽어야 마땅할 일.”
카앙!
디오켄스의 공세는 무서웠지만 마윈의 상대가 되지는 못했다. 마윈은
명예로운 적장에 대한 예우로 단숨에 그의 목을 쳤다.

“크헉!”

디오켄스가 말 위에서 떨어졌다. 그의 목은 반 이상 잘려 있었다.

“와아아!”

“벨룬시아 만세!”

“미라센 만세!”

마침내 승리를 쟁취한 정벌군의 무리에서 벅찬 함성이 터져 나왔다. 마윈은 피를 흘리는 왼팔을 거머쥔 채 웃는 키노를 감싸 안았다. 키클롭스의 위에서 땀으로 범벅이 된 유노가 감격의 눈물을 훔치고 있었다.

제 1 3 장

대륙통일

그레이트 노스토스.

미션에 성공한 안드레시아는 마침내 페루메시아의 매직 게이트를 통해 귀환했다. 귀환의 징조를 느끼고 도열한 드래곤들은 안드레시아가 나오자 환호의 메아리를 마법 연주로 울려주었다.

"축하해, 안드레시아! 최단기 그레이트 노스토스 아니야?"

"미션은 뭐였지? 역시 엘프가 됐었나?"

드래곤들은 안드레시아를 둘러싸고 질문 공세를 퍼부었다.

"난 오크가 되었어요. 미션은 관용이었는데 오크 족을 죽이려는 트롤들을 살려준 까닭에 미션을 이룬 것 같습니다."

안드레시아는 거짓으로 둘러댔다.

드래곤들의 틈에는 레드 일족도 끼어 있었다. 그들은 침묵을 지키며 안드레시아의 반응을 주시했다. 안드레시아는 레드 일족에게 특별히 반가움을 표시했다.

"카이플로는 잘 떠났나요? 아직 돌아오지 않았죠?"

"응? 응. 아직."

에인션트 레드 드래곤인 투산이 더듬거리며 대답했다. 하산드라를 제외한다면 그가 레드 일족의 수장에 해당됐다.

"하하! 너무 염려하지 마세요. 아마 곧 미션을 이루고 돌아오겠죠."

안드레시아는 오히려 그들을 위로해 주었다.

"안드레시아!"

로드 슈엘룬은 다른 드래곤들이 인사를 마친 후에야 모습을 드러냈다. 안드레시아는 달려가 로드의 품에 안겼다.

"제법 성숙한 티가 나는구나. 장하다. 미션을 이루다니."

"하하! 모두 파이로칼님과 하산드라님의 가르침 덕분이었어요. 페루메시아를 떠나니 그분들의 가르침이 얼마나 유용한지 알 것 같더라고요."

"안드레시아, 섭섭하구나. 나는?"

멋쟁이 드래곤 헤이샤가 팔짱을 끼며 입술을 삐죽거렸다.

"뭐 저는 인간이 된 게 아니기 때문에 인간사는 별로였다죠. 인간이 되기를 갈망한 것은 카이플로였으니 그라면 몰라도……."

안드레시아는 어깨를 으쓱해 보였다.

"가자! 그동안의 이야기도 들어야 하고 또 쉬기도 해야지. 미션을 이루면 한동안 심리적인 공황이 오기도 하니까 다시 드래곤의 일상에 익숙해질 훈련을 할 필요가 있어. 내일은 범 드래곤적인 연회를 열어주마."

파이로칼이 안드레시아의 어깨를 잡아끌었다.

"그래. 정말 오크가 된 것이냐? 그건 좀 특별한 케이스로구나. 냄새 좀 맡았겠는걸."

슈엘룬은 마나의 성찬으로 안드레시아를 환영해 주었다. 허공에 펼쳐진 환상의 촛불이 인상적이었다.

"맞아. 최근에는 인간과 엘프의 미션이 많았는데 이상하구나. 다른 종족들은 크게 배울 것이 없어서 말이야."

함께 자리한 파이로칼도 고개를 갸웃거렸다. 그야말로 미션을 관장하는 두 드래곤의 하나였으니 그럴 만도 했다.

"그게 무슨 대수인가요? 그레이트 노스토스를 이룬 것이 중요하지."

안드레시아는 마나의 성찬을 먹으며 매직 레터링(Magic Lettering)으로 슈엘룬의 발등에 룬 문자를 썼다.

제 말을 잘 들으세요. 저는 인간으로 미션을 이루었습니다. 하지만 매직 게이트를 빠져나가자마자 커다란 문제에 봉착해서 하마터면 죽을 뻔했습니다. 레드 일족들이 수작을 부려 제 마법을 뒤틀어놓았거든요.

안드레시아는 저간의 사정을 빠르게 전달했다. 파이로칼에게도 그랬다.

이렇게 조심해야 할 이유는 하나였다. 작당한 레드 일족들이다. 그러니 에인션트 드래곤인 투산이 손을 놓고 있을 리가 없었다. 드래곤들에게 엿보기 마법은 마법의 축에도 들지 않았으므로.

정말이냐? 이것은 아주 중요한 일이다.

슈엘룬의 답글이 발등에 이어졌다. 파이로칼은 짐짓 모른 척하면서 성찬을 즐기고 있었다.

하산드라가 사라졌을 거예요. 그가 인간의 세상으로 내려왔어요.

안드레시아는 슈엘룬과 파이로칼의 발등에 동시에 적어 내려갔다. 파이로칼의 얼굴이 심하게 일그러졌지만 이내 다시 평정을 되찾고 웃어 보였다.

어쩐지 요즘 들어 그가 보이지 않았어. 레드들이 한결같이 중요한 일을 수행 중이라기에 수상쩍게 생각하던 차였다.

하산드라가 저를 죽이려고 했어요. 하지만 제가 해치웠어요.

네가 하산드라를?

성찬을 즐기는 척하던 슈엘룬과 파이로칼의 손이 동시에 멈췄다.
"허허! 맛있구나. 역시 식사는 아들과 하는 게 제격이야. 그동안 사실은 꽤나 적적했다."
"그건 로드님의 말이 맞다. 인간처럼 외로움을 타다니 말이야."
파이로칼이 슬쩍 맞장구를 쳤다. 그사이 안드레시아는 열심히 글자를 써나갔다. 큰 테이블 인데다 고상한 테이블 보가 바닥까지 닿고 있었으니 엿보기도 불가능한 곳이었다.

어떻게? 그건 믿을 수가 없구나. 하산드라는 에인션트 드래곤이야.

슈엘룬이 물었다.

카이플로에게 패배한 후에 인간들의 아티팩트를 찾아냈어요. 그것으로 카이플로를 해치웠는데 그때…….

　안드레시아의 보고는 계속되었다. 결국 그렇게 해서 선조인 실버 드래곤 페키스의 리치와 맞섰던 일도, 던전에서 하산드라와 악몽의 결전을 벌인 것도 소상히 전달했다.

　레드들이 기어이 속내를 드러냈구나.

　맞습니다. 이따금 냉소적이긴 했어도 이런 음모까지 꾸밀 줄은 몰랐습니다. 게다가 드래곤의 신성인 미션을 이용하다니 결코 용서할 수 없습니다.

　파이로칼은 당장 응징을 주장했다.

　당장은 안 돼. 다행히 안드레시아가 재치껏 이런 방법으로 진실을 알렸으니 오늘은 넘어가자구. 그런 다음에 귀환 연회를 열어 그 자리에서 해결한다. 그렇지 않으면 일부가 달아날 수도 있다. 그건 드래곤들의 평화에 좋지 않아. 다른 드래곤들을 부추기거나 선동하기라도 하면.

　그렇군요. 좋은 생각입니다.

　"자! 마음껏 먹어라. 과연 내 아들이다."
　마지막에 이르러 슈엘룬은 목청을 높였다. 안드레시아의 우려대로 슈엘룬의 조촐한 환영장을 지켜보던 매직 아이즈(Magis Eyes)가 허공에서 스르르 사라지고 있었다.

연회의 통지가 모든 드래곤에게 날아갔다. 꽃술을 타고 날아온 통지는 드래곤들의 궁전이나 레어에 내리면서 언어로 변했다.

"로드 슈엘룬께서 안드레시아의 귀환을 축하해 연회를 엽니다. 모두 참석하세요!"

언어는 두 번을 반복하고는 엷은 빛으로 명멸해 갔다.

"어떻게 하지?"

레드의 수장으로 남은 투산이 두 레드 드래곤을 바라보았다. 그들은 밤을 새워 대책을 논의했다. 하산드라가 돌아올 시간은 이미 지나 버렸다. 애타게 기다리던 차였지만 매직 게이트를 넘어온 것은 뜻밖에도 안드레시아였다.

"일단 연회에 참석하죠. 다행히 안드레시아는 모르는 것 같습니다."

로틴셀이 의견을 제시했다. 그는 한참 팔팔한 나이의 드래곤이었다.

"그러시죠. 대체 어떻게 된 일인지 모르겠습니다. 하산드라님께 무슨 일이 생긴 것은 분명한데……."

또 하나의 레드는 코엘트였다. 그녀는 레드였지만 비교적 페루메시아의 제도에 우호적이었다.

"무슨 일이라니? 하산드라는 최강의 드래곤이야. 어떤 세계에 떨어지든 일이 생길 리 없어."

투산은 날카롭게 반응했다. 그 역시 마음이 편할 리는 없었다.

"하산드라님의 부재는 어떻게 설명하죠? 참석하지 않을 수 없는 자리인데……."

"별수없지. 중요한 마법을 창조하는 중이라고 둘러대는 수밖에."

투산은 그렇게 정리했다. 다른 이유를 붙이기는 곤란했다.

"그럼 가요."

코엘트가 먼저 단아한 연회복을 마법으로 걸쳤다. 투산과 로틴셀 역시

연회복으로 치장했다. 축제를 즐길 마음은 눈곱만큼도 없었지만 별수없
는 일이었다.

안드레시아의 귀환을 축하하는 연회는 평화의 정원에서 개최되었다.
일곱 개의 주제로 나뉘어진 연회장은 녹색 공기를 카펫으로 깔아 분위기
를 냈다. 음식은 새들이 가져왔고 음료를 따라주는 것도 새들의 몫이었
다.

"안드레시아!"

슈엘룬은 침착하게 안드레시아를 불렀다. 그의 곁에 선 파이로칼의 표
정도 약간은 상기되어 있었다.

"네."

"준비는 되었겠지?"

"그럼요."

"뒤를 돌아보아라."

"……?"

안드레시아가 돌아보자 드래곤 집행관 둘이 보였다. 바로 안드레시아
에게 미션의 마지막 자격을 관장했던 드래곤들이었다. 그들은 페루메시
아의 검찰관 자격을 가진다. 로드가 결정하면 집행하는 것이다.

"집행관이 있지만 네 능력을 보기 위해 이 일은 네게 맡긴다. 이제 그
레이트 노스토스까지 이루었으니 너도 어린애가 아니야. 다만 위험이 닥
친다면 그들이 나설 것이다."

"염려 마시죠. 인간 세상에서 어려움과 위험에 수도 없이 봉착했었어
요."

안드레시아는 호흡을 가다듬었다. 공격 마법의 최상위에 자리한 레드
드래곤들. 하지만 연회에는 모든 종족을 망라한 드래곤이 모여 있고 그 수
만 해도 57개체에 달했다. 그러니 여기서 필요한 것은 명백한 증거였다.

"지금부터 안드레시아의 위대한 귀환을 축하하는 연회를 시작하겠습
니다."

멘트가 나오자 삼삼오오 모여 이야기꽃을 피우던 드래곤들이 시선을
집중했다. 참석자들은 모두 자신이 좋아하는 형체로 폴리모프해 있다.
오직 하나의 예외가 있었으니 블랙 드래곤 키키만은 그대로였다. 그는
아직 어렸고, 이상하게도 폴리모프에 약한 드래곤이었다.

"우리들의 영웅 안드레시아!"

"와아아!"

짝짝짝!

호명을 받은 안드레시아의 빛이 정원의 중앙으로 이동하자 일동은 박
수로 그를 맞았다. 안드레시아는 빛무리 안에서 형체를 드러냈다. 그는
인간 레이킨의 모습이었다.

"웬일이야? 엘프로 변하지 않고?"

안드레시아를 아는 몇몇 드래곤들이 웃었다.

"엘프는 멋진 종족이죠. 하지만 제가 배운 한 인간 또한 그 어느 존재
에 못지않게 멋진 종족이었습니다."

안드레시아는 가볍게 인사를 하며 말을 이었다.

"이제야 밝히지만 저는 바로 이 모습으로 미션을 완성했습니다. 인간
의 모습으로!"

안드레시아의 시선이 투산에게 옮겨갔다. 마나의 결정주(結晶酒)를 마
시던 투산의 눈이 휘둥그레졌다.

"그런데 미션을 관장하시는 하산드라님은 오늘도 보이질 않는군요?
누구보다 저를 축하해 주실 줄 알았는데."

안드레시아가 회심의 질문을 던졌다.

"그… 그게 하산드라님은 새로운 법칙의 마법 개발 때문에……."

로틴셀이 대충 둘러댔다.

"그 말을 믿어도 되나요?"

안드레시아가 빙긋 웃었다. 따가운 미소에 레드 드래곤들은 가슴이 철렁거렸다. 아무래도 심상치 않다는 느낌이 들었다.

"존경하는 페루메시아의 드래곤 여러분!"

안드레시아의 목소리가 낭랑하게 올라갔다.

"여러분은 하산드라를 영원히 볼 수 없을 것입니다. 왜냐하면 그는 바로 내 손에 죽었으니까요."

"뭐, 뭐야? 하산드라님이 죽어?"

"무슨 소리야? 하산드라님이 왜?"

돌연한 발표에 여기저기서 웅성거림이 새어 나왔다.

"아울러 카이플로 또한 귀환하지 못합니다. 그 역시 사악한 음모를 꿈꾸다 영원한 미아가 되었습니다. 그것도 레드들의 아티팩트인 영면의 호리병 속에서."

안드레시아의 설명이 이어지자 드래곤들 틈에서 우, 하는 탄성이 터졌다.

"대체 무슨 일이야? 자초지종을 설명하라!"

"맞아! 무슨 일이 있었던 거야?"

드래곤들이 술렁거리자 안드레시아는 두 손을 들어 그들을 진정시켰다.

"무슨 일이 있었는지는 여기 남은 세 레드께서 잘 아시리라 믿습니다. 나는 레드의 명예를 위해 이분들 스스로 진실을 밝혀주시길 원합니다."

안드레시아의 시선이 투산에게 옮겨갔다. 그는 들고 있던 술잔을 떨군 지 오래였다.

"투산! 무슨 일입니까? 안드레시아의 말이 사실입니까?"

“……!”

투산은 선뜻 입을 열지 못했다. 아무것도 모르는 것으로 알았던 안드레시아는 모든 것을 알고 있다. 완벽하게 속은 것이다.

‘낭패로다.’

그는 로틴셀과 코엘트를 바라보았다. 하지만 그들 역시 넋을 잃고 있었다. 투산은 보았다. 로드 슈엘룬의 곁에서 강력한 경고의 눈빛을 던지는 두 집행관들. 게다가 슈엘룬마저 이미 공격 마법의 마나를 형성한 후였다. 조금이라도 저항할 태세라면 단숨에 목숨이 달아날 판이었다.

“당신들의 입으로 말하지 않는다면 내가 하겠습니다.”

안드레시아가 마지막 경고를 던졌다.

“그전에 묻겠다. 하산드라님이 정말 죽었나?”

주저하던 투산의 입이 무겁게 열렸다.

“네.”

“너에게?”

“네.”

안드레시아는 무표정하게 대답했다.

“그건 불가능해. 어떻게 네가 하산드라님을? 넌 카이플로조차 상대할 마법 능력이 없었어.”

“그랬죠. 마법이라면. 하지만 인간의 힘이 나를 위험에서 건져 주었습니다.”

“인간의 힘?”

“바로 장엄한 인간성과 사랑, 그 인간의 운명을 지키기 위한 마나홀이라는 힘으로.”

“마나홀?”

“그것은 하나의 결과물일 뿐입니다. 가장 값진 것은 인간들의 숭고한

가치와 사랑이죠. 죄송하지만 우리 드래곤들조차 닿을 수 없는 높은 품
격의……."

"무슨… 허튼……."

투산의 얼굴이 일그러졌다.

"자! 이제 진실을 밝히시죠. 많은 분들이 기다리고 있습니다."

"…하지."

투산은 망설임을 털고 입을 열었다.

"안드레시아의 말은 모두 진실이오. 하산드라님과 나는 레드의 영광
을 위해 차기 로드의 물망에 거론되는 안드레시아를 없애려 했소. 그래
서 카이플로에게 특별히 마법 수련을 시켰소. 같은 시기에 일어나는 미
션이니 어떻게든 안드레시아를 찾아 없앨 계획이었소. 예방책으로는 안
드레시아가 매직 게이트를 통과하는 순간에 그의 마나를 비틀고 꼬아 마
법불능이 되게 했소이다. 그렇게 되면 설령 카이플로가 찾아내지 못해도
죽을 가능성이 높아지니까."

"……."

드래곤들은 숨을 죽이고 귀를 기울였다.

"미션의 조작에 대해서도 말씀하세요."

"미션의 조작?"

"성스러운 미션까지 조작했단 말인가?"

안드레시아가 한마디 하자 드래곤들은 다시 술렁거리기 시작했다.

"부끄럽지만 사실이오. 그것은 하산드라님께서 주재하셨소. 안드레시
아의 미션을 훔쳐본 후에 그 내용을 카이플로에게 전했소. 그리고 카이
플로의 미션은 좀 쉬운 것으로 조작했소. 바로 Skill의 앞 글자를 지우고
Kill로 바꾸는……."

"저… 저런!"

“계속하세요.”

“카이플로의 무사 귀환을 위해 금지된 호출 마법을 전수해 주었소. 그것으로 카이플로가 하산드라님께 구원을 청했고 하산드라님 또한 금지된 방법으로 매직 게이트를 통과했소이다.”

“그것으로 끝이 아닙니다.”

안드레시아의 따가운 눈빛이 반짝거렸다.

“……”

“그것만은 말할 수 없는 모양이군요. 그렇다면 내가 부연 설명을 하겠습니다.”

안드레시아는 단호하게 말을 이었다.

“레드 일족들은 나를 해치운 다음에 카이플로의 귀환에 맞춰 드래곤 로드를 죽일 계획을 가지고 있었습니다. 또한 카이플로가 로드가 되면 그동안 자신들에게 비우호적이었던 드래곤들을 모두 제거할 생각이었습니다. 그것은 카이플로와 하산드라가 공통으로 천명한 일입니다. 마지막으로 사악한 카이플로는 내게 패배하자 죽음의 황무지로 달려가 드래곤 리치를 만들었습니다. 바로 내 선조인 실버 드래곤 페키스님으로.”

“그… 그럴 수가?”

드래곤들이 놀라 소스라쳤다.

“안드레시아의 말이 사실인가?”

잠자코 듣고 있던 슈엘룬이 위엄을 뿜으며 물었다.

“모두… 사실이오.”

투산은 고개를 떨구었다.

“로틴셀과 코엘트!”

슈엘룬은 다른 두 레드를 바라보았다.

“코엘트는 레드의 일족이라 그냥 방관만 했을 뿐입니다. 그러니 그녀는 제외시켜 주십시오."

로틴셀이 말했다.

"집행관!"

슈엘룬이 단호하게 호명하자 두 집행관의 손이 슬쩍 움직였다. 그러자 허공에서 거대한 빛무리가 내려와 레드 일족을 둘러쌌다.

"크허억!"

세 레드 드래곤은 순식간에 압박의 궤 안으로 빨려 들어갔다. 눈 깜짝할 사이였다.

"여러분! 레드 일족의 어리석은 음모는 파멸로 끝났습니다. 다 잊으시고 연회를 즐겨주시오!"

슈엘룬이 손뼉을 치며 분위기를 정리했다.

"후우! 놀랍군. 레드 족들이 그런 음모를 꾸밀 줄이야."

"난 카이플로가 마법 극성을 떨 때부터 알아봤어. 사사건건 안드레시아를 시기하고 물고 늘어졌잖아."

"그것보다 안드레시아가 하산드라를 죽였다는 사실이 믿기질 않는군. 하산드라라면 페루메시아에서도 다섯 손가락 안에 들어가는 절대강자 아닌가?"

드래곤들은 놀란 가슴을 쓸어내리며 두런거렸다.

"이봐! 그레이트 노스토스!"

그린 드래곤 하나가 안드레시아를 불렀다.

"말씀하시죠."

"마나홀이 대체 뭔가? 그게 뭐길래 하산드라와 카이플로의 마법을 물리칠 수 있었지?"

"그래. 얘길 좀 해주라구."

다른 드래곤들도 질문 공세에 편승했다.

“아까도 말씀드렸지만 마나홀은 인간의 평화를 지키기 위한 거대한 힘입니다. 우리 드래곤조차도 함부로 할 수 없는…….”

안드레시아가 웃으며 헤이샤를 돌아보았다.

“나는 왜? 난 레드와 관계없어.”

헤이샤가 큰 동작으로 결백을 외쳤다.

“그게 아니에요. 헤이샤님의 인간사(人間史) 강의를 중지하고 전면 수정해야 할 것 같아서요. 인간들에 대해 너무나 왜곡된 사실이라서죠.”

“그럼 앞으로 인간사 강의는 안드레시아 네가 해. 그럼 됐지?”

“헤이샤의 말이 맞아. 인간의 몸으로 미션을 수행한 안드레시아야말로 최고의 인간사를 강의할 자격이 있지. 암!”

드래곤들은 이구동성으로 찬성했다.

“자자! 어수선한 분위기를 정리하고 본격적으로 안드레시아를 축하해 주자구!”

화이트 드래곤의 수장 타로킨이 축배를 높이 들었다.

“축하해, 안드레시아. 우리들의 그레이트 노스토스!”

“그레이트 노스토스!!”

드래곤들의 함성과 함께 술잔을 떠난 마나의 결정주들이 분수를 이루며 안드레시아를 적셔왔다. 마나의 술에 젖은 안드레시아의 몰골은 볼만했다. 흠뻑 젖은 몰골을 보니 카드리엔에 떨어져 퓨크 콜렉터를 시작하던 처음이 떠올랐다. 겨울잠쥐가 떠오르며 안드레시아는 득달같은 토악질을 시작했다.

“우엑우엑!”

“왜 그래? 괜찮아?”

슈엘룬이 달려와 안드레시아의 등을 토닥여 주었다.

“괜찮고말고요. 이건 아주 행복한 기억이라구요.”

“행복한 기억?”

“네. 그레이트 노스토스가 바로 이런 자세에서 시작되었으니까요.”

안드레시아는 입술을 닦으며 씨익 웃었다. 어쩌면 겨울잠쥐가 먹고 싶은 날이 올지도 모르겠다. 어쩌면 진짜 레이킨에게 육체를 넘기고 온 것을 후회할지도 모르겠다. 아니, 어쩌면 하산드라처럼 몰래 매직 게이트를 통해 인간 세상에 내려가고 싶은 날이 올지도…….

안드레시아가 달콤한 감상에 젖어 있을 때 드래곤들의 손길이 불쑥 다가와 그를 안아 올렸다.

“우리들의 그레이트 노스토스!”

드래곤들은 안드레시아를 하늘 끝까지 던져 올렸다.

마원의 정벌군은 이오카닉을 점령하고 벨룬시아로 돌아왔다. 대륙을 통일한 레이킨에 대한 국민적 환영은 대단했다. 황제 카리온은 카드리엔을 특별 영지로 선포하고 면세의 자유를 주었다. 카드리엔에 진정한 축복을 내린 것이다.

“레이킨 황태자가 잃어버렸던 기억을 찾았다고?”

카리온의 얼굴에 희색이 만연했다.

“하지만 잃어버린 것도 있습니다.”

레이킨은 천천히 설명했다. 이제 그는 더 이상 마법사가 아니었다.

“나쁘지 않다. 모든 것은 신의 섭리일 것이다. 신은 네게 나라를 구할 힘을 주고 마침내 대륙을 통일하게 하셨다. 이제 그 위업을 이루었으므로 마법 능력을 거두어가셨구나. 그러니 섭섭해하지 마라.”

카리온은 레이킨을 위로했다.

“네. 앞으로는 제가 꿈꾸던 검술을 익힐 생각입니다. 마원 영주가 제게 명검을 주었습니다.”

레이킨은 톡시리안을 들어 보였다. 본래 루에땅의 것이었지만 레이킨이 마원에게 주었던 신검. 그러던 것을 레이킨의 변화를 알아챈 마원이 다시 돌려주었다. 그 직후에 이상한 일이 일어났다. 톡시리안의 검신에 새겨진 이름은 두 개였다. 레이킨과 마원. 하지만 레이킨이 톡시리안을 돌려받은 순간부터 마원이라는 이름은 서서히 빛을 발하며 지워져 버렸다.

레이킨의 검술은 눈에 띄게 발전했다. 그 안에 마나홀 두 개를 품고 있는 그였으니 눈부신 발전이 이상할 것도 없었다.

"이제 대륙에 평화가 왔으니 네 결혼도 서둘러야겠다."

카리온과 라니바가 자애롭게 웃었다.

그날 밤 카리온은 단창을 들고 레이킨의 침실로 들어갔다. 레이킨은 깊이 잠들어 있었다. 그도 그럴 것이 저녁 식사에 수면제를 첨가했다. 카리온은 레이킨에게 확인할 일이 남아 있었다.

'레이킨!'

카리온은 평화롭게 잠든 레이킨의 얼굴을 보며 단창을 뽑아 들었다. 그는 잠시 주저하다 레이킨의 가슴을 향해 단창을 내리꽂았다.

"……?"

가슴에 이르러 카리온은 간신히 단창을 멈췄다. 슬쩍 파고든 가슴에서 피가 배어 나왔다.

'사라졌다.'

카리온은 두 눈을 부릅뜨고 확인했다. 지난번에 찌를 때는 드래곤의 흔적이 보였다. 하지만 지금은 아무것도 없었다. 그저 평범한 인간의 그것이었다.

"어딜 다녀오세요?"

돌아온 카리온에게 라니바가 물었다.

"레이킨에게. 오랜만에 왔으니 잠이라도 편하게 자나 해서."

"그 애가 보통 애인가요? 대륙의 영웅인데……."

"그만 잡시다."

카리온이 침대보를 당기며 말했다. 그는 잠들기 직전에 혼잣말로 중얼거렸다.

'이젠 보통 애야. 드래곤이 아니라고.'

"키노!"

다음날 레이킨은 키노를 황태자의 처소로 호출했다. 곤한 잠에서 일어나니 가슴팍에 선혈이 있었다. 별로 큰 상처가 아니라서 그냥 넘겨 버렸다.

"부르셨습니까?"

키노는 반듯하게 예를 갖췄다.

"거기 앉아. 좀 물어볼 말이 있어서 말이야."

"말씀하시죠."

키노는 의젓하게 대답했다. 나이는 어렸지만 전장을 누빈 키노였다. 그는 이미 누구에게도 뒤지지 않는 기사의 위용을 가지고 있었다.

"키노가 나와 많이 동행했다면서?"

"네."

"실은 그 기억들을 다 잊어버렸어."

“······.”

키노는 입을 다물었다. 그건 키노도 짐작하고 있었다. 그러니까 이오카닉의 수도에서 밤하늘을 뒤덮은 드래곤의 환영을 본 이후부터였다. 감쪽같이 죽은 줄 알았던 레이킨은 살아 있었다. 하지만 키노가 알던 그 레이킨이 아니었다. 마법사 레이킨은 열정과 생기가 넘쳤다. 지칠 줄 모르는 불굴의 의지는 그의 트레이드 마크였다. 그에 비하면 진짜 레이킨은 이지적이고 반듯했다. 전장이 아니라 황태자의 황금 의자가 잘 어울리는······.

“황태자님은 저와 헤르벤스 산맥으로 갈 때도 그랬습니다. 기억을 잘 잃어버리시는군요.”

“나도 그렇게 생각한다. 어쩌다 보니 말이야.”

레이킨은 멋쩍은 미소를 지었다.

“그래서 말인데 그동안의 나는 어땠어? 뭐 특별하게 기억해 둬야 할 일이 있을 것 같아서······.”

“······.”

키노는 빙긋 웃었다. 조심스럽기만 한 레이킨. 그런 레이킨을 바라보면서 키노는 잠시 회상에 젖었다. 가끔은 천방지축으로 날뛰던 마법사 레이킨은 사라졌다. 영원히.

“몇 가지 큰일만 말씀드린다면, 황태자님은 하이비 아가씨의 도움으로 마나홀을 얻었습니다. 하이비 아가씨가 목숨을 걸고 얻어낸 결과죠. 그리고 저를 스콜 나이트라 명했습니다. 물론, 기사로 천거해 주신 것도 황태자님입니다. 그리고 제게······.”

키노는 잠시 망설이다가 말을 이었다.

“떡을 치는 것에 대해 자주 물으셨습니다.”

“떡? 그게 뭔데?”

"푸훗!"

고개를 빼며 되묻는 레이킨을 보던 키노가 웃음을 참지 못하고 터뜨렸다.

"섹스요."

"섹스를 떡이라고 그래? 그런 저급한 표현을 사용하다니."

"……."

"정말 내가 그런 걸 물었단 말이야?"

"네."

키노는 가만히 대답했다. 어쩌면 레이킨과 어울렸던 모든 일들은 이제 전부 추억의 상자 속에 담아야 할 것 같았다.

"다른 것은?"

"황태자님은……."

'드래곤의 1+1=1의 마법을 사용한 위대한 마법사이십니다. 나의 우상이자 영원한 영웅이신…….'

키노는 그 말을 입 밖에 내지 않았다.

"그만 나가보겠습니다."

"그래. 앞으로도 제국을 위해 멋진 간석이 되길 바란다."

레이킨은 키노의 어깨를 가볍게 쳐주었다.

변한 레이킨에 대해 가장 행복해한 사람은 하이비였다. 그녀는 위대한 마법사보다 지혜로운 군주가 될 레이킨이 더 좋았다. 그녀는 레이킨의 사라진 능력이나 기억에 대해 아무런 궁금증도 갖지 않았다. 언제나 그는 레이킨이다. 그 사실만이 하이비에게 중요했다.

"황태자님, 만찬 준비가 끝났어요. 대륙통일에 큰 공을 세운 분들도 모두 모였어요. 어서 가시죠."

안젤리나가 달려와 말했다.

"가요. 오늘은 황태자님이 좋아하시는 음식을 많이 마련했대요. 요리장에게 들었거든요."

하이비가 슬쩍 레이킨을 잡아끌었다.

연회는 화려하지 않으면서도 멋진 분위기를 연출하고 있었다. 레이킨과 하이비, 카리온 부부가 입장하자 좌정한 일동이 자리에서 일어났다. 마윈과 키노, 메디토스와 체로키 등의 정벌 공신들이 빠짐없이 참석한 자리였다.

"그동안 노고가 많았다. 단출한 식사지만 마음껏 먹도록."

카리온은 짧은 인사로 이들의 공을 치하했다.

"……?"

식사를 앞에 둔 레이킨의 미간이 한순간 사납게 좁혀졌다. 그는 다른 사람들의 식사를 살펴본 후에 요리장을 향해 이렇게 외쳤다.

"내가 좋아하는 겨울잠쥐 요리를 왜 다른 사람들만 주는 거야?"

"와하하핫!"

좌정한 대다수의 사람들이 폭소를 터뜨렸다. 그들은 그동안 레이킨이 겨울잠쥐에 대해 얼마나 정색을 했는지 모두 기억하는 사람들이었다. 침착한 하이비조차 푸홋 하고 웃음을 터뜨렸다.

"대체 왜 웃는데?"

레이킨은 어깨를 으쓱하며 난색을 표했다.

대륙에는 완전한 평화가 찾아들었다. 벨룬시아는 미라센과 이오카닉에서 조공을 받으며 자치권을 주었다.

이후 메디토스는 대륙 유일의 대마법사 칭호를 받았다. 그는 평화가 지속되자 헤르벤스 산맥으로 들어가 마법 수련원을 차렸다. 대륙의 모든 마법 지망생들이 모여들었지만 그는 언제나 두 명의 제자만을 거느렸다.

메디토스는 시간이 날 때마다 드래곤에 대한 기록을 구해서 하나의 마법서를 완성시켰다. 바로 1+1=1이 그것이었다. 이 마법서는 후일 욜키네시아가 남긴 불멸의 마법서를 뛰어넘은 최고의 마법서로 평가되었다.

마원은 물론 최고의 기사로 평가되었다. 그는 카리온 황제가 황궁 기사단장을 권했지만 사양하고 카드리엔으로 돌아갔다. 마원은 카드리엔을 진정한 활의 영지로 부각시켰다. 대륙의 평화를 위해 2년에 한 번씩 개최한 무투 대회에서 카드리엔의 드림 아처들은 한 번도 활 종목의 우승을 놓친 적이 없을 정도였다.

키노는 성장하여 코벤시안의 뒤를 이어 황궁 기사단장으로 임명되었다. 그는 레이킨이 명명한 스콜 나이트를 기리기 위해 황궁 기사단의 명칭을 스콜 나이트로 바꾸었다. 물론 레이킨이 그것을 기꺼이 도와주었다. 유노 또한 황궁 기사단의 자랑스러운 일원이 된 것은 말할 필요가 없었다.

마지막으로 레이킨은 하이비와 결혼하여 현명한 황제가 되었다. 모든 것을 종합하여 자신의 영혼을 살려준 존재가 드래곤이라는 것을 짐작한 그는 안드레시아가 하늘로 올라간 날을 대륙의 축제일로 선포했다. 카드리엔들은 해마다 그날이면 눈물의 호수에서 드래곤을 닮은 연을 띄워 올렸다. 어쩌면 하늘로 올라간 그 연들 중의 하나가 페루메시아에 닿았을지도 모르는 일이었다.

〈大尾〉

투 드래곤 1+1=1.

"투명 드래곤의 등장이냐?"

맨 처음 제목을 정하고 나니 이런 말들이 많았습니다. 한때 엄청난 유명세를 탔던 투드의 기세는 아직까지도 남아 있던 모양입니다. 꽤 오랜 시간이 흘렀는데도 말이죠.

어쨌든 투 드래곤은 투명 드래곤처럼 한없이 막강한 먼치킨의 극치는 아니었습니다. 혹시라도 그런 기대를 하신 분들이 계시다면 죄송하게 생각합니다.

두 드래곤을 주인공으로 삼으면서 제가 생각한 것은 너무나 다른 사고를 가진 드래곤들의 이야기였습니다. 물론 소설이라는 것이 어떻게 표현되든 현실에서 완전히 자유롭지 못한 까닭에 드래곤들의 미션도 결국 인간의 모습을 닮아버렸습니다.

이 세상에는 과정과 결과라는 것이 존재하죠. 하나로 연관되는 이 명제들은 이따금 모순된 모습으로 나타납니다. 과정이 좋았지만 결과가 나쁘다거나 혹은 그 반대의 경우죠. 그것은 곧 수단과 목적이라는 말로도 대체가 되기도 합니다.

모든 일에 있어 올바른 과정이 좋은 결과를 낳는 것만은 아닙니다. 오히려 뒤틀린 과정이 좋은 결과를 낳기도 하니 우리는 이것을 부정에 빗대곤 하죠. 때로는 이런 황당한 결과가 사람들의 가치관을 뒤흔들어 버립니다.

드래곤 안드레시아와 카이플로의 인간 유희는 바로 이런 과정에 빗대어 있습니다. 인간이라는 대상을 목적으로 생각하는 안드레시아와 수단으로 생각하는 카이플로의 대결을 통해 작은 의식이라도 표면화시키고 싶었습니다.

매번 판타지의 단골 캐스팅인 드래곤을 등장시킬 때마다 드래곤이라는 존재에 대해 숙고해 보곤 합니다.

드래곤은 정말 존재했을까요? 그리고 만일 존재했다면 그들의 능력은 어느 정도였을까요? 오래된 것에 대한 경외심을 바탕으로 신에 대등한 무적의 존재로 거듭 창조되고 있는 드래곤이다 보니 사실 상상을 하는 것도 쉽지는 않습니다.

이따금 안드레시아를 통해 엿보는 드래곤에 대한 호기심이나, 반대로 드래곤의 입장에서 보는 인간에 대한 호기심으로 그런 상상을 펼쳐 보았지만 아무래도 미진했다는 느낌을 지울 수 없습니다. 정말 드래곤이 있다면 한 번만 보면 좋을 것을요.

투 드래곤 1+1=1.

아무튼 성원에 힘입어 이렇게 완결을 짓게 되었습니다. 처음에는 7권 정도를 구상했었는데 막상 살짝 압축하다 보니 5권으로 마무리 짓는 것도 그리 나쁘지 않았습니다.

아쉬운 점은 '투드'로 약간 오해를 받으면서도 '투드'만 한 유명세를 구축하지 못한 것입니다. 좋은 작품으로 내내 평가받고 싶은 작가의 욕심은 아무래도 또 다른 작품으로 미루어야 할 것 같습니다.

마치 1승 1무로 월드컵 16강을 바라보다 코앞에서 기회를 놓친 축구 대표 팀처럼 진한 아쉬움이 장마철의 습기처럼 제 마음에 촉촉합니다.

훌쩍 내린 여름의 길목에서 지금까지 응원해 주신 많은 분들께 진심으로 감사를 전합니다. 다음에는 기필코 더 좋은 작품으로 이런 아쉬움이 남지 않도록 멋진 글을 쓰겠습니다.

건강하세요!

2006년 여름, 투 드래곤 1+1=1을 마치며.

가프.

청어람 판타지의 재도약!!

혁신과 참신함으로 무장한
새로운 판타지 전문 브랜드의 탄생!

판타지계의 커다란 근간을 이뤄온 청어람 판타지 소설!
새로운 브랜드 「알바트로스」라는 커다란 날개를 달고
거대한 웅비를 시작합니다.

알바트로스는 판타지의, 판타지를 위한 개척자이자 도전자로 존재하겠습니다.

알바트로스는 형식적이고 나태해진 판타지계의 구습을 벗어나겠습니다.

알바트로스는 판타지계의 도약을 위한 든든한 날개 역할을 묵묵히 수행합니다.

알바트로스는 변화와 혁신을 통해 새롭게 태어날 환상 공간입니다.

알바트로스는 판타지를 아끼고 사랑하는 이들을 향한 청어람의 굳은 약속입니다.